VARIÉTÉS

HISTORIQUES

ET LITTÉRAIRES

Paris. — Impr. Guiraudet et Jouaust, 338, rue S.-Honoré.

VARIÉTÉS
HISTORIQUES
ET LITTÉRAIRES

Recueil de pièces volantes rares et curieuses
en prose et en vers

Revues et annotées

PAR

M. ÉDOUARD FOURNIER

TOME IX

A PARIS

Chez PAGNERRE, Libraire

M. DCCCLIX

Le Gouvernement présent,
ou Eloge de Son Eminence.

Satyre, ou La Miliade.

IN-4 [1].

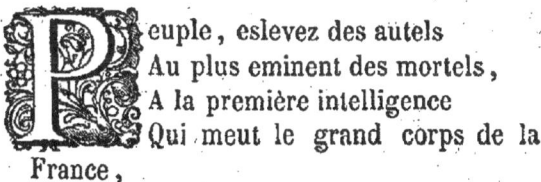euple, eslevez des autels
Au plus eminent des mortels,
A la première intelligence
Qui meut le grand corps de la
France,

1. Cette satire, dont le second titre, *la Milliade*, vient
de ce qu'elle est composée de mille vers, fut plusieurs
fois réimprimée, mais est pourtant assez rare. La première édition, petit in-12 de soixante-six pages, à la fin
de laquelle on lit : *Imprimé à Anvers*, est de beaucoup la
moins commune. L'édition in-4°, qui date du temps des
mazarinades, comme l'indique assez son format, se
trouve plus facilement ; c'est elle qui nous sert ici pour notre
texte. La *Milliade* fut aussi réimprimée dans les diverses
éditions du petit recueil de pièces : *Le tableau de la vie et
du gouvernement de Messieurs les cardinaux Richelieu et de
Mazarin, et de M. Colbert, etc.* On la trouve, p. 1-28, dans

. . A ce soleil des cardinaux,

l'édition de Cologne, P. Marteau, 1694, in–12. Où fut-
elle d'abord imprimée ? M. Leber pense qu'elle doit,
comme les autres satires les plus violentes de ce temps-
là, être évidemment sortie d'une cave de Paris. (*De l'état
réel de la presse et des pamphlets depuis François Ier jusqu'à
Louis XIV*, 1834, petit in–8, p. 100.) Richelieu étoit d'une
opinion contraire; il pensoit que toutes ces méchancetés
venoient des Pays-Bas : « Les pièces qu'on imprimoit à
Bruxelles contre lui, dit Tallemant (édit. in–12, t. II,
p. 171), le chagrinoient terriblement. Il en eut un tel dépit que cela ne contribua pas peu à faire déclarer la guerre
à l'Espagne. » La *Milliade* étoit de celles qui lui tenoient le
plus au cœur. Tallemant ajoute, en effet, en note : « L'é-
crit qui l'a le plus fait enrager a été cette satire de mille
vers, où il y a du feu, mais c'est tout. Il fit emprisonner
bien des gens pour cela, mais il n'en put rien découvrir.
Je me souviens qu'on fermoit la porte sur soi pour la lire.
Ce tyran-là étoit furieusement redouté. Je crois qu'elle
vient de chez le cardinal de Retz ; on n'en sait pourtant
rien de certain. » On a beaucoup cherché ce que Tallemant avoue n'avoir pu découvrir. Les uns, tels que le
Père Lelong (*Biblioth. franç.*, t. II, nº 22,095; et t. III,
nº 32,485; 516), l'attribuent à Charles Beys. Barbier
(*Dict. des Anonymes*, t. II, p. 37-38) est du même avis.
Peignot, de son côté, l'attribue à Favreau. Ce qui semble, toutefois, le plus probable, c'est que la *Milliade* est
de Louis d'Epinay, abbé de Chartrice, en Champagne,
comte d'Estelan, etc. La Porte le dit d'une façon formelle
dans ses *Mémoires* (collect. Petitot, 2e série, t. 59, p. 356).
Il ajoute que, pour cette satire, « il y avoit alors quatre
ou cinq prisonniers à la Bastille »; ce qui confirme ce qui
a été dit tout à l'heure des nouveaux emprisonnements
dont la *Milliade* fut cause. Il ne manque à l'opinion de La
Porte que le témoignage de Tallemant. Il est singulier

De qui d'Amboise et d'Albornaux [1],
Ximenès, et tout autre sage,
Doivent adorer le visage.
Le globe de l'astre des cieux
Est moins clair et moins radieux.
Ses rayons percent les ténèbres,
Produisent cent autheurs célèbres [2],
Et font un affront au soleil
Par cet ouvrage non pareil.

que lui, qui savoit tout, et entre autres beaucoup de choses de cet abbé d'Estelan, puisqu'il lui a consacré toute une *Historielle* (édit. in-8, t. III, p. 259-263), il n'ait rien dit, ne fût-ce que pour la démentir, de cette attribution qu'on lui faisoit de la *Milliade;* et c'est d'autant plus surprenant qu'il parle de l'humeur satirique de l'abbé et de ses écrits contre Richelieu. Ce silence de Tallemant n'implique toutefois qu'un doute contre l'assertion si nette de La Porte. — A la fin de la Fronde, en 1652, lorsqu'on étoit à bout de méchancetés contre Mazarin, on réimprima contre lui la *Milliade,* en se contentant de changer les noms, et aussi le titre. Voici celui qu'on lui donna : *Le Gouvernement de l'Etat présent, où l'on voit les fourbes et tromperies de Mazarin,* etc. « Il ne faut pas, dit M. Moreau, confondre cette pièce avec *la Milliade ou l'Eloge burlesque de Mazarin* (Bibliographie des Mazarinades, t. II, n° 1502).

1. Gilles Carillo Alvarès d'Albornos, archevêque de Tolède, grand homme d'Etat du XIVe siècle et l'un de ceux qui contribuèrent le plus à mettre l'Italie sous la dépendance du Saint-Siége. Quant à Ximenès et au cardinal d'Amboise, dont les noms accompagnent celui-ci, on les connoît assez.

2. Allusion très hyperbolique aux cinq auteurs dont Richelieu s'étoit entouré et s'étoit fait une sorte de petite académie intime.

Que si vos debiles paupières
Ne peuvent souffrir les lumières
De ce corps desjà glorieux,
Qui vous esblouiront les yeux,
Contemplez l'ame plus obscure,
La sagesse et la foy moins pure,
Le jugement moins lumineux
De ce polytique fameux
Qui rend l'Espagne triomphante
Et la France si languissante.
Dans ses ambitieux souhaits,
Il ne veut ny trefve ny paix;
Sa fureur n'a point d'intervalles:
Il suit les vertus infernalles.
Les fourbes et les trahisons,
Les parjures et les poisons
Rendent sa probité celèbre
Jusqu'à l'empire des tenèbres.
C'est le ministre des enfers;
C'est le demon de l'univers.
Le fer, le feu, la violence,
Signallent partout sa clemence.
Les frères du Roy mal traittez,
Les mareschaux decapitez [1],
Quatre princesses exilées [2],

1. Le maréchal de Marillac avoit été décapité le 8 mai
1632, en place de Grève, et le 30 octobre suivant Henri
de Montmorency, aussi maréchal de France, avoit subi le
même supplice à Toulouse.

2. Ces quatre princesses exilées doivent être la reine
mère, qui depuis longtemps déjà avoit dû quitter la France;
la princesse de Conti, la duchesse de Chevreuse et la du—

Trente provinces desolées ,
Les magistrats emprisonnez ,
Les gardes des sceaux dans les chaisnes [1],
Les gentils-hommes dans les gesnes ,
Tant de geñereux innocents
Dans la Bastille gemissans ;
Cette foule de miserables
Où les criminels sont coulpables
D'avoir trop d'esprit et de cœur ,
Trop de franchise ou de valeur ,
Tant d'autres celèbres victimes ,
Tant de personnes magnanimes
Qu'il tient soubs ses barbares loix ,
Dont il ne peut souffrir la voix ,
Dont il redoute le courage ,
Dont il craint mesme le visage :
Ce grand nombre de malheureux
Qui sentent son joug rigoureux ,
Leur sang, leurs prisons, leurs supplices ,
Sont ses plus aimables delices.
Il se nourrit de leurs mal-heurs ,
Il se baigne en l'eau de leurs pleurs ,
Et sa haine fière et cruelle

chesse d'Elbœuf. Elles avoient pris part, contre Richelieu,
aux intrigues de l'année 1631, et avoient en effet été en-
voyées en exil, ainsi que la duchesse de Lesdiguières et
Mme d'Ornano.

1. Michel de Marillac, frère du maréchal , fait garde des
sceaux en 1626, avoit dû se démettre de sa dignité en
1630, et depuis ce temps il avoit été tenu prisonnier, d'a-
bord au château de Caen, ensuite en celui de Châteaudun,
où il mourut le 7 août 1632.

Dans leur mort mesme est immortelle ;
Il agite encor leur repos ,
Il trouble leur cendre et leurs os ,
Il deshonnore leur memoire ,
Leur oste la vie et la gloire.
Ce tyran veut que ces martyrs
N'ayent que d'infames souspirs ,
Dans leur plus injuste souffrance
Qu'on approuve sa violence ,
Et qu'on blesse la verité
Pour adorer sa cruauté.
Il ayme les fureurs brutales
Des trois suppots de sa caballe ,
De ce pourvoyeur de bourreaux
Et de ces deux monstres nouveaux ,
Qui, plus terribles qu'un Cerbère ,
Deschirent sans estre en colère ;
Ce testu, cette ame de fer,
Digne prevost de Lucifer,
Cet instrument de tyrannie
Qui rend la liberté bannie ,
Ce geolier, qui de sa maison
Fait une cruelle prison ,
Et qui traitte avec insolence
Les braves mareschaux de France ,
Lorsqu'il les conduit à la mort,
Lorsque l'Estat pleure leur sort,
Lorsque leur destin miserable
Rendroit un tygre pitoyable.

Mais quels insignes attentats

N'ont faict Machaud [1] et L'Affenas [2] !
Quels juges sont aussi sevères
Que ces deux cruels commissaires,
Ces bourreaux, de qui les souhaits
Sont de peupler tous les gibets,
De qui les mains sont tousjours prestes [3],
A couper des illustres testes,
A faire verser à grands flots
Le sang dessus les eschaffaux !
La mort naturelle et commune
Leur desplait et les importune,

1. Maître des requêtes, par qui commença la fortune de cette famille, dont faisoit partie M. de Machault, contrôleur général des finances sous Louis XV. Ils descendoient, disoit-on, du renégat juif Denis Machault, qui disparut en 1398, peu de temps après son abjuration. Plusieurs de ses coreligionnaires, soupçonnés de l'avoir tué, furent condamnés à payer une forte somme, avec laquelle onc ommença la construction du Petit-Pont (Piganiol de La Force, *Descript. de Paris*, t. II, p. 70.). Une inscription en toutes lettres sur laquelle on lisoit : *Judæus nomine Machault*, attestoit ce fait. Elle disparut lors de l'incendie du Petit-Pont, en 1718, et l'on eut soin de remarquer qu'un Machault étoit alors lieutenant civil (*Mémoires de d'Argenson*, édit. elzev., t. II, p. 362).

2. Isaac de Laffemas, dont on a dit tant de mal. Tallemant, qui n'est jamais le dernier à faire chorus de médisance, a dit pourtant de lui (édit. in-8, t. IV, p. 32) : « Quand le cardinal de Richelieu lui fit exercer par commission sa charge de lieutenant civil, il y acquit beaucoup de réputation et ôta bien des abus. »

3. Ce vers et le suivant ne se trouvent pas dans le *Tableau de la vie et du gouvernement des cardinaux Richelieu et Mazarin.*

Et la sanglante a des appas
Où leurs cœurs prennent leurs esbats.
En decapitant ils se jouent,
Ils sont encor plus guays s'ils rouent,
Mais leur plus agreable jeu
Est de bruler à petit feu.
Armand a choisi ces deux Scythes
Pour ses fidelles satellites,
Pour monstrer qu'il tient en ses mains
La vie et la mort des humains,
Et qu'il règne par sa puissance
Comme les Roys par leur naissance.
Ses juges menacent les grands,
Et font trembler les innocens.
Castrain [1], Marillac et De Jarre [2]
Ont paty [3] devant ces barbares,
Et veu leur mort dedans les yeux
De ces tygres audacieux.
Armand voulant des sacrifices

---

1. *Var.*: Gasprin.

2. François de Rochechouart de Jars, chevalier de l'ordre de Saint-Jean-de-Jérusalem, commandeur de Lagny.
Il avoit été mis à la Bastille « pour avoir eu part, comme
dit La Porte, à l'intrigue de M. de Châteauneuf. » (Coll.
Petitot, 2e série, t. 59, p. 369.) Il fut d'un grand secours à
La Porte pour la correspondance que celui-ci, pendant son
emprisonnement, entretenoit avec Anne d'Autriche ». (*Id.*,
ibid.) Le magnifique hôtel qui se trouvoit rue Richelieu, en
face de celui de Mazarin, et que la place Louvois a remplacé en partie, avoit été construit par François Mansart
pour le commandeur de Jars.

3. *Var.*: pali.

De cruauté et d'injustice,
Pour paroistre ses serviteurs
Ils font les sacrificateurs.
Ce Moloce les a pour prestres [1] ;
Il arme de couteaux ces traistres
Pour immoler sur ses autels,
Non des bestes, mais des mortels.
Le vieux tyran des Arsacides
A moins commandé d'homicides
Que ce moderne Phalaris,
Ce monstre entre les favoris.
Son œil farouche et sanguinaire
S'allume dedans sa colère ;
Ses regards sont d'un bazilic;
Sa langue a le venin d'aspic,
Elle sert d'arme à sa malice,
Elle couvre son injustice,
Et mesle la douceur du miel
A l'amertume de son fiel;
Et sa parole est infidelle
Autant que sa main est cruelle.
Il ne perce qu'en caressant,
Il n'estouffe qu'en embrassant,
Il flatte lors mesme qu'il tüe,
Et son ame n'est jamais nüe.
Il deguise ses actions,
Dissimule ses passions,
Compose son geste et sa mine.

1. Var.:

Ils sont ses sacrificateurs,
Ce bourreau les a pour ses prestres.

Le demon à peine devine
Le mal qu'il cache dans son sein ;
Il lit à peine en son dessein.
Il ayme les lasches finesses,
De perdre malgré ses promesses,
De lancer soudain dans les airs
La foudre, sans bruict, sans esclairs,
De faire esclater un orage
Lorsque le ciel est sans nuage.
Il est meschant, il est trompeur,
Il est brutal, il est menteur ;
Ses baizers sont baizers de traistre.
Il n'est jamais ce qu'il feint d'estre,
Il trompe par tous ses discours,
Et s'il traitte avecque des sourds,
Il les deçoit par son visage,
Contrefaict le doux et le sage,
Leur sousrit, leur presse les mains,
Et par des conseils inhumains,
Faict après tomber sur leur teste
Une formidable tempeste.
Si les reynes l'ont en horreur,
Il pleure pour gaigner leur cœur,
Il les combat avec leurs armes,
Et lors qu'il verse plus de larmes,
Il leur prepare une prison,
Et, s'il est besoin, du poison.
Ses pleurs sont pleurs de crocodille,
Qui menacent de la Bastille,
Qui, pour venger des desplaisirs,
Causent des pleurs et des souspirs.
Son ame prend toute figure,

Hormis celle d'une ame pure.
Il faict ce qu'il veut de son corps :
Le dedans combat le dehors.
C'est luy sans que ce soit luy-mesme ;
Enfin, c'est un bouffon supresme.
Sans masque il est tousjours masqué ;
Turlupin n'a point pratiqué
Tant de tours ny tant de souplesses,
Tant de fourbes ny tant d'adresses,
Que ce protecteur des bouffons,
Ce grand Mæcenas des fripons.
Il faict bien chaque personnage,
Fors celuy d'un ministre sage.
Il imite bien les tyrans
Et les ministres ignorans.
Ce charlatan, sur son theatre,
Croit voir tout le monde idolatre
De ses discours, de ses leçons,
De ses pièces, de ses chansons.
On souffriroit ses comedies,
Quoi que foibles et peu hardies,
Si des tragiques mouvemens
N'en troubloient les contentemens ;
S'il n'avoit affoibli la France,
En destruisant son abondance,
En augmentant tous les impots,
En multipliant tous les maux,
En tirant le sang des provinces,
En persecutant les grands princes,
En outrageant les potentats,
En leur usurpant leurs estats,
En formant une longue guerre,

En l'attirant dans nostre terre,
En nous livrant aux estrangers,
En mesprisant les grands dangers,
En desgarnissant les frontières,
En n'assurant point les rivières,
Bref, en abandonnant les lys
A la fureur des ennemis,
Au sort des armes si funestes,
A la faim, la guerre, la peste.
Lorsqu'il doit penser aux combats,
Il prend ses comiques esbats,
Et pour ouvrage se propose
Quelque poesme pour Belle-Rose [1],

1. Pierre Le Messier, dit *Belle-Rose*, le principal comédien de l'hôtel de Bourgogne à l'époque de Richelieu. Il sembloit même que la troupe de ce théâtre fût la sienne, car dans l'*Estat général des gages, appoinctements et pensions* pour 1641, les 12,000 livres que le roi payoit à cette troupe sont ainsi portés : *pour la bande des comédiens de Bellerose*. Richelieu aimoit le théâtre, on le sait de reste. La musique lui plaisoit aussi beaucoup. Nous avons vu (t. VIII, p. 121) le plaisir qu'il prenoit à faire chanter devant lui Mme de Saint-Thomas, mais nous ne savions pas alors quelle étoit cette cantatrice à la mode. En relisant Tallemant, nous l'avons appris. Il nous dit (édit. in-8, t. IV, p. 49) qu'elle étoit fille du procureur Sandrier, fort jolie et fort coquette. Elle avoit épousé M. de Saint-Thomas, conseiller d'Etat en Savoie. « Elle revint à Paris, dit Tallemant..., où elle se mit à chanter des airs italiens. Elle avoit appris à Turin. Elle fit bien du bruit, mais cela ne dura guère ; plusieurs trouvent même qu'elle chante mal, car c'est tout-à-fait à la manière d'Italie ; et elle grimace horriblement : on diroit qu'elle a des convulsions. »

Il descrit de fausses douleurs
Quant l'Estat sent de vrays malheurs.
Il trace une pièce nouvelle
Quand on emporte la Capelle[1],
Et consulte encor Bois-Robert [2]
Quand une province se pert.
Les peuples sont touchez de crainte,
Le Parlement porte leur plainte,
Implore le Roy pour Paris
Sans offenser les favoris.
Armand, toutesfois, le querelle,
Enflamme sa face cruelle,
Et d'un regard de furieux
Le traite de seditieux.
Certes, illustre Compagnie,
Tu dois adoucir ce genie,
Dont le jugement nompareil
Paroist plus clair que le soleil;
Luy seul descouvre toute chose,
Previent les effects dans leur cause,
Perce la nuict de l'advenir,
Sçait tout deffendre et tout munir;
Il a pris l'attaque de Liége [3]

1. Le 9 juillet 1636, les Espagnols nous avoient pris
La Capelle, que le baron du Roc n'avoit défendu que sept
jours.

2. C'étoit, on le sait, le bouffon du cardinal, qui, dans
ses plus grands ennuis, ne trouvoit pas de meilleur remède à s'administrer qu'une *prise de Boisrobert.*

3. Peu de temps avant la prise de La Capelle, Jean de
Werth étoit allé assiéger Liége pour les Espagnols, mais
cette attaque fut bientôt abandonnée pour l'autre tentative,

Var. IX.

4   2

Pour une fraude et pour un piége ;
Il a preveu ce que tu vois,
Le meurtre des peuples françois.
Dix mille bourgades pillées,
Un grand nombre d'autres bruslées ;
L'horreur, la mort de toutes parts,
Trente mille habitants esparts,
Cachez dans les lieux solitaires ;
Dix mille desjà tributaires,
Et les fers encor preparez
Aux foibles et moins remparez.
Demeure donc dans le silence,
Auguste oracle de la France ;
Laisse Armand mener le vaisseau.
Nul autre pilote nouveau
Ne peut conjurer la tempeste
Qui gronde au dessus de nos testes ;
Luy seul commande aux elemens,
Luy seul est le maistre des vents,
Luy seul bride le fier Neptune
Lors que son onde l'importune ;
Il luy fait des escueils nouveaux,
Il se promène sur ses eaux,
Et d'une digue merveilleuse
Dompte sa nature orgueilleuse.
Si le Dieu de toutes les mers
S'est veu captif dessous ses fers,
Ne domptera-t-il pas l'Espagne,
S'il la rencontre à la campagne?

qui réussit mieux. (Aubery, *Vie du cardinal de Richelieu*,
liv. V, ch. 35.)

Les humains flechiront-ils pas
Voyant que les dieux sont à bas?
Il a vaincu les Nereides,
Terrassé les troupes humides,
Foudroyé cent mille Tritons;
Et ne craint vingt mille fripons,
Et ceste espagnole canaille
Qui fuira devant la bataille.
Armand, le plus grand des humains,
Porte le tonnerre en ses mains.
Il gouverne la Destinée,
Il tient la Fortune enchaisnée;
Son esprit fait mouvoir les cieux
Et brave les Roys et les Dieux.
Crains-tu de n'avoir point de poudre?
Ce Jupiter porte la foudre.
Crains-tu de manquer de canons?
Il est trop au dessus des noms,
Au dessus des tiltres vulgaires,
Au dessus des loix ordinaires,
Pour employer dans les combats
Autre tonnerre que son bras.
Ses moins fortes rodomontades
Sont bien plus que des canonades.
Dans ses plus foibles visions
Il terrasse dix legions.
En parlant avec ses esclaves,
Il fait desjà peur aux plus braves.
Avec ses seules vanitez
Il reprend desjà les citez,
Et dans sa plus froide arrogance
Conçoit une riche esperance.

Il plaint quasi ces estrangers
De s'estre mis dans les dangers
Où se sont mis Valence et Dôle[1]
Par leur temerité frivolle.
Ce sage se rit de ces fous
Et les croit voir à deux genoux
Excuser leur outrecuidance
D'avoir irrité sa prudence,
D'avoir mesprisé Richelieu,

1. Le prince de Condé avoit été obligé de lever le siége de Dôle le 15 août 1636. Deux ans après, M. de Condé étant allé mettre le siége devant Fontarabie, on fit une chanson qui se chantoit sur le vieil air des *Zeste*, et dont voici le refrain :

> Il prendra Fontarabie,
> Zeste,
> Comme il a pris Dôle.

Ce refrain, souvent cité dans les écrits du temps, étoit encore célèbre quand Richelet fit son *Dictionnaire*. Il le prit pour en faire un exemple au mot *zeste*. Là-dessus on bâtit un conte. On prétendit que celui contre qui avoit été faite la chanson, lisant ce dictionnaire, moins grammatical que satirique, étoit tout joyeux de voir que, plus heureux qu'une foule d'autres, il n'y étoit attaqué dans aucun article. Le dernier le fit bien déchanter : c'étoit le mot *zeste* avec son fameux exemple. Il n'avoit pas perdu pour attendre. Je ne vois qu'un malheur pour l'anecdote, c'est qu'il s'en faut de plus de trente ans qu'elle soit possible. Le prince de Condé, pour qui seul le refrain faisoit épigramme, mourut en 1646, et le dictionnaire de Richelet ne parut qu'en 1680. Cela n'empêchera pas que les *ana* de l'avenir répéteront l'anecdote, comme l'ont répétée tous ceux du passé.

Dont le nom rime à demy-Dieu ;
D'avoir d'une atteinte mortelle
Ebranlé sa pauvre cervelle ,
D'avoir resveillé ses humeurs
Qui l'ont agité de fureurs :
D'avoir terny toute sa gloire ,
D'avoir esmeu sa bile noire ,
D'avoir rendu son poil plus blanc ,
D'avoir trop eschauffé son sang ,
Et d'avoir reduict son derrière [1]
A sa disgrace coustumière.
Il croit, se voyant à cheval,
Voir Alexandre et Bucefal ;
Il croit que sa seule prudence ,
Le renom de son insolence,
Le son de ses trente mulets ,
Le grand nombre de ses valets,
Les destours de sa polytique,
Les secrets de son art comique ,
Le verd esclat de ses lauriers ,
Le bruit de ses actes guerriers ,
Le feu de son masle courage ,
Et les rayons de son visage
Glaceront les timides cœurs
De ses fiers et cruels vainqueurs ;
Il croit desjà piller Bruxelles,
Et par des vengeances cruelles
Traitter comme l'on fit Louvain
Après la bataille d'Avain [2].

1. V., pour la maladie du cardinal, une pièce de notre
tome VII, p. 231.
2. Après cette bataille, gagnée le 20 mai 1635, sur le

Pour faire de si beaux miracles
Il consulte de grands oracles,
Le Moyne[1], Des Noyers[2], Seguier[3],
Le jeune et le grand Bouthillier[4].
Voilà les conseillers supresmes
Qu'il consulte aux perils extremes :
Le Moyne imite sainct François,
Il protege les Suedois;
Il a le zèle seraphique,
Il travaille pour l'heretique,
Il est percé du divin traict,
Mais non encore tout à faict,
Car il porte bien les stigmates,
Mais non les marques d'escarlates.
Son capuchon piramidal
Ne luy plaist qu'estant à cheval
Sur la beste luxurieuse
Qui prend la posture amoureuse,

prince Thomas, par les maréchaux de Brezé et de Châtillon, l'armée feignit de se porter sur Bruxelles, ce qui fit que le cardinal-infant y concentra ses forces en toute hâte, dégarnissant ainsi Louvain, seule place où tendoient sérieusement les entreprises de nos troupes. Ce plan, habilement conçu, manqua par la faute du prince d'Orange, qui, jaloux du cardinal, et ne voulant pas contribuer à lui gagner ce nouveau succès, fit lever le siége de Louvain après dix jours d'attaque.

1. Le P. Joseph.

2. François Sublet de Noyers, surintendant des bâtiments.

3. Pierre Séguier, chancelier de France depuis 1635.

4. Claude Bouthillier, surintendant des finances, et Léon Bouthillier de Chavigny.

Et par le branle et par le chocq
Faict dresser la pointe du frocq.
Il n'a plus le simple equipage
Du fameux mulet de bagage,
Qui n'avoit, comme un cordelier,
Pour train qu'un asne regulier :
Ceste vieille beste de somme
A pris le train d'un gentil-homme,
Qui bien, quand le vin l'animoit,
Brave cavalier se nommoit;
Il a suivant et secretaire,
Il a carosse, il a cautère,
Il a des laquais insolens
Qui jurent mieux que ceux des grands.
Il est l'oracle des oracles,
Il est le faiseur de miracles;
L'Esprit sainct forme ses discours,
Un ange les escrit tousjours;
Ils font partout fleurir la guerre,
Ils le canonizent en terre;
Il est des saincts reformateurs [1]
De l'Ordre des Frères-Mineurs.
Il fait une règle nouvelle [2]

1. Le P. Joseph, de concert avec la duchesse d'Orléans, avoit établi la réforme dans le monastère de Fontevrauld.

2. Le P. Joseph avoit institué l'ordre des *Filles du Saint-Sacrement*, dites *Filles du Calvaire*. Le couvent que ces religieuses occupoient au Marais avoit été fondé par lui. (V. Piganiol de La Force, *Description de Paris*, t. IV, p. 377-378.) La rue qui met en communication la rue Saint-Louis et le boulevard rappelle ce couvent, dont elle porte

Pour grimper au ciel sans eschelle,
Pour y monter à six chevaux
Et par des ambitieux travaux,
Et gaigner Dieu par où les âmes
Gaignent les eternelles flammes,
Pour estre capucin d'habit,
Pour estre esclave de credit,
Pour estre eminent dans l'Eglise[2],
Pour empourprer la couleur grise,
Pour estre martyr des enfers,
Pour estre un monstre à l'univers.
Seguier, race d'apothiquaire,
Est un esclave volontaire;
Il est valet de Richelieu
Et l'adorateur de ce Dieu[2];
Il prend pour règle de justice
Ce bon sainct sans fard ny malice;
Il dict, le voyant en tableau :
Le Ciel n'a rien faict de si beau.
Ses volontez luy sont sacrées,
Les aigres injures sucrées,
Il tremble, il fleschit les genoux;

le nom. L'église voisine, Saint-Denis-du-Saint-Sacrement, en est aussi un souvenir.

1. Le P. Joseph, qu'on appeloit l'*éminence grise*, désiroit fort qu'on l'appelât l'*éminence rouge*, comme Richelieu son patron. On dit que Louis XIII obtint pour lui le chapeau, mais il n'arriva qu'après le 18 décembre 1638, c'est-à-dire lorsque l'ambitieux capucin étoit mort.

2. « Jamais, au fond, dit Tallemant, chancelier ne fit moins le chancelier que lui; il est toujours le très humble valet du ministre. » (1re édit., in-8, t. 3, p. 34.)

Il est prest à souffrir les coups,
L'appelle monseigneur et maistre,
Et pour luy, violent et traistre,
Pour luy ne cognoist plus de loix,
Pour luy viole tous les droicts,
Sur son billet n'ose rien dire,
Scelle trente blancs sans les lire,
Trahit son sens et sa raison,
Tant il redoute la prison;
Il est morne, melancholique,
Il est niais et lunatique,
Une linotte est son jouet;
Il est solitaire et muet,
Tousjours pensif et tousjours morne,
Rumine comme beste à corne;
Il auroit esté bon Chartreux,
Car il est sombre et tenebreux;
Son humeur pedantesque et molle
Sent très bien son maistre d'escolle;
Il n'a point noblesse de cœur,
Quoi qu'aye dit un lasche flateur;
Sa perruque, en couvrant sa teste,
Couvre en mesme temps une beste,
Car des bastons au temps jadis
Ont rendu ses sens estourdis;
Il va tous les jours à la messe
Sans que son injustice cesse;
Les moynes gouvernent son sceau,
Quand ils veulent il fait le veau.
Les ordonnances seraphines
Luy tiennent lieu de loix divines,
Et la plus saincte faculté

Par luy n'a plus de liberté.
Si Richelieu devient injuste
Contre le Parlement auguste,
Il a l'ardeur d'un renegat,
Et sous mains le choque et l'abbat;
Mais son avarice est extrême,
Et dans sa dignité suprême
Il fait le gueux et le faquin,
Comme s'il n'avoit pas du pain;
Son ame basse et mercenaire
Le rend plus cruel qu'un corsaire;
S'il y va de son interest,
Ou quand quelque maison luy plaist,
Il ne croit point d'illustre ouvrage
Que de s'enrichir davantage,
Et pleure de n'avoir encor
Peu gagner un million d'or.
La F....., ceste serrurière[1],
Cette layde, cette fripière[2],
Ce dragon qui rapine tout,

1. Le texte donné dans le *Tableau du gouvernement des cardinaux Richelieu et Mazarin* la nomme en toutes lettres : La Fabry. C'est la femme du chancelier Séguier, fille de Fabri, trésorier de l'extraordinaire des guerres. (V. *Caquets de l'Accouchée*, édit. elzev., p. 166, note.) Un passage de Tallemant nous explique pourquoi on l'appelle ici cette *serrurière*. « On dit, écrit-il, que le grand-père de Fabri étoit serrurier, d'où vient la pointe *fabricando, fabristmus.* » (Edit. in-8, t. III, p. 35.)

2. « C'est, écrit Tallemant, la plus avare femme du monde. Tous les officiers que le chancelier reçoit lui doivent six aunes de velours ou de satin, selon la charge qu'ils ont... De là vient qu'on l'appelle la fripière. » (*Id.*, *ibid.*)

Qui court Paris de bout en bout,
Pour avoir aux ventes publiques
Les meubles les plus magnifiques,
Et ne donner que peu d'argent,
En faisant trembler le sergent;
C'est à Seguier une harpie,
Un demon, qui sans cesse crie
Qu'il faut voler à toutes mains,
Que sans biens les honneurs sont vains;
Elle contrefait la bigotte
Et se laisse lever la cotte,
Assaisonnant ses voluptez
D'eau beniste et de charitez.
Son mary caresse les moynes,
Elle caresse les chanoines,
Et fait avecque chacun d'eux
Ce que l'on peut faire estant deux.
Des Noyers, nouveau secretaire,
Merite bien quelque salaire,
Car il est assez bon valet[1],
Quoy qu'il ne soit qu'un Triboulet,
Et ne cognoist point de prudence
Que la plus lasche complaisance,
Et cherche son élèvement
Par un infâme abaissement[2].
Sa vertu n'est point scrupuleuse,
Et, d'une adresse merveilleuse,

---

1. « M. de Noyers, dit Tallemant (2ᵉ édit., t. III, p. 248), étoit une vraie âme de valet. »
2. « Ce petit homme, dit encore des Réaux, vouloit tout faire, et étoit jaloux de tout le monde. »

Quitte le bien et suit le mal,
Selon qu'il plaist au cardinal.
Une legère suffisance
Passe en luy pour grande science
Et le signale entre ces veaux,
De Lomenie [1] et Phelipeaux [2] ;
Son ame est esgale à sa mine :
Elle est petite , foible et fine ,
Et n'a point du tout cet esclat
D'un grand secretaire d'Estat ;
Sa splendeur n'estant que commune,
Ne peut aux yeux estre importune ,
Et son naturel bas et doux
Luy donne fort peu de jaloux.
Servient [3], ton noble genie
T'a faict *sentir* la tyrannie
De ce règne , où les genereux

1. Henri-Auguste de Lomenie, comte de Brienne, secrétaire d'Etat, père de celui qui écrivit les fameux Mémoires publiés par M. Fr. Barrière.

2. Ce ne peut être ni Paul Phélypeaux de Pontchar-
train, mort en 1621, ni Rémy Phélypeaux d'Herbault,
mort en 1629 ; mais bien Louis Phélypeaux de La Vril-
lière, qui, dès cette époque, étoit secrétaire d'Etat, comme
l'avoient été les précédents.

3. Servien étoit alors exilé à Angers, mais ce n'étoit pas
du tout à cause de son *noble génie*. Une querelle qu'il avoit
eue avec Boisrobert , au sujet d'une raillerie que celui-ci
avoit faite touchant ses amours avec mademoiselle Vincent,
la chanteuse, avoit indisposé Richelieu contre lui. Le cardinal, en effet, donnoit toujours raison à son bouffon. Peu
de temps après, Servien avoit dû partir pour le lieu de son
exil. (Tallemant, 1ʳᵉ édit., t. II, p. 376-377.)

Sont tous pauvres et malheureux.
Ainsi l'astre par la lumière
Esclatte une vapeur grossière,
Qui ternit toute la clarté
Et qui nous cache sa beauté.
Que si le soleil cache l'ombre,
Il perce le nuage sombre;
Espère que les envieux
Te verront un jour glorieux;
Mais le plus beau des polytiques
Est Chavigny [1], dont les pratiques
Luy procurent avant le temps
Le venin des plus vieux serpens;
Il est fourbe, il est temeraire;
Armand l'a pour son emissaire,
Et vers Monsieur, et vers le Roy [2],
Et vers tous deux il est sans loy;
Il tromperoit son propre père,
Et trahiroit sa propre mère,
Si le cours de ses passions
Rapportoit à ses actions.

---

1. Léon Bouthillier de Chavigny, dont il a déjà été parlé.
2. C'étoit, en effet, l'homme à tout faire de Richelieu. C'est lui qui fut envoyé à Paris, vers Gaston, pour favoriser à cette petite cour les desseins du cardinal, et il s'y prit si adroitement que Monsieur lui-même fut trompé. (*Mémoires* de Montrésor, coll. Petitot, 2e série, t. 54, p. 315.) Lors de la conspiration de Cinq-Mars, c'est Chavigny qui fut envoyé par Richelieu vers le roi, porteur du traité conclu par Monsieur, Cinq-Mars et le duc de Bouillon, avec l'Espagne. (*Mémoires* de La Châtre, coll. Petitot, 2e série, t. 49, p. 384.)

Il a tant appris d'un tel maistre
Le mestier de fourbe et de traistre,
Qu'il est le premier favory
De ce ministre au cul poury.
Ses prodigieuses richesses
Le font brusler pour deux maistresses :
Par la gloire il est emporté,
Par les femmes il est dompté;
Son esprit embrasse les vices,
Son corps embrasse les delices
Qui corrompent le jugement
Par le brutal debordement;
Il se flatte de l'esperance
De se voir duc et pair de France;
Et, dans son desir violent,
Trouve que son bonheur est lent.
L'amour qu'Armand luy porte est telle,
Qu'elle esgale la parternelle[1];
Et si son père n'estoit doux,
Il en pourroit estre jaloux.
Sa femme apprend du bon stoïque
La naturelle polytique,
Et que, tout vice estant esgal,
L'adultère est un petit mal;
Mais pour punir ceste coquette,
Il luy rend ce qu'elle luy preste.
Voilà les Jeannins, les Sullys,
Les Villeroys, les Sylleris,

1. Richelieu avoit, en effet, la plus grande affection
pour Chavigny, et la plus entière confiance en son habileté. « Il prend, dit Tallemant (édit. in-12, t. II, p. 232),
M. de Chavigny pour le plus grand génie du monde. »

Dont ce fier tyran de la France
Consulte la rare prudence :
Si tu demandes des heraus
Qui nous deslivrent de nos maux,
Les Brezay[1] et les Meillerayes[2]
Sont les medecins de nos playes ;
Si tu veux des foudres de Mars
Qui servent de vivants rempars,
Coëslin[3], dans la plaine campaigne,
Sert plus qu'une haute montaigne ;
Courlay[4], dans l'empire des flots,
Faict un grand rocher de son dos.
Ces bossus preservent la France

1. Urbain de Maillé, marquis de Brézé, maréchal de
France, devoit sa haute position à sa femme Nicole, du
Plessis-Richelieu, sœur du cardinal. Elle étoit morte le
30 août 1635, mais la faveur du maréchal avoit continué.

2. Charles de La Porte, duc de La Meilleraye, maréchal de France, cousin germain du cardinal de Richelieu.

3. Le marquis de Coislin, neveu du cardinal, pourvu
de la charge de colonel général des Suisses après Bassompierre.

4. M. Pont-de-Courlay, autre neveu du ministre, qui avoit
le grade de général des galères. Tallemant parle d'une
peinture que le duc de Roannez possédoit dans son château d'Oiron, vers Loudun, où se voyoit le ministre avec
une partie de ces parents dont il avoit fait l'élévation : « Le
cardinal de Richelieu est peint habillé comme la Fortune,
qui tend un bâton de maréchal à un petit grimaud qui représente La Meilleraye ; donne une ancre à un fort vilain
gobin, le général des galères Pont-de-Courlay, et les en-
seignes des Suisses au colonel des Suisses, le maréchal
de Coislin, autre bossu. » (Edit. in-12, t. III, p. 53.)

De toute maligne influence.
Tous ces braves avanturiers
Nous promettent mille lauriers;
Ils outragent les capitaines,
Ils font des entreprises vaines,
Et, quoy qu'ils craignent les hazars,
Veulent passer pour des Cesars.
Mais qui règne sur les finances?
Bullion[1], dont les violences
Sont le principal instrument
De cet heureux gouvernement,
Le plus cruel monstre d'Affrique
Est plus doux que ce frenetique,
Qui triomphe de nos malheurs,
Qui s'engraisse de nos douleurs;
Qui par ses advis detestables
Rend tous les peuples miserables;
Qui par ses tyranniques loix
Les fait pleurer d'estre François;
Qui surpasse les bourreaux mesmes,
Se plait dans leurs tourmens extremes;
Qui d'un œil sec trempe ses mains
Dans le sang de cent mille humains;
Qui leur blessure renouvelle
Du fer de sa plume cruelle,
Et rit en leur faisant souffrir
Mille morts avant que mourir.
Est-il un merite si rare
Qui puisse adoucir ce barbare?
Le grand Veimard[2] et sa valeur

1. Claude Bullion, surintendant des finances.
2. Bernard, duc de Saxe–Weimar, l'un des bons capi-

Peuvent-ils flechir ce voleur ?
Il ne cognoist point de justice
Que les fougues de son caprice ;
Il outrage les officiers,
Il gourmande les chanceliers ;
Armand soustient son insolence,
Volle avec luy toute la France,
Et, pour confirmer les edicts,
Rend les magistrats interdits.
Tous les François sont tributaires
De ces deux horribles corsaires ;
Jamais pirates sur les mers
N'ont faict tant de larcins divers.
Ce notonnier a ce pilotte,
Rapinant avec une flotte ;
Cornuel meut les avirons,
Luy seul vaut bien trente larrons[1] ;
Bullion, par ses avarices,
Entretient son luxe et son vice ;
Ce Gros-Guillaume raccourcy[2]

taines de ce temps-là, qui avoit mis alors son épée au service de la France.

1. « Cornuel, president à la Chambre des Comptes, dit
Amelot de la Houssaye (*Mémoires historiques*, t. 2, p. 428),
avoit toute la direction des finances sous la surintendance
de Bullion. Il etoit très bel homme, et avoit une belle
femme, dont on dit que le surintendant étoit fort amoureux. »

2. « On appeloit Bullion *le Gros-Guillaume raccourci* »,
dit Tallemant, qui savoit sa *Milliade* par cœur, et qui
prouve ainsi combien les traits de cette satire furent bientôt répandus et populaires. (Edit. in-12, t. 2, p. 196.)

Var. IX.   3

A tousjours le ventre farcy
Et plein de potage et de graisses,
Baise ses infames maistresses ;
Le gros Coquet, ce gros taureau,
Est son honneste macquereau[1] :
Voilà la fidelle peinture
D'un avorton de la nature,
D'un Bacchus, d'un pifre, d'un nain,
D'un serpent enflé de venin,
Que Louys, d'un coup de tonnerre,
Doit exterminer de la terre.
Paris, pour illustre tombeau,
Luy prepare un sale ruisseau,
Promet de longues funerailles
A ses tripes, à ses entrailles,
Et s'oblige à graver son nom
Sur les pilliers de Montfaulcon.
Il fera bien la mesme grace
A un Moreau qui le surpasse
En blasphesmes et juremens,
Et l'esgalle en debordemens ;
Ce magistrat est adultaire,
Injuste, fripon, themeraire,
Et, pour estre fils de Martin,
N'en est pas moins fils de putain.

1. « Le surintendant, écrit Amelot de la Houssaye, se servit encore d'un autre homme, nommé Jacques Coquet, qui entendoit assez bien les finances, mais encore mieux l'art de negocier en amour. Cornuel lui vendoit sa femme, et Coquet des maîtresses. » (*Mémoires historiques*, t. 2, p. 429.) Tallemant dit aussi en toutes lettres : « Coquet étoit le maquereau de Bullion. » (1re édit. in-8, t. 3, p. 376.)

Dans Paris il vent la justice,
Il exerce encor la police;
Mais on y meprise sa voix
Et l'on hait ses injustes loix.
Grant senat, tu hais tout de mesme
Ce Le Jay [1], ce buffle supresme,
Le chef honteux d'un noble corps,
L'horreur des vivans et des morts,
Cet infame qui, sans naissance,
Sans probité, sans suffisance,
Et sans avoir servy les Roys,
Se voit sur le trosne des loix;
Cet animal faict en colosse,
Ce grand coquin et ce vieux rosse,
Qui n'est bon que pour les harats
Et pour ses amoureux combats;
Qui dans Maison rouge se pasme [2]
En baisant une garce infame,
Qui parut mort entre ses bras,
Qu'on trouva couché en ses dras;
Qui, dans cette extase brutalle,
Approcha de l'onde infernalle.
C'est pour couronner son bon-heur
S'il mouroit en son lict d'honneur.
Cet ivrongne n'a rien d'honneste;
Son ame est l'ame d'une beste,

1. Nicolas Le Jay, premier président du parlement de Paris.

2. Cette terre avoit été érigée en baronnie, et le président, ainsi que son fils Charles; portèrent le titre de baron de Maisonrouge.

Et n'a que de lasches desirs,
Et rien que de sales plaisirs;
Sa maison est une retraicte
Où loge l'ardeur indiscrette,
Où règne Venus et Bacchus,
Des macquereaux et des cocus,
Curgy, d'Herblay et de Courville,
Dont il voit la femme et la fille;
Il se plaist d'estre yvre souvent :
C'est alors qu'il paroist sçavant,
Et que, ceint d'un laurier bacchique,
Il discourt de la republique,
De la d'Herblay et de la Tour,
De leur beauté, de son amour;
Il vieillit sans devenir sage,
Il fuit tousjours le mariage;
Il estoit gendre, et très meschant,
Du grand capitaine Marchand [1].
Il estoit cruel à sa femme,
Bruslant d'une impudique flamme;
Elle de sa part l'encornoit,
Prodigue vers qui luy donnoit [2].
Ce boucquin, pour nourrir son vice,

1. La femme du président Le Jay étoit en effet fille de Charles Marchand, capitaine des trois corps d'archers de la ville, et le même qui fit construire à ses frais le pont ainsi nommé, à cause de lui, pont Marchand, à la place du Pont-aux-Meuniers, écroulé le 21 décembre 1594.

2. A la suite de ce vers se trouvent ceux-ci, dans le texte donné dans le *Tableau de la vie et du gouvernement, etc.*:

Il ne desiroit pour tombeau
Que celui dont vit Isabeau.

Vend publiquement la justice ;
La d'Herblay la met à l'encan,
Tire huict mille escus par an,
Fait ordonner ce qu'on demande,
Pourveu qu'on luy porte une offrande ;
Se vante parmy les railleurs
Qu'elle est grosse des procureurs,
Qu'elle enfantera vingt offices,
Digne prix de ses bons services ;
Que, s'il est sale en ses amours,
Il est plus sot en ses discours ;
Ses harangues sont pedantesques
Et pleines d'infinies grotesques,
Empruntant tousjours son rollet,
D'un esprit pedant et follet.
Il ayme si fort la nature
Qu'il parle au Roy d'agriculture,
De bien semer, de bien planter,
D'esmonder, elaguer, anter ;
Il discourt tout d'un art si rare
Que dans les jardins il s'esgare,
Traitte Louys en vigneron,
Adjouste ce tiltre à son nom,
Compare un grand arbre à la France,
Et ce bel astre à sa prudence,
Qu'il scait esbranler les estats,
Qu'il sçait couper les potentats,
Qu'il sçait anter guerre sur guerre,
Qu'il sçait bien cultiver les terres.
Ainsi ce sublime orateur,
Ce sage et delicat flatteur,
Ce satyre à la gorge ouverte,

Ce beau porteur de cire verte,
Cet athée ennemy de Dieu,
S'est fait amy de Richelieu;
Il est traistre à sa compagnie,
Les soubmet à la tyrannie,
Denonce les plus genereux,
Excite Richelieu contre eux,
Et fait qu'il ordonne un supplice
Pour le courage et la justice.
Il bannit les bons magistrats
Comme perturbateurs d'estats,
Introduit par toute la France
Le crime de lèze-Eminence,
Vange avec moins de cruauté
Celuy de lèze-Majesté.
Il fait reverer sa personne
Plus que Louis et sa couronne;
Par services dignes du feu,
Il a gaigné le cordon bleu,
Cordon qui servira de corde
Si on luy fait misericorde,
Car la roue à peine est le prix
Des attentats qu'il a commis.
Armand à ces ames si pures
Dispense les magistratures,
Et fait regner sur les subjets
Ceux qui sont dignes de gibets.
C'est là la conduite admirable
De ce ministre incomparable,
De ce capitan sourcilleux,
De ce matamore orgueilleux,
De ce jeune Hercule des Gaules,

Qui les porte sur ses espaules,
Qui sous ce faix n'est jamais las,
Qui n'a point besoin d'un Athlas,
Et qui dessus sa maigre eschine
Veut porter la ronde machine.
Ce courtisan futile et vain
A fait le politique en vain;
Ses fautes sont tousjours visibles
Et ne nous sont que trop sensibles.
Les premières prosperitez
L'ont signalé de tous costez,
Mais les avantures sinistres
L'ont mis au rang des sots ministres :
Ce n'est que dans les grands malheurs
Que l'on reconnoist les grands cœurs.
L'esclat des heureuses fortunes
Rend rares les ames communes,
Et les ouvrages du hazard
Passent pour chef-d'œuvre de l'art.
Tout pilote est bon sans orage,
L'imprudent alors paroist sage;
Mais il se monstre ingenieux
Lors que les flots montent aux cieux.
Quand Dieu punissoit l'infidelle,
Quand il foudroioit les rebelles,
Quand il vengeoit le droict des Rois,
Quand il combattoit pour les loix,
Quand il châtioit la Savoye,
Quand il nous la donnoit en proye,
Quand il se servoit de nos mains
Pour delivrer les souverains,
Armand estoit égal aux anges,

Et les auteurs, dans leurs louanges,
Donnoient au bras de Richelieu
Les miracles du doigt de Dieu.
Non que par ses soins et ses veilles
Il n'ait eu part à ces merveilles,
Et que Dieu n'ait des instrumens
Des plus fameux evenemens ;
Mais la divine Providence
Conduisoit sa foible prudence,
La force des astres divains
Mettoit la force entre ses mains ;
Dieu regloit les causes secondes
Et calmoit la fureur des ondes ;
Il leur faisoit baiser alors
Nostre digue ainsi que leurs bords,
Et la Providence eternelle
L'a destruicte après La Rochelle.
Donnons en la louange à Dieu,
Non pas au nom de Richelieu.
Dans Ré, dans Cazal et Mantoue¹,
Qui n'a point veu que Dieu se joue
Des vains et des ambitieux
Qui pensent escheller les cieux ?
Lorsque le Seigneur des batailles
Attaque ou deffend des murailles,
Les foibles domptent les puissans,
Et les nains vainquent les geans.

1. Allusion à la victoire que M. de Thoiras avoit remportée sur les Anglois dans l'île de Rhé, en 1629, et à la belle défense que les François avoient faite à Casal en 1629 et en 1630, et à Mantoue vers le même temps.

Soubs luy les hommes obéissent,
Soubs luy les elemens fléchissent ;
Il retient le cours du soleil,
Il destourne un sage conseil,
Il glace de peur les armées,
Il les rend d'ardeur enflammées,
Il meut leurs corps, pousse leurs bras,
Dresse leurs mains, règle leurs pas,
Et, par des detours invisibles,
Conduit les ouvrages sensibles.
Armand faisoit fleurir les lys
Quand Dieu perdoit nos ennemis,
Armand ne trouvoit point d'obstacles
Quand Dieu nous faisoit des miracles ;
Mais, quand il a pris pour object
D'estre plustost Roy que subject,
De faire adorer sa prudence
Plus que la royale puissance,
D'estre le tyran des François
Et le fleau des plus grands Rois,
D'eterniser dedans la terre
Le triste flambeau de la guerre,
De violer tous les traictez,
De voler toutes les citez,
D'usurper toute la Loraine 1,
D'emprisonner sa souveraine,

1. En 1634, le duc de Lorraine, pour échapper aux engagements qu'il avoit pris avec le roi, ayant cédé ses états au cardinal François, son frère, Louis XIII le punit de sa mauvaise foi insigne en mettant la main sur toute la province. C'est ce que notre satirique appelle ici une usurpation du cardinal.

De separer ce que Dieu joinct,
De mespriser ce qu'il enjoinct,
De rendre l'Eglise asservie,
De ne luy laisser que la vie,
De la faire esclave des Rois,
De ravir ses biens et ses droicts,
De dissoudre un sainct mariage
Pour faire un ridicule ouvrage,
Pour joindre avec des jeunes lys
Des grateculs et seps vieillis,
Pour mesler le sang de la France
Au vil sang de Son Eminence,
Pour faire reyne Combalet [1],
La veufve d'un pauvre argoulet,
La posterité d'un notaire,
L'hermaphrodite volontaire,
L'amante et l'amant de Vigean [2],

1. Sœur de Pont-Courtay, et partant nièce du cardinal. Après l'affaire du pont de Cé, pour établir un semblant d'alliance entre lui et MM. de Luynes, Richelieu avoit fait épouser cette nièce à Antoine de Beauvoir du Roure, seigneur de Combalet, neveu du duc de Luynes. Plus tard, il la fit duchesse d'Aiguillon.

2. A la fin de l'*Histoire secrète des amours du cardinal de Richelieu avec Marie de Médicis et madame de Combalet*, curieux mémoire publié, on ne sait pourquoi, par Auguis, dans ce qu'il appelle les *Révélations indiscrètes du XVIIIe siècle*, 1814, in-12, p. 145-182, on lit ceci : « Elle (madame de Combalet) eut dans la suite de grandes liaisons avec madame du Vigean, qui n'étoit pas plus prude qu'elle.» Tallemant (édit. in-12, t. 2, p. 204) fait foi lui-même de ces relations et de l'influence de madame de Vigean sur madamé de Combalet.

La princesse au teint de saffran,
La Nayade qui dans sa chambre
Tient une fontaine d'eau d'ambre,
Et le chaste Dieu des jardins
Parmy ses lys et ses jasmins;
Quand, renversant le cours des choses,
Il a faict des metamorphoses
A rendre vierge Combalet,
La femme d'un maistre mulet,
Alors les celestes puissances
N'ont pu souffrir ses insolences:
On a veu cet audacieux
Hay de la terre et des cieux,
On a veu ses palmes fanées
Depuis le cours de trois années;
Dieu ne reglant pas ses desseins,
Ils ont paru des songes vains:
Car vouloir vaincre l'Allemagne
Et dompter la maison d'Espagne,
En laissant perir nos soldats
Victorieux aux Pays-Bas,
En consumant l'or des finances
Dans l'esclat des magnificences,
C'est montrer qu'il n'a plus de sens
Que pour perdre les Innocents [1];
En prodiguant pour ses duchesses
De quoy munir ses forteresses,
En amassant de grands tresors
Dedans le Havre et autres ports,
En laissant dans les autres villes

1. Ces deux vers manquent dans l'édition in-4°.

Des troupes foibles et debiles,
Ayant plus de soin des prisons
Que des forts et des garnisons,
C'estoit un dessein chimerique
Digne de ce grand polytique,
D'un heros au dessus des noms,
Du roy des petites maisons.
Ses visions creuses et folles
Ont mis les forces espagnolles
Dans le sein de l'Estat françois,
Et près du trosne de nos rois.
La France a receu mille atteintes,
Ses douleurs esgallent ses craintes;
Tous ses membres sont languissans,
La guerre a perclus tous ses sens,
Et la vigueur de sa noblesse
N'est plus aujourd'hui que foiblesse.
Elle est malade en tout son corps,
Ne peut faire de grands efforts,
A besoin que la main divine
La preserve de sa ruine,
Et ne doit demander à Dieu
Que la perte de Richelieu :
Car, si le Ciel benit nos armes,
S'il sèche le cours de nos larmes,
Et qu'Armand possède Louis
Par ses mensonges inouïs,
Il reprendra sa tyrannie,
Il redoublera sa manie;
Il bannira les plus puissans,
Il perdra les plus innocents;
Il connoit desjà des vengeances,

Il prepare des violences;
Ce lyon bat desjà son flanc,
Son cœur est alteré de sang;
Ses yeux estincellans de rage,
Sa gueulle s'apreste au carnage.
Faut-il que , combattant pour nous ,
Nous nous exposions à ses coups ,
Et qu'en deffendant nos murailles,
Ce serpent ronge nos entrailles ?
Faut-il qu'en asseurant nos biens
Nous nous asseurions nos liens ?
Faut-il qu'en gardant nostre maistre,
Nous gardions ce barbare prestre ,
Et qu'esclaves comme devant ,
Nous nous perdions en nous sauvant?
Grand Roy , bannis par ta puissance
La servitude de la France ,
Chasse l'orgueilleux potentat
Et le demon de ton Estat.
Ton triomphe sera funeste
Si ce cruel monstre nous reste.
Ouvre les yeux, arme ton bras
Pour mettre deux tyrans à bas;
Couronne les faicts de la gloire
Qu'auroit ceste double victoire;
Fais punir l'autheur de nos maux ,
L'autheur de mille et mille impots;
Fais que la justice divine
Accable ce nouveau Conchine;
Laisse deschirer à Paris
Le plus meschant des favoris ,

Et fuys, en sauvant la couronne,
Cet oracle de la Sorbonne.
Son sepulchre en vain sera beau,
Les tyrans n'ont point de tombeau.

FIN.

Le Duel signalé d'un Portugais et d'un Espagnol[1].

Extrait d'une lettre escritte de Lisbonne à Paris, au Prince de Portugal[2].

Du Bureau d'adresse, au Grand-Coq, rue de la Calandre, près le Palais, à Paris, le 31 aoust 1633.

Avec privilége.

'ai disputé à par moy se je vous ferois part d'un combat memorable arrivé le 27 du passé entre deux personnes de telle qualité qu'il semble plustot un combat de nation que de personne à autre; mais, voyant

1. Bien que cette pièce intéresse une des époques les plus curieuses de l'histoire du Portugal, nous la reproduisons ici moins pour elle-même que [pour le singulier *appendice* que lui a donné son premier éditeur. Cet *appendice*, comme on le verra, n'est pas autre chose qu'une feuille de *petites affiches* en 1633.

2. Ce prince de Portugal est D. Cristovao, l'un des deux fils du prétendant D. Antonio, prieur de Crato, qui, sans avoir des droits légitimes, avoit le plus énergique-

que les Espagnols en semoyent le bruict à leur
avantage, sur ceste maxime qu'à mal exploiter il
n'est que de bien escrire, je me suis senti obligé
à vous en mander la verité.

Les Espagnols sont de tout temps mal voulus
des Portugais, et leur histoire moderne nous apprend qu'ils ont porté leur animosité jusques au
Nouveau-Monde, au partage duquel ils ne se sont
jamais pu accorder, bien que le S. Siége s'en soit
meslé. Mais ceste haine est venuë à son comble
lorsque les Espagnols se sont rendus maîtres du
Portugal, aneantissans les beaux priviléges de ceste
grande province, et mesmes lorsqu'ils ont changé
leur liberté en des citadelles, le moyen ordinaire
dont se servent les Espagnols pour retenir sous
leur domination les peuples par force, puisqu'ils
ne le peuvent par amour.

La garnison espagnole qui estoit dans la citadelle
de Lisbonne s'estant voulu égayer dans la ville et

---

ment lutté, par tous les moyens possibles, pour que le
Portugal n'eût d'autre roi qu'un prince portugais. On sait
qu'après avoir tout tenté pour arracher son pays à la domination espagnole, D. Antonio mourut à la peine en
1595, ne laissant que ses prétentions pour héritage à son
fils. D. Cristovao fut le seul qui resta en France. Nous
savions qu'il y étoit encore en 1632, car cette année-là
du Moustier fit son portrait. (V. notre volume *Un Prétendant portugais au XVIe siècle*, 1852, in-12, p. 44, 85,
95.) La date de la pièce reproduite ici prouve que l'année
suivante il s'y trouvoit encore. Il y vivoit d'une pension
que lui faisoit le roi, comme on peut le voir par une pièce
que possédoit M. de Joursanvault. (V. le *Catalogue* de sa
collection, 1re partie, p. 35, no 257.)

y vivre avec moins de retenue, les bourgeois portugais, ausquels une dominafion estrangère ne peut faire oublier leur generosité, lassez de leur façon de faire, l'ont naguères rechassée dans leur citadelle, sans leur vouloir souffrir de remettre le pied dans la ville.

Ce que dom Federico de Tolède[1], general de l'armée espagnole, n'ayant pu endurer sans leur tesmoigner son ressentiment, lascha quelques parolles au desavantage des Portugais; de quoy estant adverty dom Francisco Mascarenhas, gentilhomme portugais de l'ordre de Christo (qui est le principal ordre de Portugal), homme de grande reputation, tant pour avoir fait de grands exploits d'armes aux Ost-Indes que pour avoir esté chef de la faction portugaise qui chassa les Espagnols dans cette citadelle, comme je vous ay dit, employa cinq jours entiers à chercher dom Federico, et l'ayant enfin trouvé seul en une place de cette ville de Lisbonne ditte Terrero de Passo, sur les quatre heures après midy, il luy dit : « Me voilà bien content d'avoir rencontré vostre seigneurie, pour luy demander raison du blasme qu'elle donne aux gentilshommes portugais, dont le moindre vaut mieux que tous les Espagnols; mais afin que vostre meschanceté et impudence face recognoistre vostre tort devant Dieu et le monde, je vous appelle au

1. Fils du duc d'Albe et le même qui s'étoit illustré par la prise de Mons en 1573. On sait que le duc d'Albe avoit contribué plus que personne à la conquête du Portugal par les Espagnols. Le gouvernement de Lisbonne revenoit donc de droit à quelqu'un des siens.

combat Dos Cardaiz. Amenez-y tant d'Espagnols que vous voudrez : j'ay si bonne opinion de moy qu'avec le tiltre que je porte de Mascarenhas et mon ordre, il y aura assez de moy tout seul pour battre tous les Castillans ; il ne reste plus qu'à me donner l'heure, à laquelle je ne manqueray point de me trouver. »

Dom Federico luy respondit en se mocquant : « Je suis bien aise qu'il y ait en ce royaume une personne si vaillante que vous, qui ait la hardiesse d'appeler au combat un général de l'armée espagnole ; mais quant à moy, qui suis ministre de Sa Majesté Catholique, je ne le puis accepter. »

Mascarenhas repart : « Je jure par mon ordre que, si vous ne l'acceptez pas, je vous decrieray par tout le monde comme un poltron, et le moindre mal qui vous puisse arriver à la première rencontre est d'avoir l'oreille coupée. Espagnols, quand vous parlez des Portugais, apprenez à mettre les deux genoux à terre. — Eh bien, dit lors Federico, pour faire donc plaisir à si vaillant Portugais, j'accepte l'appel et me trouverai demain au lieu assigné dès les six heures, non, dès les quatre heures après midi, vous donnant avis au parsus que j'iray en général. »

A l'heure dite, dom Francisco Mascarenhas parut le premier au champ où se devoit faire le combat, sans autres armes que l'espée et le poignard ; mais vingt-cinq gentilshommes du même ordre le suivoient à cent pas de là, pour voir quelle en seroit l'issue. Dom Federico y arriva aussi, mais fort tard, et après cinq heures, à la teste de trente-cinq.

capitaines. Lors, après quelques demarches à l'ave-
nant, ils degaînèrent leurs longues estocades, et
dom Francisco Mascarenhas disant force injures à
l'Espagnol, il luy donna deux coups d'estramasson
sur la teste. L'Espagnol fit alors un grand cri,
disant qu'il estoit mort ; au bruit duquel le neveu
de dom Federico bailla un coup d'espée au derrière
de la teste de dom Francisco, en suite de quoy les
spectateurs accoururent tous de part et d'autre et
se meslèrent, de sorte que le combat dura une
heure entière. Et toutesfois de la part des Portugais
il n'y eut qu'un neveu de dom Francisco tué, mais
du costé des Espagnols il demeura sept capitaines
sur la place, dont l'accident fit retirer tous les autres. Jugez par là si les Espagnols ont de quoy se
vanter.

FIN.

Quinziesme Feuille du Bureau d'addresse,
du premier septembre 1633 [1].

Terres seigneuriales à vendre.

Une terre seigneuriale en chastelenie, avec
toute justice, à quatre lieues au deçà
d'Orléans, dans la forest, consistant en
beau chasteau bien logeable, terres la-

1. Nous avons déjà parlé du *bureau d'adresse* établi par

bourables, vignes, prez, droit de pesche et de
chasse, bourg qui en depend, plusieurs mestairies,

Renaudot (V. notre t. I, p. 138, et le *Roman bourgeois*,
p. 106); nous n'avons donc pas besoin d'y revenir lon‑
guement. L'idée d'un semblable bureau de renseignements
n'étoit pas nouvelle. On sait par Montaigne (liv. 1, ch. 34)
que son père l'avoit eue déjà; Barthélemy de Laffémas
l'avoit reprise sous Henri IV, comme on le voit par un
passage de son *Histoire du Commerce* (*Archives curieuses*,
1re série, t. XIV, t. 223-424); mais ni l'un ni l'autre
n'étoit allé plus loin que le projet. C'est à Théophraste
Renaudot qu'en étoit réservée la mise à exécution. Il com‑
prit à merveille ce que devoit être un pareil établissement,
et tout d'abord il le fit très complet. On savoit déjà qu'il
y avoit joint des sortes de *cours*, des *conférences*, dans
lesquels se traitoient toutes sortes de questions, et dont
il sera parlé plus loin; mais on ignoroit généralement que
pour donner une utilité plus directe à la partie principale
de son établissement, au *bureau* même *des adresses*, il avoit
mis à son service une feuille spéciale, de véritables *petites
affiches*. Elles paroissoient le premier de chaque mois;
celle que nous publions ici, comme spécimen, étant la
quinzième et portant la date de septembre 1633, on voit
que cette intéressante création remontoit au 1er juin 1632.
Il y avoit déjà six mois que Renaudot publioit sa *Gazette*
quand il lança cette nouvelle feuille, et il voulut que, tout
en servant pour le *bureau d'adresse*, elle fût aussi pour
l'autre comme une feuille de supplément. La relation qui
se trouve en tête de ce quinzième numéro en est la preuve.
Tel fait qui n'avoit pas paru dans l'une étoit inséré dans
l'autre : il falloit donc être abonné aux deux pour être bien
sûr de ne rien ignorer des nouvelles du jour. Quand Con‑
rard écrit à Félibien, le 10 octobre 1647 : « Le gazetier
ne nous a pas encore donné de nouvelles du tremblement
de terre dont vous me parlez ; il la garde sans doute pour

rentes, droits de patronnage et autres droits sei-
gneuriaux. Elle est de deux mille livres de revenu ,

quand il en manquera d'autre », peut-être n'avoit-il pas
lu la *feuille d'avis* où pouvoit se trouver le fait omis dans
la *Gazette*. Ces relations mises en tête de la *feuille d'avis*
me semblent être ce que furent plus tard les *extraordi-
res* ou suppléments de la *Gazette*. Combien coûtait chaque
numéro? Je ne sais; mais comme le prix d'entrée au bureau d'adresse étoit de trois sols, ainsi qu'on le voit par
ces deux vers du *Ballet* auquel il servit de motif en 1631
(p. 12) :

> Pour nos trois sols nous y pouvons entrer,
> Et trouver quelque chose ou blanque,

peut-être vous y donnoit-on par-dessus le marché le dernier numéro publié. La chose est d'autant plus croyable
que c'étoit surtout une feuille d'annonces, et qu'elle avoit
plus besoin de lecteurs que les lecteurs n'avoient besoin
d'elle. — Les Anglois, qui ont toujours tant d'empressement à nous imiter, ne manquèrent pas d'établir chez eux
un bureau d'adresses semblable à celui de Renaudot. En
1637 Charles Ier autorisoit Jean Innys à ouvrir un établissement de ce genre. J'ignore s'il eut aussi la *feuille
d'avis;* c'est fort probable. Celle de Renaudot exista jusqu'en 1653, époque de sa mort. En 1715, le libraire Thiboust l'avoit reprise. On lit en effet dans le *Journal des
Savants* (août 1716) : « Le sieur Thiboust, libraire-impri-
meur, vend chaque semaine une brochure in-12 qui contient les affiches de Paris, des provinces et des pays
étrangers. » Il n'est donc pas vrai de dire que ce fut Antoine Boudet qui créa les *Petites Affiches*, en 1745. M.
Barbier a le premier fait cette rectification dans son *Examen critique des dictionnaires historiques*, t. 1, p. 143 ; mais
il a oublié de nommer Renaudot, si bien qu'en réparant
une injustice, il en a, sans le savoir, commis une autre.

le prix de soixante mille livres. V. 3. f. 252. à. 3. v. [1]

2° Une autre au village de Saclé, à quatre lieues de Paris, sur le chemin de Chevreuse, consistant en une maison où il y a court, puits dedans, deux grandes chambres, cuisine, salle, caves, bergerie, estables, droit de colombier à pied, et un jardin d'arbres fruitiers, le tout contenant deux arpens et demi, cent arpens de terre labourable, deux arpens et demi de prez, et seize sols parisis de censives. Elle est affermée cinq cens livres; le prix de treize mille livres. V. 3. f. 44. à. 5. r.

Maisons et heritages aux champs en roture à vendre.

3° Une maison au village de Creteil, à trois lieues de Paris, proche Nostre Dame des Mesches, consistante en porte cochère, cour fermée de murs, colombier; un grand corps de logis où il y a cuisine, salle, trois chambres hautes, deux greniers et une foulerie; clos planté d'arbres fruitiers et d'excellentes vignes, fermé moitié de murailles et moitié de hayes vives; demi arpent de terre labourable et un arpent et demi de vignes. Elle est affermée deux cens livres; le prix de trois mille trois cens livres. V. 3. f. 251 à 4. r.

4° Deux mille arpens de bois, tant en taillis que

1. Ces indications abrégées signifient volume III, folio 252 à 253, verso. Vous voyez qu'il y avoit beaucoup d'ordre au bureau d'adresse.

balliveaux anciens et modernes, entre Rembouillet
et Espernon, à six lieues de Mantes et Poissi, lequel bois est exempt de dixmes, de tiers et danger; le prix de quatre-vingts livres l'arpent à tout
prendre. On vendra aussi cent cinquante milliers
de fagots, sçavoir : ceux de pelart, sept livres dix
sols le cent, et les autres non pelez quatre livres.
V. 3. f. 256. 3 v.

Maisons à Paris à vendre.

5° Deux maisons vers l'hostel de Nemours [1],
l'une consistante en porte cochère, court, caves,
escurie pour quatre chevaux, grande salle, quatre
chambres, bouges, cabinets et galleries, louée
mille livres; dans l'autre il y a porte cochère, petite court, escurie pour trois chevaux, cuisines,
caves, puits, quatre chambres, cabinets et greniers, louée six cens cinquante livres; on les veut
vendre toutes deux trente-six mille livres. V. 3.
f. 251. à. 5. v.

6° Une autre vers la vieille rue du Temple, consistante en porte cochère, place au carosse, court,
escurie pour cinq chevaux, trois salles, deux chambres au-dessus de plein pied, l'une desquelles avec
un cabinet qui en est proche, sont enrichis de force

1. Il se trouvoit rue des Grands-Augustins. Il fut dé-
moli en 1671 pour faire place à la rue qu'on nomma rue
de Savoie, parce que les derniers propriétaires de l'hôtel
avoient été des princes de Savoie.

belles peintures; deux autres chambres, un grand grenier, un autre petit corps de logis au-dessus de la cuisine, où il y a deux chambres. Elle est louée depuis dix ans douze cens livres; le prix de trente mille livres, qui est le denier vingt-cinq. V. 3. f. 249. à. 8. v.

7° Une autre bastie de neuf vers la place Maubert, consistante en deux boutiques, deux caves, court, puits, six chambres avec leurs bouges, un pavillon dessus la montée, dans lequel il y a une chambre et grenier avec une estude à costé. Louée quatre cens livres; le prix de neuf mille livres. V. 3. f. 253. à 6. r.

Maisons à Paris à donner à loyer.

8° Une maison au quartier du Pont-Neuf, consistante en deux portes cochères, deux caves, cuisine, puits, grande salle, sept chambres avec leurs bouges et cabinets, du prix de douze cens livres. V. 3. f. 249. à. 6. v.

9° On veut transporter le bail d'une maison, qui n'expirera que dans deux ans, vers la montagne Saincte Geneviève, consistante en petite porte, escurie pour trois chevaux, court dans laquelle y a un beau cabinet; cuisine, puits, salle, six grandes chambres et trois petites, greniers et caves. Le prix de quatre cens vingt-cinq livres. Il faut que celuy qui prendra ce logis veuille tenir des pensionnaires, afin d'acheter vingt lits et autres meubles qui y sont, et on luy laissera douze pensionnaires qui sont dans ledit logis. V. 3. 252. à. 2. v.

10° Une autre au mesme quartier, consistante en porte cochère, escurie pour six chevaux, place à un carosse et beau logement, du prix de six cens livres. V. 3. fol. 250. à 1. v.

11° Une autre au mesme quartier, consistante en porte cochère, place au carosse, escurie, cour et plusieurs chambres, du prix de neuf cens livres. V. 3. f. 250. à. 1, v.

Maisons à Paris qu'on demande à prendre à loyer.

12° Une maison n'importe du quartier ni du prix, où il y ait porte cochère, place à mettre un carosse et un chariot, et trois ou quatre chambres. V. cl. 3. f. 252. art. 1. v.

13° Une autre au Marais du Temple, vers S. Paul ou ès environs, où il y ait porte cochère, place à un carosse et un chariot, et une escurie pour dix chevaux; on y mettra jusques à douze cens livres. V. 3. f. 252. à 1. v.

14° Une autre au fauxbourg S. Germain ou vers S. André des Arts, de trois cens livres; ou bien, à faute d'en trouver une de ce prix, on se contentera de deux belles chambres. V. 3. f. 252. à 2 v.

15° Une autre à porte cochère, de huict à neuf cens livres, n'importe du quartier. V. 3. fol. 249. art. 2. r.

16° Une autre à porte cochère, ou une portion, où il y ait escurie pour quatre chevaux. V. 3. f. 249 à 2. r.

17° Une maison vers le Louvre, consistante en porte cochère, court, place à un carosse, jardin, escurie pour unze chevaux et grand logement, du prix de seize cens livres. V. 3. f. 250 à 1. v.

Rentes à vendre.

18° Une rente, dont le fonds est de mil livres, constituée au denier seize sur une terre en Gastinois, affermée trois mil livres. V. 3. f. 253. à. 7. v.

Benefice à permuter.

19° Une cure au diocèse de Troyes en Champagne, de six cens livres de revenu, eontre quelque petit benefice simple, ou autre cure près de Paris. V. 3. f. 33. à. 2. v.

Offices à vendre.

20° Un office de trésorier des régiments en Limousin, aux gages de cinq cens livres, et quelques autres petits profits. Le prix de six mil livres. V. 3. f. 119. à. 2. v.

21° Un autre de conseiller au parlement de Rouen, pour le prix du dernier vendu, qui est quatre vingt quatre mil livres. V. 3 f. 250. à. 2. r.

Meubles à vendre.

22° Un habit neuf de drap du sceau [1] escarlate, qui n'est pas encore achevé, doublé de satin de mesme couleur avec un galon d'argent. Le prix de dix huict escus. V. 8. f. 253. à. 3. r.

23° Un lit à pentes de serge à deux anvers, vert brun, avec des bandes de tapisserie et la couverture traînante. Le prix de soixante livres [2]. V. 3. f. 253. à. 4. r.

24° Une tanture de tapisserie de Flandres à personnages, de cinq pièces, du prix de cinq cens livres. V. 3. f. 252. à. 2. r.

25° Deux pendans d'oreille, de deux perles en poires bien blanches et unies de quatre carras, pendantes à un croissant d'or, du prix de cent livres, V. 3. f. 251. à. 3. r.

26° Un chapelet à six dizaines d'amethistes avec des grains et une grosse croix d'or, du prix de soixante escus. V. 3. f. 251. à. 2. r.

27° Une chesne de deux cens perles orientales rondes et blanches, du prix de vingt cinq escus pièce. V. 3. f. 249. à. 2. v.

1. V., sur ce drap, t. 3, p. 37, note.
2. Ne croiroit-on pas lire le mémoire de La Flèche, dans l'*Avare ?* C'est que Molière savoit dresser un inventaire de tapissier : il étoit fils de maître.

Affaires meslées.

28° On donnera l'invention d'arrester le gibier et l'empescher de sortir du bois et d'y rentrer, quand il en sera sorti, par d'autres lieux que ceux qu'on voudra. V. 3. f. 253. art. 9. v.

29° Une autre donnera l'invention de nourrir quantité de volailles à peu de frais [1]. V. 3. f. 254, art. 10. v.

30° On demande un homme qui sçache mettre du corail en œuvre. V. 3. f. 251. à. 1. r.

31° On demande, à constitution de rente, la somme de huict cens livres, sur bonnes assurances. V. 3. f. 250. à. 2. v.

32° On veut vendre un atlas de Henricus Hondius le prix de quarante huit livres [2]. V. 3 f. 251. à. 1. r.

33° On prestera, à constitution de rente, la somme de mil livres en une partie, mesme au denier vingt, pourveu que ce soit à quelque communauté. V. 3. f. 250. à. 5. v.

1. Prudent Le Choyselat avoit publié dès 1572 son fameux traité : *Discours œconomique, non moins utile que recreatif, montrant comme de cinq cents livres pour une fois employées l'on peut tirer par an quatre mille cinq cents livres de proffict honneste.* Il s'agit, comme on sait, d'élever des poules.

2. Voici le titre complet de ce livre : *Orbis terrarum geographica descriptio*, 1607, in-fol.

34° On demande compagnie pour aller en Italie dans quinze jours. V. 3. f. 249. à. 3. v.

35° On vendra un jeune dromadaire à prix rai·sonnable. V. 3. f. 253. à. 11. v.

Le premier des deux points desquels il se traitera céans[1], en la première heure de la conference du lundi cinquiesme du courant, à sçavoir : à deux heures après midi, sera des *causes*; en la seconde heure, on recherchera particulièrement *pourquoy chacun desire qu'on suive son avis, n'y eust-il aucun interest*; la troisiesme heure sera employée, à l'ordinaire, en la proposition, rapport et examen des secrets, curiositez et inventions des arts et sciences licites[2].

1. C'est-à-dire au *bureau d'adresse*.

2. La séance eut lieu, en effet, comme il est dit dans ce programme sommaire. On le sait par le *Recueil général des questions traictées ès conférences du bureau d'adresse, etc.* Paris, 1656, in-8. On voit, t. 1, p. 36, 45, qu'il y eut, à la troisième conférence, dissertation sur les *causes en général;* puis sur cette question : *Pourquoy chascun est jaloux de ses opinions, n'y eust-il aucun intérêt?* Dix personnes parlèrent sur le premier point; mais pour l'autre il n'y en eut guère que quatre ou cinq. Quant aux *curiosités* et *inventions*, celles dont on s'occupa furent un microscope qui faisoit paroître une puce aussi grosse qu'une souris, et la grande question du mouvement perpétuel.

FIN.

Deluge et innundation d'eaux fort effroyable, advenu ès faulxbourgs S. Marcel, à Paris, la nuict precedente jeudy dernier, neufième april, an present 1579.

Avec une particulière declaration des submerge-mens et ravages faits par les dites eaux.

A Paris, par Jean d'Ongoys, imprimeur, rue du Bon-Puits, près la Porte Sainct-Victor, 1579.

Avec permission [1].

In-8.

Ntre les terreurs et espouventements les-quels peuvent survenir à l'homme, se voyent journellement estre les plus à re-douter ceux qui viennent inopinement et sans qu'on en soit adverty, par ce que aux autres

---

[1] Nous avons déjà donné, t. 2, p. 221-236, une pièce sur un de ces *déluges* de la Bièvre qui furent autrefois si fréquents et si terribles. Celui dont il est ici question fut l'un de ceux qui firent le plus de ravages. Le nom de

il y a aucun moyen de s'en pouvoir garantir, et non
(ou à grand peine) quand les adversitez viennent
lorsque moins nous en sommes advertis; et de ce
nous en avons plusieurs exemples, et veuz de nostre
temps, aussi autres congneuz par noz devanciers
et anciens, principalement quand il faut mettre en
rang les impetuositez, ravages et demolitions des
eaux, element entre les autres superbe et violent,
duquel le cours est invincible, ne pouvant estre retenu.

   Outre tout ce que de cet element a esté escrit par
infiniz historiens (aucuns desquels je citeray çi-après,
parlans de telles innondations), je diray premièrement ce que j'ay entreprins faire sçavoir à ceux qui

Déluge de Saint–Marcel lui resta. On écrivit à ce sujet plusieurs relations, entre autres celle qui a pour titre : *Le
Désastre merveilleux et effroyable d'un deluge advenu ès faubourg S. Marcel les Paris, le 8ᵉ jour d'avril 1579, avec le
nombre des mors et blessés et maisons abbatues par la dite
ravine.* Paris, Jean Pinart, 1579. Comme cette pièce a
déjà été publiée dans les *Archives curieuses de l'Histoire de
France*, 1ʳᵉ série, t. 9, p. 303-309, nous lui avons préféré
celle que nous donnons ici, qui est d'ailleurs beaucoup
plus rare. Jean Dongois, chez qui elle fut imprimée, ne
livroit pas ordinairement ses presses à de semblables livrets; s'il publia celui-ci, c'est que le désastre qui s'y
trouve raconté avoit eu lieu dans son voisinage. Peut-être
est-ce lui-même qui l'a écrit. « Il estoit fort sçavant, dit
La Caille, et nous avons de sa composition et de son impression le *Promptuaire*, contenant tout ce qui s'est passé
depuis la création du monde jusqu'à son temps, imprimé
en 1576. » (*Histoire de l'imprimerie et de la librairie*, p.
160.)

ne l'ont peust estre veu, touchant une petite rivière (dite de Gentilly) descendant ès faulxbourgs S. Marcel, à Paris : d'autant que sur cela (suivant mon propos) je feray entendre ce qui en est advenu de merveilleux et espouvantable.

Mercredi dernier, huictiesme de ce present moys d'avril 1579, entre unze et douze heures de la nuict[1], l'eau d'une petite riviere, laquelle prend son cours ès faulxbourgs S. Marcel, lez Paris (nommée la rivière de Gentilly, d'autant que de ce village ou peu plus loing elle prend sa source et origine) se desborda si outrageusement à cause des pluyes tombées par deux jours entiers, sans cesser, que de mémoire d'homme ne s'est veu en ce lieu eau plus violente et dommageable que celle-là; et par ce que ceste petite rivière passe, par une infinité de canaux fort estroictz, soubz les maisons de plusieurs particuliers (lesquels pour lors ne luy peurent donner assez de liberté pour s'escouler et esvanouyr[2], estans surprins), elle rompit plusieurs bâtimens de maisons, murailles et autres plusieurs edifices faisans obstacle à son cours, si que, à cause qu'il estoit toute nuict et à heure de repos, elle saisit plusieurs personnes dormans ès lieux bas, grande partie desquels seroyent peris par telle sinistre aventure. -

1. Dubreuil donne les mêmes détails. (*Le Théâtre des antiquitez de Paris*, 1639, in-4, p. 306.)

2. V., pour une autre cause des inondations de la Bièvre, notre t. 2, p. 223, note. Aujourd'hui, rien de semblable n'est plus à craindre. La canalisation de la Bièvre dans Paris est une des dernières mesures qui aient été prises. En faisant les travaux nécessaires, on a trouvé un certain nombre de médailles de l'empereur Julien. .

De ceste heure, venant sur le jour, elle creut en
cor de telle sorte, que ceux lesquels pensoyent
estre bien asseurez ès chambres ou estages plus
hauts que ne venoit le cours de ceste eau, furent
ncontinent contraints saillir dehors, craignans la
ruyne des maisons, les uns à nage, desquels les
moins foibles, soit pour la force de l'eau precipitée
et inaccessible, furent incontinent submergez par la
fureur et violence de ces ondes, et les autres, pen-
sans y demeurer sauves, furent preservez et quelques-uns trouvez à demy noyez et prests à expirer[1].

Ce ravage a fait tomber es dits faulxbourgs plus
de soixante maisons[2] dessoubz lesquelles ont esté

1. « Il y eut, dit Du Breul, vingt-cinq personnes, tant
hommes que femmes et petits enfants, que noyées, que
tuées et accablées sous les ruines; quarante qui furent
seulement blessées, quantité de bétail noyé et perdu. »

2. L'inondation s'étendit, selon Du Breul, jusqu'au
couvent de Sainte-Claire, occupé par les cordelières de
Saint-Marcel, c'est-à-dire par conséquent jusqu'au n° 95
de la rue de Loursine. Le *Pont-aux-Tripes*, jeté sur la
Bièvre, entre les n°s 166 et 168 de la rue Mouffetard, et
qui marquoit le point de jonction des deux bras de la petite rivière, fut renversé, ainsi qu'un certain nombre de
maisons. On lit soixante ici. Du Breul va moins loin : il
n'en compte que douze. « Et enfin, ajoute-t-il, tous les
dommages que fist cette subite inondation furent estimez à peu prez à soixante mil escus, non compris et eva-
luez les autres degats et ravages qu'elle fist aux villages
voisins. » Selon Sauval (t. 1, p. 210), l'eau dépava Saint-
Médard, et l'église des Cordelières. En 1573, une inondation de la même rivière avoit détruit les murs du couvent
du *Val-Parfond*, le Val-de-Grâce (Félibien, *Preuves*, t. 4,
p. 835).

accablez plusieurs corps peris et blessez par cet encombre, et ne faut douter qu'il ne s'en trouve encor lorsque l'eau sera retirée d'avantage.

O cas estrange! il s'y est trouvé une dolente et pitoyable mère, laquelle, pensant sauver la vie à son enfant bien jeune et delicat, a esté offusquée de la rage et furie de ceste eau sauvage, tenant son tendre enfant embrassé, lequel on a sauvé respirant encor : ce qui doit veritablement estre esmerveillable, la mère y finer plustôt que l'enfant.

On ne sçait au vray le nombre des personnes qui y sont peris, parce que l'eau n'est du tout retirée et que plusieurs de ceux qui estoyent logez ès bas lieux des maisons ne se retrouvent ; seulement on a cognoissance de ceux qui ont esté retirez morts de l'eau, et grand nombre qui ont esté secourus par les voisins, à quoy entre les autres ne s'y est faint un soldat des gardes du Roy, nommé Videcoq, demeurant là auprès (et fidèlement), pourquoy il est grandement à louer.

Plusieurs bestiaux, comme vaches, porcs et autres, ont esté trouvez noyez ès estables où ils estoyent. Tellement que la perte advenue a ce faulxbourg, en ce comprins la ruyne des edifices, est estimée à plus de cent mil escuz [1], sans le dommage faict ès jardins et lieux de plaisance estans en ceste part.

Le dommage de ces grandes eaux n'a esté seulement en un lieu, mais en plusieurs autres, telle-

---

[1]. Du Breul, comme on l'a vu dans la note précédente, n'évalue pas le dommage à une aussi forte somme.

ment que, sur une heure de la nuict sus dicte, ont esté perceuz sur la rivière de Seine grande quantité de diverses sortes de meubles emportez par la violence subite et inopinée de ces eaux.

Aucuns pourront dire que telles sinistres fortunes ne devroyent estre escrites, et que bien souvent on taist les evenemens saincts et prospères, et se divulguent ceux lesquels ne nous apportent que tristesse et desplaisir; mais d'autant que toutes choses viennent par la volonté divine, et que les historiographes en ont escrit d'autres moindres, et aussi que cela ne sçauroit sinon de tant plus inciter le peuple à contrition de ses pechez sur la fin ce caresme, je n'ay voulu passer soubs silence ceste horrible et dommageable innondation d'eaux, afin que chacun se tienne en la crainte de l'omnipotent et que l'on sache que ses faits sont si incompréhensibles que nul n'en peut avoir aucune cognoissance.

Au surplus, c'est pitié de voir les maisons champestres abbatues, lesquelles sont du long de la rivière de Seine, et croy pour certain que le long des autres fleuves n'y a pas moins de desolation : les pauvres villageois s'enfuyans desnuez de tous leurs biens, estans leurs maisons couvertes d'eaux, leurs champs ensemencez noyez, leur espérance de recueillir assez vaine (n'est la grace du Tout-Puissant), leur bestial en partie emporté et noyé par la violence de ces eaux, lesquelles auroyent ruyné entièrement plusieurs villages, abattu et desraciné infini nombre de grands arbres, emporté plusieurs ponts et grande quantité d'hommes, femmes et enfans submergez dans les ondes; ce que vrayement nous doit bien

induire à penitence, car depuis plusieurs années
n'en a esté veu une en laquelle soyent advenus plus
de desastre par tremblemens de terre et ravages des
eaux qu'en ceste cy.

Plusieurs deluges sont advenus par le passé,
comme celuy en l'aage de Noé, auquel je ne m'ar-
resteray, ny à celuy de Thessalie, du temps de la
captivité des Israelites, affligez par Pharaon peu paravant Moyse; seulement je diray de ceux advenuz
beaucoup depuis escrits par plusieurs historiens tant
anciens que modernes.

En l'an 200 auparavant la nativité de nostre Seigneur Jesus-Christ, y eut à Rome telle innondation
du Tibre que l'armée du consul Appie en fut quasi
toute submergée; et depuis par plusieurs fois s'est
le dit fleuve tellement desbordé, que ce est grand
merveille, quand puis après on remarque les endroits jusques où les dites eaux se seroyent haul-
sées. Parlons de nostre temps, et seulement nous
souvienne du deluge advenu en l'an 1570 en la ville
de Lyon, lorsque le Rhosne se desborda de telle
sorte que la plus grande partie des edifices assis ès
environs le cours de ce fleuve furent emportez et
ravis par les ondes, et une infinité de personnes pe-
ries par ce ravage.

N'est que les histoires sont toutes plaines de tels
desbordemens d'eaux, j'en citerois icy d'avantage,
et les ruynes et dommages qu'ils auroyent causé,
et que peu cela advient qu'il ne soit suivy de quelques maladies et cherté de vivres; mais je n'ay
escrit ce peu pour intimider un peuple, seulement
afin de luy mettre devant les yeux une contrition de

pechez, et que ce sont chastimens que Dieu nous
envoye à fin de nous inciter à penitence, auquel je
supplie très humblement nous donner ce qui nous
est necessaire[1].

1. Par arrêt du vendredi 10 avril 1579, le Parlement
décida qu'il iroit le lendemain en corps à Notre-Dame
« pour appaiser l'ire de Dieu »; ainsi qu'il est dit dans
l'ordonnance conservée par Félibien, t. 5, *Preuves*, p. 9.
— La cérémonie eut lieu, « et à mesme fin, dit L'Estoile,
fut le lundi ensuivant faite procession générale à Paris. »
(*Collect. Michaud*, t. 14, p. 114.) Une courte relation de ce
sinistre, rédigée en latin, se trouve aux premiers feuillets
d'un manuscrit de la Bibliothèque impériale, *Anonymi Vi-
siones* (manuscrits latins, n° 3770) . M. Maurice Champion en
a donné une traduction dans son curieux livre, *les Inondations en France*, etc., 1858, in-8, t. 1, p. 238-239.

FIN.

La Bravade d'amour, contenant sonnets où sont naïfvement escrites les ruses et les appasts des dames, beautés orgueilleuses, et le mespris qu'on en doit avoir.

Favus distilans labia meretricis, novissima ejus amara quasi absynthium sapientiæ.

A Paris, par Claude Percheron, rue Galende, aux Trois Chapelles.

1611. — In-8.

Avec Permission.

———

Suivant l'erreur commune où guide l'igno-
rance,
Je me pasmois aymant une ingrate beauté,
Et, aveuglé d'esprit, en ma naïfveté
Je glissois en l'abus d'une vaine esperance;

J'allois, plain de soupirs, rechercher allegeance
Vers l'objet qui m'estoit object de cruauté,
Et ne pensois qu'à l'œil qui m'avoit arresté,
Comme chacun s'adonne à ce que son cœur pense.

Je me perdois d'amour, de regrets et d'ennuis,
Je soupirois de jour, je lamentois de nuicts,
Furieux, n'ayant rien qu'en l'âme une maistresse,

Et ne descouvrant pas que les dames faisoient
Mille jeux de mespris de ceux qui les prisoient,
Trompé par un bel œil, je mourois de destresse.

II.

Maintenant que je sçay (commençant mon bonheur)
De quel esprit fascheux les dames sont menées,
Suivant en liberté meilleures destinées,
Je me donne plaisir de ma première erreur ;

Je recognois l'abus dont cette folle humeur
Agitoit quelquefois mon âme et mes pensées,
Et sans plus me former au cœur telles idées,
Je vivray triomphant, et non pas serviteur.

Je braveray l'amour, et d'une belle audace,
Ne craignant leur rigueur ny souhaittant leur grace,
Des dames je prendrai tout ce que je pourray ;

Je les feray resoudre à oublier leur gloire,
A se laisser conduire, à prier et à croire
Qu'elles feront enfin tout ce que je voudray.

III.

Lors que premièrement nous abordons les dames,
Nous qui avons l'honneur de la perfection,
Elles ont (je le sçay) de toute esmotion
Pour nous vouloir du bien les agreables flames.

On cognoist aussi tost les delicates ames
Donner lieu doucement à leur affection,
Et si elles osoient, plaines de passion,
Elles descouvriroient leurs amours par leurs larmes.

Cependant, finement par l'art de leur beauté,
Elles sapent nos cœurs, et nostre volonté,
Aise, se laisse aller à leur bel artifice,

Et nous ne voyons pas combien dedans leur cœur
Se logent de desdains, de mepris et d'erreur,
Mais nous sacrifions nostre âme à leur malice.

IIII.

Leur faisant les doux yeux, nos vœux elles reçoivent,
Et d'un soupir larron feignans mesme desir,
Nous tirent doucement pour se donner plaisir
Par les evenemens qu'au cœur elles conçoivent.

Vrayment, quand doucement nostre âme elles de-
çoivent,
De je ne sçay quel bien nous nous sentons saisir;
Que, peu considerez, nous n'avons pas loisir
De voir en leurs façons ce que tous apperçoivent.

Ainsi subjects d'amour, leurs yeux nous adorons;
Nous nous rendons captifs, nous prions, nous pleu-
rons,
Tous humbles, leur rendans devoir d'obeyssance;

Et lors elles, qui sont d'un cœur rude et hautain,
Se jouent de nos pleurs, et, fières en desdain,
Bravent nostre sottise avec trop d'insolence.

V.

Il faut avoir un cœur pour aller à la guerre,
Et non pour se laisser aux femmes abuser.
Il ne faut aux appas d'un bel œil s'amuser,
Ains prendre ses esclairs pour un rude tonnerre.

Il ne faut pas qu'une âme indiscrettement erre
Pour un lustre d'abus que l'on doit mespriser,
Mais il faut vivement son courage atiser
A surmonter l'orgueil, qui trop fier nous atterre.

Quand nous aurons les cœurs si dignement formez,
Pour des vaines beautez ne serons animez,
Mais sçaurons à propos gouverner nos pensées.

Alors, pleines d'amour, les dames nous priront;
Humbles, elles viendront à ceux qui les voudront,
Et si s'estimeront encore bien prisées.

VI.

Si quelque dame est belle, elle aura le cœur fier,
Heureux estimera ceux qui parleront d'elle,
Et plus heureux encor cil qui, la trouvant belle,
A ses pieds osera humble s'humilier.

S'elle pense sçavoir en son esprit leger,
Imaginant tousjours quelque chose nouvelle,
Vers les hommes sera vaine, ingratte, rebelle,
Rude à qui la voudra doucement supplier.

Si elle a des moyens, fondée en sa richesse,

Triomphera galande[1] en faisant la maistresse,
Et, pleine de fierté, fascheuse, bravera.

Mesme s'elle estoit laide, ignorante et haire[2],
Elle aura de l'orgueil, car elle pensera
Qu'elle a je ne sçay quoy dont nous avons affaire.

VII.

Je ne regrette point, douce-belle maistresse,
De vous avoir servy, car vous le meritiez ;
Mais, loin de ce bel œil duquel vous m'allumiez,
Je plains d'avoir cogneu des autres la rudesse ;

Ma belle, vivez donc sans peine et sans detresse,
Et vous, vivez aussi, vous qui humiliez ;
Mais vous dont le cœur feint fait que fière soyez,
Perissez de fureur, de despit, de tristesse.

Belle, quand j'adorois l'honneur de vos beaux yeux,
Humble je leur estois, car ils m'estoient piteux ;
Mais les autres beautez indignes qu'on admire

Pour se faire valoir font mourir un amant,
Et à plusieurs amis octroyent librement
Ce qu'un pauvre abusé mal à propos desire.

1. On écrivit d'abord *galand*, et l'on disoit par conséquent *galande* au féminin. La Fontaine fut celui qui conserva
le plus longtemps cette forme. V. sa fable de la *Belette* et
son conte *l'Anneau de Hans Carvel*. V. aussi *Ancien Théâtre*,
t. 2, p. 148, et 5, p. 252.

2. *Maigre, misérable*. Nous ne connoissions ce mot que
pris substantivement et au masculin, comme lorsqu'on
dit, par exemple, *un pauvre hère*.

VIII.

Vous ne sçavez que c'est, vous qui blasmez amour;
Vous n'avez point senty d'un bel œil la blessure,
Mais vains et paresseux ennemis de nature,
Passez loing de l'honneur indignement le jour.

Vous sçavez bien que c'est, vous qui prisez l'amour,
Qui dans le cœur avez d'un bel œil la blessure,
Qui, prompts et diligens, dignes fils de nature,
Passez selon vertu heureusement le jour.

Tous ces propos sont beaux et faits à fantaisie;
Un chacun eslira le sentier de la vie,
Estimant bon et beau le chemin qu'il prendra.

Mais moy j'estime digne, heureux, accort et sage
Qui gentil, jouyssant de son libre courage,
Sy non pour passetemps, aux dames n'entendra.

IX.

Lamenter à part soÿ pour une beauté vaine,
Importuner le ciel de ses cris amoureux,
Sans cesse regretter, se plaindre malheureux,
Et se feindre à son gré la douleur d'une gesne,

Passionner[1] son ame et s'emmaigrir de peine,

---

1. Ce mot, dont nous avons déjà trouvé un exemple à
la même époque, est donc plus ancien qu'on ne pense.
Lorsque Noël et Carpentier ont dit, dans leur *Dict. éty-
mologique* (t. 2, p. 563), qu'il étoit nouveau en 1728,

Appeler un bel œil, or doux, or rigoureux,
Idolâtrer l'objet pour qui, tout langoureux,
On souspire son mal d'une piteuse aleine;

Prier honteusement une femme qui n'est
Ny beauté ny vertu qu'autant qu'elle nous plaist,
Et, souffrant son dédain, en tourmenter sa vie,

Avecques trop d'honneur, lasche s'assujettir
A la femme, qui n'est née que pour servir,
Ce sont, à dire vray, des effects de folie.

X.

Que vous estes genez, vous, pauvre douloureux!
Si vous aviez senti de la gesne la presse,
Vous n'auriez point au cœur le nom d'une maistresse,
Et n'auriez en l'esprit les desirs amoureux.

C'est bien faute de cœur à l'homme langoureux
De se forger ainsi une dure destresse;
Au lieu que d'un sang chaud que la grandeur adresse,
On se doit monstrer fort, prudent et genereux.

Qui est celuy qui nous irrite,
Dira quelque belle depite,
Et ne trouve en nous rien de bon?

non-seulement ils ne connoissoient pas ces passages,
mais, ce qui est plus grave, ils ne se rappeloient pas ce
vers du *Tartuffe:*

Et vous ne deviez pas vous tant passionner.

C'est un qui à tous fait entendre
Que, si ne vouliez nous le vendre,
N'en mettriez à l'air le bouchon.

Fin.

Description du Tableau de Lustucru [1].

Amy, si tu es curieux
De voir une pièce plaisante,
Escoute, jette un peu les yeux
Sur cette image icy presente :
En ce Tableau plusieurs sujets

1. Cette pièce fait partie d'une sorte de cycle plaisant, tout composé de satires du genre de celle-ci, ou de caricatures. Il date du règne de Louis XIII, et rien n'en a survécu chez le peuple que le nom du principal personnage, *Lustucru.* C'étoit l'époque où l'extravagance des *précieuses* faisoit croire plus que jamais à la folie des femmes Qui donc redressera ces cervelles tortues? disoit-on. On inventa un type de forgeron, à qui l'on prêta le talent nécessaire, et, pour preuve de l'incrédulité qu'on devoit avoir en ses prodiges inespérés, on l'appela comme je viens de dire. « Or, depuis cela, écrit Tallemant (2e édit. t. X, p. 203), quelque folâtre s'avisa de faire un almanach où il y avoit une espèce de forgeron, grotesquement habillé, qui tenoit avec des tenailles une tête de femme et la redressoit avec son marteau. Son nom étoit *L'Eusses-tu-cru*, et sa qualité *médecin céphalique*, voulant dire que c'étoit

Sont representez et portraits
Par une excellente graveure;
Et chaque chose au naturel
Est tracée en cette figure
Par l'art d'un burin immortel.

Il faut qu'à rire tu t'apreste
Voyant qu'un nouvel ouvrier

une chose qu'on ne croyoit pas qui pût jamais arriver que de redresser la tête d'une femme. Pour ornement, il y a un âne chargé de têtes de femmes, et mené par un singe. Il en arrive par eau, par terre, de tous les côtés. Cela a fait faire mille folies. » On trouve à la Bibliothèque impériale plusieurs gravures du genre de celle dont il est ici question. Ainsi il en est une dans le *Recueil des plus illustres proverbes*, portant le n° 2239 du cabinet des estampes, au bas de laquelle on lit : « *Céans, M. Lustucru a un secret admirable, qu'il a rapporté de Madagascar, pour reforger et repolir, sans faire mal ni douleur, les testes des femmes acariastres, bigeardes, criardes, dyablesses, enragées, fantasques, glorieuses, hargneuses, insupportables, sottes, testues, volontaires, et qui ont d'autres incommoditez, le tout à prix raisonnable, aux riches pour de l'argent et aux pauvres gratis.* A la page 24 d'un autre volume du même cabinet, portant le n° 2133, se trouve une image sur le même sujet. C'est l'illustre Lustucru en son tribunal. Des maris venus de tous les coins du monde le remercient et lui offrent des présents, en reconnoissance des services qu'il leur a rendus. Mais bientôt la farce se fait tragédie ; le sexe se venge : sur une gravure des *Illustres Proverbes* (n° 69), on voit *Lustucru massacré par les femmes.* Bien plus, elles s'en prennent aux époux ses complices ; et une dernière estampe représente *l'Invention des femmes, qui font ôter la méchanceté de la tête*

Bon forgeron de son mestier
S'exerce à forger une teste :
Si Boudan, ce sçavant graveur,
Est de vray le père et l'autheur
De son nom et de sa naissance,
Ce beau nom qui va triomphant
Signale autant sa suffisance
Que l'estre de son propre enfant.

de leurs maris. Somaize connut cette dernière pièce, et y fit allusion dans sa comédie des *Veritables Pretieuses* (Paris, Jean Ribou, 1660, in-12). On y voit un poëte qui vient réciter le commencement d'une tragédie intitulée : *La Mort de Lustucru, lapidé par les femmes.* Le médecin céphalique trouve où se venger à son tour de ces pédantes. Quelqu'un lui ménage une apparition, où il leur dit bel et bien leur fait ; voici le titre de cette pièce d'outre-tombe : *L'ombre de Lustucru apparue aux Précieuses, avec l'histoire de dame Lustucrue sa femme, qui raccommode les testes des méchants maris,* s. l. n. d., in-4°. « Eh ! quoi ! précieuses à la mode, leur dit-il entre autres choses, avez-vous cru que je sois sorty de ce monde-cy pour n'y plus revenir ?... Reformez vostre chaussure trop haute et trop estroite, et fort incommode pour aller gagner les pardons, desquels vous avez tant besoin. Ne portez plus de si riches habits, parce qu'on diroit que l'estuy vaut mieux que ce qu'il renferme. Vous n'estes pas toutes si belles que vous croyez : vostre miroir vous en peut dire la vérité, et quelquefois les petites boettes de vostre cabinet vous fournissent une beauté empruntée qui ne passe point avec vous dans vostre lict, et que vous laissez le soir sur la toilette. » Remarquons en passant que Boileau, dans sa 10ᵉ satire, a dit plus tard presque textuellement la même chose :

　　Attends, discret mari, que la belle en cornette,
　　Le soir ait étalé son teint sur sa toilette,

Ce gros vallet refond icy
Une teste fière et facheuse,
Dont l'espoux matté de soucy
Souffroit l'humeur capricieuse :
Un sang fumeux et bouillonnant
Sort des veines abondamment
Brûlé d'une ardeur colerique,
Il s'efforce avec action

Et dans quatre mouchoirs, de sa beauté salis,
Envoie au blanchisseur ses roses et ses lis.

On sait d'ailleurs, par une indiscrétion de Brossette, que Boileau connoissoit la pièce que nous citons ici, et qu'il y prit encore autre chose pour sa 43ᵉ épigramme. C'est Chapelle un jour qui la lui avoit indiquée, en lui récitant les vers baroques imprimés à la fin. (V. *OEuvres de Boileau*, Desoer, 1823, in-8, p. 249, note.) Voici ces vers :

Il n'est si pauvre malotru
Qui ne trouve sä malotrue.
Aussi le bon L'Eusse-tu-cru
A trouvé sa L'Eusse-tu-crue.

On vit encore paroître contre les précieuses une pièce où Lustucru avoit le principal rôle : *Le Carnaval des Précieuses de ce temps, avec leur entretien facetieux, et un plaisant remède de la boutique de Lustucru pour guérir le mal de teste des femmes. S. l. n. d.*, in-4º. Terminons par quelques autres titres la bibliographie que tout cela nous a conduit à faire : *La Requeste des femmes presentée à Vulcan, prince des forgerons, contre l'opérateur céphalique dit Lustucru*, s. l. n. d., in-4º; *La Plainte des hommes faicte à Lustucru, contre la Requeste presentée par les femmes*, s. l. n. d., in-4º; *La Gazette de la moustarde à Lustucru*, s. l. n. d., in-4º; *La Plainte de Lustucru constitué prisonnier par les femmes dans la plaine de Longboyau*, s. l. n. d., in-4; *Le*

A la faire plus pacifique,
Et la rendre sans passion.

Cet homme est des plus admirables
A raffiner tous les metaux,
Et changer ces fiers animaux
En belles assez raisonnables.
Or, pour marque de son sçavoir,
Dans sa loge vous pouvez voir
Des testes de femmes et filles

Marteau salutaire, s. l. n. d., in-4°. — Lustucru fut bientôt oublié. Poisson fait encore allusion à son industrie
dans le *Sot vengé*, et je le retrouve dans *La Muse en belle
humeur*, 1660, in-4, p. 9. Un coq-à-l'âne inséré dans l'un
des recueils de chansons de la veuve Oudot renferme un
quatrain qui le rappelle aussi :

Il a vu
Lustucru
Qui forgeoit des testes
Prestes.

Une autre chanson populaire, citée dans l'*Ane de Critès*,
p. 109, parle aussi du compère ; enfin la chanson *de la
mère Michel* nous l'a fait connoître, du moins de nom ;
mais voilà tout. Il ne figure même plus sur les gravures
populaires imitées de celles du 17e siècle, et qui circu-
lent encore. Je ne vous citerai que la plus connue : *La Forge
merveilleuse*, où l'on voit des femmes forgeant la tête de
leurs maris pour la rendre meilleure. Ces dames, comme
vous voyez, se sont donné leur tour. Dieu merci, la vieille
enseigne, encore fameuse dans quelques villes de province, et à laquelle une des rues de l'île Saint-Louis doit
son nom, continue de nous venger. Elle représente une
femme sans tête, et on lit au bas : *tout en est bon*.

Qu'il a fondues dextrement,
Et fait devenir plus docilles
Par l'effort de son instrument.

On repare icy les cerveaux
Des femmes les plus obstinées
Qu'on arrive en mille vaisseaux
Pour mettre sous ses cheminéés.
Ce vallet qui court promptement
Les reçoit à chaque moment,
Ravy de voir tant de pratique.
Cet homme avec son hottereau
Va decharger en la boutique
La pesanteur de son fardeau.

Un certain envoye à la forge,
Par un crocheteur rude et fort,
Malgré elle et tout son effort,
Sa femme, afin qu'on la reforge.
Elle veut toujours resister,
Mais enfin il l'y fait porter
Pour qu'on l'y refasse la teste.
Vous y viendrez, chez le limeur,
Luy disoit-il, méchante beste,
Pour faire changer votre humeur.

Sur le dos d'une beste asine
Deux paniers je vois proprement
Qu'un singe assis plaisamment
Guidoit avec une houssine ;
L'animal gemit sous le faix
De ces testes pleines d'excès
Dont on souffre tant de caprice.

Au dessous on voit en escrit :
Il est plus chargé de malice
Que le singe qui le conduit.

En voicy une infinité,
A pied, à cheval, en civière,
Qui viennent de chaque costé,
Comme en cage, en coche, en littière ;
On les porte chez l'artisan,
Qui se montre lassé d'ahan
Lors que sur la langue il les touche ;
Car, les retirant du fourneau,
Pour adoucir leur fière bouche
Il la rabat de son marteau.

Or, l'enseigne de sa maison
C'est une femme decollée ,
Qu'à bon tiltre et juste raison
Tout-en-est-bon il a nommée.
Pour son secret rare et divin
On l'appelle le medecin
Et l'operateur cephalique ;
Et, comme il est tres·obligeant,
Il aide de son art chimique
Sans recevoir aucun argent.

Mais si cet homme incomparable
Fond les testes si dextrement
De ce sexe altier et charmant,
Qui nous est tant inexorable ,
On en doit pourtant excepter
Ces objets qu'on voit habiter
La merveille des autres villes,

Où, sans perdre leur gravité,
Les dames sont aussi civilles
Qu'elles sont pleines de beauté.

Elles surpassent en blancheur
Le teint du lys et de la neige;
Et leur attrayante douceur
Finit un tourment, ou l'allege.
Leur taille, leur grace et leurs yeux
Font des efforts victorieux
Sur les cœurs des plus indomptables;
Et leur bouche, et leurs belles mains,
Sous des loix assez equitables
Asservissent tous les humains.

Ce n'est donc pas dessus sa forge
Que cet insigne LUSTUCRU,
Grand raffineur d'esprit bouru,
Ramolissoit leur belle gorge.
Les belles dames de Paris
Font trop d'honneur à leurs maris,
Pour meriter qu'on les relime;
Et celles que les ouvriers
Repurgeoient d'ordure et de crime
Estoient toutes d'autres quartiers.

Mais que vois-je icy de nouveau?
Sont des femmes qui font carnage,
Et qui, dans cet autre tableau,
Exercent leur fiel et leur rage;
Sur le corps d'un seul innocent
Elles vont toutes s'empressant
Pour le trancher en mille pièces;

Sans doute il n'evitera pas
La fureur de tant de tigresses,
Qui luy vont causer le trespas.

Qu'elles monstrent de passion
En faisant cette boucherie,
Et qu'en cette infame action
On voit de rage et de furie !
A coups de besche et de marteaux,
De pelle, de broche et coûteaux,
Elles luy font mille taillades ;
Et cet excellent reforgeur,
Aussi bien que ses camarades,
Est bafoué comme un voleur.

Bien qu'elles soient toutes galantes,
Et que de riches just-à-corps
Ornent la beauté de leurs corps,
Elles contrefont les bacchantes.
Hola ! belles, arrestez-vous !
Ne ressemblez pas à ces foux
Qui ne veulent qu'on les reprenne,
Et ne vueillez pas massacrer
Celuy dont la forge et la peine
Concouroit à vous reparer.

Si Penthée, fils d'Echion,
Meurtry dans sa terre natale,
Souffrit l'horrible oppression
D'Agavé, sa mère brutale,
Il avoit un peu méprisé
Ce Dieu si fort authorisé,
Qu'on revère dans la Bourgongne,

Mais le sujet de vos fureurs
Montre bien par sa rouge trongne
Qu'il aime le Dieu des beuveurs.

Mais, pimbèches pleines de rages,
Ces discours ne vous touchent pas,
Et vous l'allez mettre au trépas
De peur qu'il ne vous rende sages.
On dit que vostre intention
Est de traitter en espion
Cet autheur de tant de mystères,
En haine d'un de ses ayeux
Qui découvrit vos adultères
A la face de tous les Dieux.

Les Menades en leur transport
Commirent la mesme injustice,
Persecutans jusqu'à la mort,
Le noble mary d'Euridice.
Et, voyant ce chef tronçonné
A mille opprobres destiné,
Dont vous élevez un trophée,
Il me resouvient qu'autre fois
Les femmes tuèrent Orphée
Pour s'estre mocqué de leurs lois.

Enfin, tant d'excès rigoureux
Luy ont ravy sa pauvre vie,
Sans que dans son sort mal-heureux
Vostre ire puisse estre assouvie ;
Car, après l'avoir saccagé,
Et de mille coups outragé
Par une fureur meurtrière,

Vous l'y donnez honteusement
Le beau milieu d'une rivière
Pour honorable monument.

Toutefois, perfides mutines
Qui l'avez tué méchamment,
Vous recevrez le châtiment
De ces cruautez feminines :
Car il eust purgé vos espoux
D'un esprit fantasque et jaloux
S'il eust peu vivre davantage ;
Mais vous sentirez leurs rigueurs,
Leurs dépits, leur fougue et leur rage,
Comme il a senty vos fureurs.

*Catalogue des Princes, Seigneurs, Gentilshom-
mes et autres qui accompaignent le Roy de
Pologne.*

A *Lyon, par Benoist Rigaud,* 1574.

Avec permission.

In-8 [1].

BENOIST RIGAUD [2] AUX LECTEURS.

’estant de tout temps voué au service du
public, je desire ne laisser chose en
arrière qui puisse-proffiter ou delecter ;
pourtant, ayant recouvert le present ca-

1. Henri, duc d'Anjou, fut élu roi de Pologne par la
diète de Varsovie, le 9 mai 1573. Le 10 septembre suivant, après la messe, il prêta serment à Notre-Dame,
devant l'autel, en présence des treize ambassadeurs qui
étoient venus de Pologne à Paris lui apporter le décret de
son élection. Le 27 du même mois il quitta Paris, avec la
brillante suite dont nous donnons ici le *Catalogue,* et après
de fréquentes haltes sur la route et toutes sortes de len-
teurs, calculées sur l'espoir qu'il avoit d'être rappelé en
France pour succéder à son frère Charles IX, déjà grave-
ment malade, il n'entra dans Cracovie que le 8 février
1574, pour être couronné trois jours après.

2. Il publia, quelques mois après, un *Extrait des lettres*

talogue des Princes, seigneurs et autres conduisans
le roy de Polongne en son royaume, je le vous ay
bien voulu communiquer, lecteurs debonnaires. Je
suis tout asseuré que le depart de ce magnanime
prince de la très noble et très illustre maison de
France causera un regret indicible à tout vray François ; mais, considerant que Sa Majesté s'achemine à
un ample et florissant Royaume, duquel la coronne
luy est apprestée, au grand contentement et resjouissance de tous ses fidèles sujects en iceluy, vous
ne devez de vostre part luy envier son heur, ains
en souvenance de ses rares vertus, bonté naturelle,
et de ses plus que heroïques deportemens en ses
tendres ans [1], au service de noste Roy très chrestien, son frère, et de la patrie [2], prier Nostre Seigneur pour sa prosperité. A Dieu.

d'un gentilhomme de la suitte de Monsieur de Rambouillet,
ambassadeur du roy au royaume de Pologne, à un seigneur de
la court, touchant la legation dudit seigneur, etc. De Cracovie, 12 décembre 1573, in-8. Cette pièce a été reproduite dans les *Archives curieuses*, 1ʳᵉ série, t. IX, p. 137.

    1. N'ayant encore que dix-sept ans, le duc d'Anjou avoit
gagné la bataille de Jarnac et de Montcontour.

    2. C'étoit alors un mot nouveau et à la mode. Selon
Ménage, en ses *Observations sur la langue françoise*, p. 306,
c'est Joachim Du Bellay qui l'avoit employé le premier
dans son traité de la *Défense et illustration de la Langue
françoise*. Trois ans après on le traitoit encore comme un
néologisme. « Le nom de *patrie*, dit Ch. Fontaine, est
obliquement entré et venu en France nouvellement.» (*Quin-
til Censeur*, Lyon, 1576, in-12, p. 165.)

PREMIEREMENT.

La maison de Sa Majesté, assavoir : maistres d'hostel, escuyers, gentilshommes servans, vallets de chambre et autres officiers,　　　　　　　　c chevaux.

Monsieur de Villequier, grand maistre et grand chambellan [1],　　　　　　　　24

Monsieur de Chomberc, grand mareschal de la court [2],　　　　　　　　14

Monsieur de Villequier l'aisné, premier gentilhomme de la chambre [3],　　　　　　　　9

Monsieur le viconte de la Guierche, maistre de la garderobe [4],　　　　　　　　9

Monsieur de Larchant, capitaine de la garde [5],　　　　　　　　8

1. René de Villequier, baron de Clairvaux. « Il suivit le duc d'Anjou en Pologne, dit Lenglet-Dufresnoy dans ses notes sur le *Journal de Henri III* (t. I, p. 214), et le servit en qualité de grand-maître de sa maison. » V., sur lui, les *Additions à Castelnau*, t. II, p. 818, et les *Mémoires* de Marguerite de Valois, édit. elzev., p. 134.

2. L'un des mignons du prince. Il fut tué avec Maugiron dans le duel qui eut lieu en 1578 sur le marché aux chevaux des Tournelles, devenu depuis la place Royale.

3. Frère de celui qui a été nommé tout à l'heure.

4. Nous ne le connoissons que par cette mention et par la tentative qu'il fit en janvier 1577 pour entrer dans Châtellerault.

5. Nicolas de Grémonville L'Archant. Henri III le garda toujours près de lui, comme capitaine des gardes, et l'on sait le rôle qu'il joua dans le drame de l'assassinat du duc de Guise, à Blois.

Monsieur Miron, premier médecin [1],   4

Chancellerie du dit Seigneur.

Monsieur de Pibrac [2], conseiller au conseil
privé du Roy,   9
   Monsieur Sarred, secretaire d'Estat,   9
   Monsieur de l'Isle [3],   8

1. Marc Miron, que Henri III garda comme premier
médecin. C'est à lui qu'étant à Cracovie et tourmenté de
remords, il fit, une nuit, une relation si curieuse des
massacres de la Saint-Barthélemy. Miron l'écrivit presque
sous sa dictée, et on l'a publiée dans la collection Petitot,
1re série, t. 44, p. 496-518, avec ce titre : *Discours du
roi Henri III à un personnage d'honneur et de qualité estant
près de Sa Majesté, à Cracovie, des causes et motifs de la
Saint-Barthélemy.*

2. Guy Dufaur, seigneur de Pibrac, auteur des fameux
Quatrains, et, ce qui est moins moral, d'une apologie de
la Saint-Barthélemy, sous ce titre : *Lettre sur les affaires
de France.* Aignan a publié cette pièce au t. I de sa *Bibliothèque étrangère.* Quand le duc d'Anjou quitta la Pologne,
comme un fugitif, pour venir recueillir en France l'héritage de son frère Charles IX, Pibrac partagea les vicissitudes de sa fuite, et rien n'est plus plaisant que le récit
qu'en fait son biographe Pascal. Dans ce pauvre homme,
traqué par des paysans à demi sauvages et forcé de se
donner pour cachette les roseaux d'un marais où il s'en-
fonce jusqu'à mi-corps, on a peine à reconnoître le conseiller intime d'un prince deux fois roi, qui abandonne
un royaume pour en gagner un autre. (V. *Archives curieuses*, 1re série, t. X, p. 258-262.)

3. Sans doute Gilles de Noailles, abbé de L'Isle, qui

Monsieur de Beaulieu, sieur de Ruzé, se-
cretaire ordinaire[1],   9
Monsieur le tresorier general,   9
Monsieur des Portes, secretaire[2],   3

Princes.

Monsieur de Nevers[3],   35
Monsieur le marquis du Mayne[4],   3o
Monsieur le marquis Dalbeuf[5],   25

en effet alla en Pologne. (*Mémoires* de Jean Choisnin,
coll. Michaud, 1re série, t. XI, p. 393.)

1. Martin Ruzé, sieur du Beaulieu. Aux états de Blois,
il étoit encore secrétaire de Henri III, et c'est lui qui,
après l'assassinat, croyant voir encore en M. de Guise
quelque reste de vie, lui donna le conseil « de demander
pardon à Dieu et au roy ».

2. C'est le poëte Philippe Desportes, qui déjà avoit sa-
lué par ses vers l'avénement du prince, par sa *Complainte
pour M. le duc d'Anjou, élu roi de Pologne.* « Il accompagna le prince dans son royaume lointain, dit M. Sainte-
Beuve, et, après neuf mois de séjour maudit, il quitta
cette contrée pour lui trop barbare, avec un adieu de colère. » (*Tableau histor. et crit. de la poésie franç. au XVIᵉ siècle*, édit. Charpentier, p. 424.)

3. Louis de Gonzague, duc de Nevers, le même dont
on a de si intéressants *Mémoires*, publiés pour la première
fois en 1665, 2 vol. in-fol.

4. Celui qui devint, un peu plus tard, le célèbre duc de
Mayenne.

5. De la famille des Guise, et même cousin germain du
duc, comme arrière-petit-fils de Cl. de Guise. Il fut un de
ceux qu'on arrêta dans Blois après l'assassinat.

Monsieur le grand prieur[1].

1. Encore un Guise, et l'un de ceux qui avoient pris le plus de part aux massacres de la Saint-Barthélemy. Catherine, en donnant les princes de Lorraine pour escorte au nouveau roi de Pologne, avoit sans doute à cœur d'affoiblir le parti des Guise, qui devenoit de plus en plus menaçant en France. Elle affoiblissoit aussi le parti catholique, et l'on s'en plaignit. (Bibliothèque impériale, manuscrits *Fonds des Minimes*, n° 32, fol. 344.) Ce cortége ne fut pas une sauvegarde, loin de là, pour le duc d'Anjou, quand il traversa des Etats protestants. On savoit tout ce qu'il avoit fait pour la tuerie du 24 août 1572 : aussi n'étoit-il pas besoin de lui donner tout une escorte de complices pour soulever contre lui, au passage, l'indignation des princes calvinistes. « Que si le monarque passoit à travers le pays protestant, dit Schomberg dans une de ses dépêches, § 4, il n'y auroit pas de sûreté pour luy. » Il s'y risqua cependant, s'il faut en croire de Thou (liv. 57), et, d'après lui, Gaillard, mais il faillit s'en trouver mal. C'est dans le Palatinat qu'il s'étoit hasardé. « En entrant dans le cabinet de l'électeur, le premier objet qui frappa ses regards fut un portrait fort ressemblant de l'amiral Coligny. « Vous connoissez cet homme, Monsieur, lui dit l'électeur « d'un ton sévère ; vous avez fait mourir le plus grand « capitaine de la chrétienté, qui vous avoit rendu le plus « signalé service, ainsi qu'au roi votre frère. » Le roi de Pologne, un peu troublé, répondit : « C'étoit lui qui vou- « loit nous faire mourir tous, il a bien fallu le prévenir. « — Monsieur, répliqua l'électeur, nous en savons toute « l'histoire. » A table, le roi de Pologne ne fut servi que par des huguenots françois échappés au massacre, qui sembloient le menacer en le servant ; et l'électeur parut prendre plaisir, pendant toute la journée, à lui faire craindre, pour la nuit, des représailles. » (Gaillard, *Hist. de la rivalité de la France et de l'Angleterre*, t. V, p. 159.) Je ne donne

Ambassadeurs.

Monsieur de Bellievre [1],   15
Messieurs les Ambassadeurs de Pologne,
qui sont neuf, et la garde à cheval.   66

*Seigneurs, chambellans et gentilshommes
de la chambre.*

Monsieur de la Roche-Pousay, conseiller du
Roy en son conseil privé [2],   8
Monsieur de la Guiche, gouverneur du Bour-
bonnois [3],
                                                8
Monsieur de Seissac [4],
                                                6

cette histoire que pour ce qu'elle vaut, en la regardant
comme un peu trop romanesque pour être bien vraie. Un
passage des *Mémoires* du duc de Bouillon feroit même
croire que l'électeur palatin ne dut pas faire si mauvais
accueil au roi de Pologne. (*Collect. Michaud*, 1re série, t.
XI, p. 15.)

1. M. Pomponne de Bellièvre, qui fut plus tard chancelier de France.

2. Roche-Châteignier, seigneur de la Roche-Posay. Il
étoit aussi du parti des Guise, et par conséquent de ceux
que Catherine tenoit à éloigner. Quand le duc de Guise
étoit allé en Italie, en 1557, il l'y avoit suivi avec cent
chevaux. Dans cette expédition, il prit La Mirandole, et
y fut blessé. (*Mémoires* de Boyvin, *coll. Petitot*, 1re série,
t. 29, p. 122.)

3 Jean-François de La Guiche, seigneur de Saint-Gé-
ran. Il fut plus tard maréchal de France, et mourut le 2
décembre 1632.

4. François Catillac de Sessac. (V., sur lui, *Mémoires*
de de Thou, *coll. Michaud*, 1re série, t. XI, p. 339.) Il
avoit été lieutenant de la compagnie de gendarmes du duc
de Guise, et, sans ce que j'ai dit tout à l'heure, je m'éton-

Var. IX.
                                                7

Monsieur de Bessigny, 　　　　　　　　6
Monsieur de la Roche Guyon[1], 　　　6
Monsieur du Gas[2], 　　　　　　　　6
Monsieur de Belle-Ville[3], 　　　　6
Monsieur de Lessum[4], 　　　　　　6
Monsieur de Couldray, 　　　　　　　6
Le colonel Otho Planto[5], 　　　　6
Monsieur de Ruffé de Bourgoigne[6], 　　6

nerois de le trouver dans la suite du duc d'Anjou. C'est
lui, en effet, qui rendit témoignage de la complicité de ce
prince dans le meurtre de Coligny.

1. Henri de Silly, comte de La Roche-Guyon, premier
mari de madame de Guercheville. Il mourut en 1586.

2. Louis de Bérenger, seigneur du Gua ou de Guast.
On l'appeloit souvent le capitaine Le Gas. On savoit déjà
par L'Estoile qu'il avoit suivi le duc d'Anjou en Pologne.
(Édit. Lenglet-Dufresnoy, t. I, p. 100.) La reine Marguerite le fit assassiner par le baron de Viteaux, le 31 octobre 1575. (V., sur lui, *Mémoires de Marguerite de Valois*,
édit. L. Lalanne, *passim*.)

3. L'un des fidèles et des spadassins mignons du duc
d'Anjou. Il figure comme tel, avec Larchant, Sommerez,
etc., dans le procès de La Mole et Coconas. (V. *Archives
curieuses*, 1re série, VIII, 137.) Il ne faut pas le confondre avec P. d'Eguaim, sieur de Belleville, huguenot enragé.

4. Le seigneur de Lescun, fils de Thomas de Foix, l'un
des braves capitaines du temps de François Ier.

5. C'est sans doute l'un de ces capitaines italiens comme il y en eut tant à la cour des Valois, et le même dont
il est parlé au chapitre II de la *Confession de Sancy*. Il y
est dit qu'il se tua.

6. Je ne sais quel est ce Ruffé, au nom duquel on
ajoute celui de Bourgogne, pour le distinguer sans doute
de Philippe de Volvyre, baron de Ruffec, gouverneur
d'Angoulême.

Monsieur de Clermont d'Antragues [1],   6
Le sieur de Castelnau [2],   6
Le sieur de Combault [3],   6
Le sieur de Ruffy [4],   6
Monsieur le conte Coccomaz [5],   6
Monsieur de Beauvais Nanzi [6],   6
Monsieur de la Nocle [7],   6

1. Il joua, comme on sait, un rôle assez important dans plusieurs des affaires de ce temps, et fut tué à Ivry.

2. Ce n'est point Michel de Castelnau de La Mauvissière, dont il sera parlé tout à l'heure, mais sans doute l'un de ses frères, qui, comme lui, servoient vaillamment le parti du roi contre celui des huguenots. (V. les *Mémoires* de Castelnau, liv. VI, chap. 4.)

3. Robert de Combault, sieur d'Arcis-sur-Aube, qui fut plus tard premier valet de chambre du roi et l'un des favoris. (V. L'Estoile, édit. Champollion, t. I, p. 95, et les *Mémoires* de Marguerite, édit. elzev., t. I, p. 141.)

4. Balthazar de Ruffy, gentilhomme de province, époux de la belle Catherine de Meinier d'Oppède.

5. Annibal, comte de Coconas, gentilhomme du Piémont, dont les amours avec la duchesse de Nevers, les intrigues avec La Mole pour faire du duc d'Alençon le chef du parti huguenot, et enfin le supplice, sont choses assez connues.

6. Beauvais-Nangis, qui, après avoir été longtemps en faveur, fut disgracié à la suite d'une affaire dont on trouvera le récit dans L'Estoile, sous la date du 1er juin 1581. Sa capitainerie des gardes fut donnée à Crillon.

7. Philippe de La Fin, sieur de Beauvais La Nocle, qui, plus tard, défendit si vaillamment Brouage. Il étoit de la maison du duc d'Alençon, et fut compromis dans la conspiration de La Mole et Coconas. (V. *Archives curieuses*, 1re série, t. VIII, p. 133, 134, 152, 155, 174, etc.)

Monsieur de Crillon[1],   6

Monsieur de Rouvray[2],   6

Monsieur d'Antragues le jeune[3],   6

Monsieur de Cheverand la Roche[4],   6

Monsieur de Beaufort[5],   6

Monsieur de Chasteau-Vieux[6],   6

Monsieur de Ranty[7],   6

1. C'est le fameux Louis de Balbe de Berton de Crillon, le brave des braves.

2. Sans doute Rouvroy, lieutenant de L'Archant, qui prit part, comme lui, à l'assassinat du duc de Guise.

3. D'Entragues de Dunes, frère de Clermont d'Entragues, nommé tout à l'heure, et qui, lorsque celui-ci eut été tué, prit sa place près d'Henri IV.

4. Je ne connois de ce nom, comme ayant été attaché à Henri III, que le petit La Roche. Ne seroit-ce pas lui ? (V. *Baron de Fœneste*, édit. elzev., p. 340.)

5. Jean de Beaufort, marquis de Canillac, qui fut plus tard l'un des amants de la reine Marguerite. (V. *Le Divorce satyrique*, *la Ruelle mal assortie*, édit. Lalanne, p. 15, et les *Mémoires* de Marguerite, p. 205.)

6. Joachim de Châteauvieux, qui fut premier capitaine des gardes de Henri III. Il est assez maltraité dans la *Confession de Sancy*, chap. 2, et dans le *Baron de Fœneste*, liv. IV, chap. 19.

7. Jean Choisnin, dans ses *Mémoires* (*coll. Michaud*, 1re série, t. XI, p. 381), parle de lui sous la date de 1571, comme d'un jeune gentilhomme de qui chacun rendoit bon témoignage, et sur lequel Catherine avoit d'abord jeté les yeux pour aller en Pologne négocier la royauté du duc d'Anjou. On voit qu'il étoit de sa destinée d'aller dans ce pays. D'Aubigné parle aussi de lui (*Mémoires*, édit. Lalanne, p. 19).

Monsieur de Lyancourt[1],   6

Monsieur Dampierre[2],   6

Monsieur de Champvallon[3],   6

Monsieur de Ganaches[4],   6

Monsieur de Quellus[5],   6

Monsieur l'abbé Gadayne[6],   6

1. Charles du Plessis–Liancourt, qui fut plus tard pre
mier écuyer. Je ne sais s'il accompagna le duc d'Anjou en
Pologne; mais le marquis de Lenoncourt étoit du voyage.
Peut-être est-ce son nom qu'il faut lire ici (*Mém.* de Hat-
ton, t. 2, p. 738).

2. Claude, baron de Dampierre, prit part, parmi ceux
qui tenoient pour le roi, à la journée des Barricades. Il
commandoit au marché des Innocents. Lors du sacre de
Henri IV, il étoit le premier maréchal de camp.

3. Jacques de Harlay, seigneur de Chanvallon, grand
écuyer du duc d'Alençon, et, pendant la Ligue, grand
maître de l'artillerie. Il est le douzième sur la liste des
amants connus de la reine Marguerite. Il eut d'elle un
fils qui fut capucin sous le nom de P. Archange. M. Gues-
sard, dans son édition des *Mémoires* de Marguerite, a
publié dix-sept lettres de cette princesse à Chanvallon et
deux lettres de celui-ci. Leur fils fut d'abord élevé sous
le nom de Louis de Vaux, comme fils d'un sieur de
Vaux, parfumeur, que nous avons trouvé (V. t. IV, p.
136, 159) parmi les plus riches propriétaires des terrains
du Pré-aux-Clercs, en 1613. Sa complaisance pour les
amours de la reine Margot n'avoit pas dû nuire à sa fortune.

4. C'est de La Garnache qu'il faut lire, je crois. Ce seigneur
seroit alors de la maison de Rohan, et l'un des parents de
la belle Françoise de Rohan de La Garnache, à qui M. de
Nemours fit une promesse de mariage dont on sait l'histoire.

5. Jacques de Levis, comte de Quélus, l'un des plus
fameux des mignons de Henri III. On sait qu'il fut tué
dans le duel du marché aux chevaux, en 1578.

6. Prêtre italien, que nous retrouvons, avec sa béate

Monsieur de Sainct-Luc[1],   6
Monsieur de Rochefort le jeune[2],   6
Le sieur d'Inteville[3],   6
Le sieur de Camille[4],   6
Le sieur d'Aurigny.   6

Secretaires et interprètes.

Note que monsieur de la Mauvissière vient jusques à Mayance[5].

figure et ses roulements d'yeux, au chap. 7 de la *Confession de Sancy*. Il fut employé dans les négociations avec les huguenots. (Legrain, *Décade de Henri-le-Grand*, p. 226.)

1. François d'Epinai Saint-Luc, autre mignon de Henri III. Il étoit grand maître de l'artillerie en 1596, et fut tué l'année suivante, au siége d'Amiens.

2. Né seroit-ce pas Joachim de Rochefort, seigneur de Neuvant, qui se distingua plus tard dans le Dauphiné ?

3. Joachim d'Inteville, que les *relations* de la journée des Barricades, où il eut un commandement pour le roi et courut de grands dangers, appellent toujours le sieur de Tinteville. (V. *Arch. curieuses*, 1re série, t. XI, p. 355, 372, 379.)

4. « C'estoit, dit Lenglet-Dufresnoy, un Italien entièrement dévoué aux plaisirs de Henri III, et qui se trouvoit réglément au coucher de ce prince, dès les premières années de son règne. » Il est parlé de lui dans les *Mémoires de Marguerite*, p 45, 48, 50, et l'on peut voir dans la *Confession de Sancy* (chap. 7), où il est appelé Carmille, quel genre de honteux services il rendoit au roi.

5. Michel de Castelnau, sieur de Mauvissière, de qui l'on a de si intéressants *Mémoires*, et qui joua un rôle si important dans la diplomatie de ce temps-là par ses négo-

Rolle du nombre d'hommes qui sont à la première troupe, conduite par monsieur le mareschal de Retz.

PREMIÈREMENT.

Le dict sieur mareschal[1],

Le colonel Stampiz[2],

Le grand aumosnier et les chapellains.

Le sieur Loys de la Mirande, capitaine de gens d'armes.

Monsieur de Montmorin, premier escuyer de la Royne[3].

Monsieur de Rissay[4].

ciations et ses ambassades. Il est donné ici comme secrétaire et interprète. Il savoit, en effet, l'allemand, chose fort rare à cette époque. (V. l'excellente brochure de M. G. Hubault, *Ambassade de Michel de Castelnau en Angleterre*, 1856, in-8, p. 19, note.) S'il n'alla pas plus loin que Mayence, c'est que sans doute il s'étoit chargé de recruter quelques corps de reîtres et de les ramener en France, ainsi qu'il le fit plus d'une fois. (V. ses *Mémoires*, t. VI, chap. 8, et L'Estoile, *coll. Michaud*, t. I, p. 50.)

1. Albert de Goudi, duc de Retz, mort en 1601.

2. Sans doute un commandant de troupes allemandes.

3. Fils de M. de Montmorin, qui, étant gouverneur d'Auvergne, auroit, d'après Voltaire, refusé de donner dans sa province l'ordre des massacres, à l'époque de la Saint-Barthélemy Voltaire cite de lui, à ce sujet, une lettre dont Lenglet-Dufresnoy met en doute l'authenticité. (V. ses notes sur L'Estoile, t. II, p. 404.)

4. De Riccé. Une famille de ce nom subsistoit encore pendant la Restauration ; l'un de ses membres, le vicomte de Riccé, fut alors préfet du Loiret.

Monsieur le conte de Chaulne[1].

Monsieur de Tavanes le jeune[2].

Le sieur de Nenny.

Le sieur de Beaumont.

Le sieur Petre-Paulo Tasimghi[3].

Monsieur de Nogerolles[4].

Monsieur de Gordes le jeune[5].

Monsieur de Sainct Denys[6].

Messieurs d'Aux, l'aisné et le jeune[7].

1. D'Ailly, comte de Chaulne, le même à qui Voltaire, au 7e chant de la *Henriade*, fait jouer un rôle si drama-tique. Le frère du connétable de Luynes épousa l'héri-tière de sa maison, et le comté, plus tard duché de Chaul-nes, passa avec elle dans cette nouvelle famille.

2. Jacques de Saulx, vicomte de Tavannes, fils de Gas-pard de Tavannes. Il fut, en effet, du voyage de Pologne ; il n'en revint que tard, après avoir guerroyé en Hongrie et en Moldavie contre les Turcs, qui le firent prisonnier et l'emmenèrent à Constantinople. Au retour il fut fait capitaine de gendarmes.

3. Capitaine italien, dont il est aussi question, sous la date du 24 janvier 1577, dans le *Journal des premiers Etats de Blois*, par M. de Nevers. Il y est nommé le capitaine Pieter Paul Tassughy.

4. Ne seroit-ce pas Fougerolles? Ce ne seroit qu'une nouvelle altération de ce nom, qu'on trouve écrit Jonc-querolles dans les *Mémoires* du duc d'Angoulême (*coll. Michaud*, 1re série, t. XI, p. 85).

5. Frère de celui qui servit longtemps, et avec succès, dans le Dauphiné, notamment en 1575.

6. Le baron de S.-Denys, qui commanda plus tard la com-pagnie de gendarmes du duc de Montpensier, gouverneur de Normandie. Il épousa la fille du marquis de Rouville, et il en eut, entr'autres enfants, le célèbre S.-Evremond.

7. François d'O, seigneur de Fresnes, premier gentil-

Monsieur de Briannes[1].

Monsieur Danglures[2].

Monsieur de la Tour[3].

Monsieur de Rostaing le jeune[4].

Monsieur de Suze[5].

homme de la chambre du roi, successivement surintendant des finances et gouverneur de Paris ; et son frère,
Jean d'O , seigneur de Manou.

1. Le comte de Briennes, qui étoit allé recevoir à Metz
les ambassadeurs de Pologne (*Rev. rétrosp.*, 1re série, t.
IV, p. 49). Après la journée des Barricades, où il avoit
tenu pour Henri III, il resta prisonnier au Louvre, et
c'est là qu'il délivra à Jacques Clément un passeport, avec
lequel celui-ci put s'introduire près du roi. Après sa
mort, le comté de Brienne passa par alliance dans la famille des Loménie, où il resta.

2. Anne d'Anglures, seigneur de Givry, tué à Laon en
1590. « C'étoit, dit de Thou (*Mémoires, coll. Michaud*,
1re série, t. XI, p. 329), le cavalier de la cour le plus
parfait, beau, bien fait, de bonne mine, agréable dans la
conversation, savant dans les lettres grecques et latines
(talent assez rare parmi la noblesse), surtout brave et
connu pour tel. »

3. Peut-être Antoine de La Tour de Saint-Vidal, gentilhomme qui étoit en effet du parti de Henri III. (*Mémoires*
de de Thou, *coll. Michaud*, 1re série, t. XI, p. 339.)

4. Frère de Tristan de Rostaing, qui, en 1589, se laissa
prendre honteusement dans Melun, et fut obligé de donner
une rançon de 50,000 écus, ce qui lui mérita d'être condamné par la commission établie à Bordeaux. (V. le *Journal historique* de P. Fayet, p. 44, et les *Mémoires* de de
Thou, *coll. Petitot*, 1re série, t. 37, p. 308.)

5. Gentilhomme souvent nommé dans les *Mémoires* du
duc de Nevers.

Monsieur de Chamesson.

Son frère.

Le sieur de la Raverye.

Monsieur de Harlay.

Monsieur de Fontenay[1].

Monsieur le Normant.

La Hillière.

La Rouvette.

Blanchet.

Monsieur de Sainct Supplice[2].

Les gentilshommes polognois qui sont à la première trouppe.

Plus tous les gentilshommes servans de Sa Majesté.

1. Ce ne peut être Fontenay-Mareuil, qui étoit trop jeune alors. C'est peut-être le fils de Fontenay, qui étoit, en ce temps-là, trésorier de l'épargne.

2. Jean d'Hebrard, baron de Saint-Sulpice, qui avoit été gouverneur du duc d'Alençon, et qui étoit capitaine de cinquante hommes d'armes. (V., sur lui, *Mémoires* du duc de Bouillon, *coll. Michaud*, 1re série, t. XI, p. 8.) Son fils fut tué dans la basse-cour du château de Blois par le vicomte de Tours. (L'Estoile, 20 déc. 1576.)

Fin.

*Lettre circulaire à tous les seigneurs de la cour
pour leur donner advis de la mort du grand
Macaty, singe de S. A. S. M. le C. D. C., et
pour les inviter à sa pompe funèbre*[1].

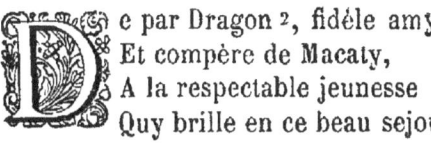e par Dragon [2], fidéle amy
Et compère de Macaty,
A la respectable jeunesse
Quy brille en ce beau sejour

1. Je serois tenté de croire que cette pièce est de Piron.
Sa rareté aura fait qu'elle a échappé à Rigoley de Juvi-
gny, qui, d'ailleurs, n'étoit pas un bien grand chercheur.
Piron connoissoit M. le comte de Clermont, à qui appartenoit le singe dont la mort est ici pleurée. On trouve dans
ses *Œuvres* (édit. in-8, t. VII, p. 119) des vers adressés
à cette altesse sérénissime. Quant à M. de Livry, on sait
qu'il fut longtemps son plus cher commensal. (V. notre
Notice sur Piron, *passim.*) Ce ne seroit pas la première
fois que l'auteur de la *Métromanie* auroit fait des vers du
genre de ceux-ci et se seroit posé en interprète poétique
des bêtes. Au t. VII, p. 184, de ses *Œuvres*, vous pourrez lire l'*Envoi d'un panier par un chien à une chienne.* Rien
ne contredit donc sérieusement mon opinion.

2. Singe de M. de Livry, qui, en qualité de légataire du
défunt, fait les frais de l'invitation.

Et d'un auguste roy compose la cour,
    Salut! mais salut de tristesse.

    Comme tout finit icy bas
Qu'il est un moment fixe où tout ce quy respire
Doit grossir de Pluton le sombre et vaste empire,
Quadrupèdes, humains, bergers et potentats;
Qu'à ce fatal arrest toute espèce asservie
    Subit la même loy du sort,
Et qu'en tout ce qui nait le germe de la vie
    Devient un principe de mort,
Macaty, né sujet à ceste loy sevère,
Vient de payer au Styx le tribut necessaire.
    Macaty, singe en son vivant,
    Mais singe d'illustre memoire,
Singe dont à jamais doit vivre ici la gloire,
    Singe courtois, singe amusant,
    Delices d'une cour fleurie,
        Singe fleur de singerie,
    Singe subtil, singe badin,
    Faute de dents singe benin;
    Singe enfin qui de son espèce
Avoit, sans les deffauts, toute la gentillesse,
    Ce même Macaty n'est plus!
Mais du pauvre animal sur la funeste rive
    L'ombre encore errante et plaintive,
    Desdegnant des pleurs superflus,
Exige seulement qu'on se haste de rendre
    Les derniers devoirs à sa cendre.

    Et demain, par ordre du roy,
Pour soulager le mort, pour consoler ses mânes,

On doit celebrer son convoy,
D'où seront exclus tous profanes:
Vous seuls, habitans de la cour,
Dument instruits par ces presentes,
En habit noir, mantes traînantes,
Venez par votre hommage honorer ce grand jour.
    Surtout qu'une honneste contenance,
    Interprète de vos douleurs,
    A travers un morne silence
Exprime aux yeux de tous ce que sentent vos cœurs.
Car, pour qu'aucun n'allègue excuse d'ignorance,
Nous, Dragon, nous faisons extrême deffence
    A tout courtisan invité
De venir en ces lieux, par un ris sacrilége,
Profaner du convoy la noble gravité,
Insulter au deffunt et troubler son cortége.

ÉPITAPHE.

acaty, ce pauvre animal,
    Victime du ciseau fatal,
    Est mort à la fleur de son âge;
    Macaty, qui si joliment
Avoit fait, je ne sçay comment,
Un grand prince à son badinage,
Macaty n'est plus! Quel dommage!

AUTRE.

'ai vécu, ma course est finie ;
Mais, tombant sous ses coups, je
　　　　　　　[triomphe du sort,
Et me console de ma mort
Par l'honneur dont elle est suivie.

Ce nouveau monument, qui s'élève à vos yeux
Par les soins de Louis, consacre ma mémoire ;
Les plus fameux héros que célèbre l'histoire
　　Trouveroient mon sort digne d'eux.

AUTRE.

Singe sans fourbe et sans malice,
Singe de cour sans artifice,
D'un prince que j'aimois favori sans
　　　　　　　[hauteur,
Son domestique sans bassesse
Et son complaisant sans fadeur,
Je sçus par mes talens mériter sa tendresse.
Homme, de qui le lot fut, dit-on, la raison,
　　Souffre que je te parle en maistre :
　　Mon portraict, utile leçon,
　　T'apprend ce que tu devrois être.

De l'imprimerie de Jean Batiste Coignard,
Imprimeur ordinaire du Roy.
1723.
Avec permission.

Le vray discours sur la route[1] *et admirable desconfiture des Reistres*[2]*, advenue par la vertu
et prouësse de Monseigneur le Duc de Guyse,
sous l'authorité du Roy, à Angerville, le ven-
dredy xxvij de novembre 1587; avec le nombre des morts, des blessez et prisonniers.*

*A Paris, par Pierre Chevillot, au Palais, en
l'allée de la Chapelle Saint-Michel.*

M.D.LXXXVII

Encores que nous soyons en possession
sur tous les autres peuples de la terre de
ce beau et excellent tiltre de tres chrestien peuple françois, si est-ce que nous
sommes si prompts à nous deffier de la grace et

1. Pour *déroute*. L'une vient de *rupta*, l'autre de *dirupta*,
qui ont le même sens en latin; il étoit donc naturel que le
même sens existât aussi en françois

2. Ces *reîtres* étoient, comme on sait, des cavaliers al-
lemands, ainsi que l'indique leur nom, *Reiter*, homme
de cheval. Branthôme, qui ne savoit pas assez d'allemand

misericorde de nostre Dieu, que, lors que les affaires
ne nous viennent à poinct nommé et selon que
nous les avons pourpensées, nous nous laissons
très-lâchement couler en une desasseurance de la
bonté divine : il ne fault pour preuve de mon dire
que les occurences du present. Noz deportemens
portent tesmoignage contre nous-mesmes. La saison nous a esté très-apre, la disette grande, la fa-

pour trouver l'étymologie véritable, en avoit fait une à
sa manière. Suivant lui « on les appeloit *reistres* parce que,
disoit-on, ils étoient noirs comme de beaux diables »
(Edit. du *Panthéon littér.*, t. I, p. 417.) Comme ils se re-
crutoient, pour le plus grand nombre, dans les états protestants de l'Allemagne, ils se trouvoient être des alliés
naturels pour les huguenots de France. Venir piller ce
beau pays sous prétexte de servir la foi étoit une trop excellente aubaine pour qu'ils la laissassent jamais échapper.
Au premier appel de leurs frères de France ils accouroient.
Dans les troupes que Coligny mit en campagne, on comp-
toit un grand nombre de reîtres; en 1576, 12,000 pas-
sèrent le Rhin, sur une invitation de ceux de la religion,
invitation qui n'auroit pas eu besoin d'être pressante.
Comme on les connoissoit, « avis fut alors donné que le
feu et sang se verra en France. » (*Preuves de l'Estoile*, t.
III, p. 201.) La plus redoutable de ces invasions fut celle
dont il est question ici. Le 13 juin 1587, Schomberg, qui
s'étoit rendu en Allemagne pour suivre leurs mouvements,
écrivit au roi qu'ils s'armoient au nombre de 9,000, et
que, vers le 12 juillet, ils seroient sur le Rhin, où 12,000
Suisses et 6,000 lansquenets devoient se joindre à eux.
Le duc Otto de Lunebourg les commandoit. Tout ce qu'on
pouvoit espérer, c'est qu'ils retarderoient leur marche jusqu'au commencement d'août. Malheureusement la récolte
ne seroit pas faite alors, et, disoit Schomberg, il falloit

mine universelle. Nous nous laissons presque emporter au long et au loing.

Mais lorsque le desespoir est prest de nous gaigner, la largesse celeste nous retient : la main de Dieu ouvre ses benedictions et thresors d'abondance : il nous remplit de tant de biens, que nous nous trouvons grandement empeschez à les resserrer. Pour cela, nostre legereté ne peult estre asseurée avec solidité en la puissance celeste ; nous faisons de mesmes que ceux lesquels, eschappez d'une très perilleuse tourmente, lorsqu'ils se trouvent à bord, ne se ressouviennent du danger auquel ils ont esté ; avons-nous des biens à planté [1], il nous semble

être assuré qu'elle seroit détruite partout où passeroient ces pillards ; ce qui eut lieu en effet, et la disette s'en augmenta. Si du moins, ajoutoit-il, le roi avoit une armée qui pût les arrêter à la frontière ! mais les forces étoient trop divisées pour cela, les finances trop pauvres. Un espoir restoit, c'est que leurs alliés de France ne fussent pas prêts à les joindre, et donnassent ainsi le temps de les attaquer et de les détruire séparément : « Si les forces françoises leur manquent, dit Schomberg, ils sont perdus. On leur promet vingt mille François à pied et à cheval ; j'écris bien et fais dire partout qu'ils n'y trouveront pas un, si ce ne sont ceux qui s'y trouveront pour leur rompre la teste. » Et ici encore Schomberg disoit vrai.

1. *Planté* est un vieux mot qui signifioit multitude, abondance. On lit dans Monstrelet (liv. I, ch. 77) : « *Grand planté* de clergé et de peuple. » Dans Rabelais (I, ch. 4) : « Gargamelle mangea *grant planté* de trippes. » De là, pour signifier *beaucoup ; en abondance*, l'expression *à planté* qui se trouve partout (V. *Ancien Théâtre*, t. II, p. 286), ou celle-ci : *à grand'planté,* qui se lit notamment dans ce pas-

que nous ne sommes plus ceux lesquels estions battus de la famine, de la souffrette et nécessite.

Et pour ce, afin de nous resveiller, Dieu a permis que l'aquilon a chassé en nostre France une formillières de hannetons, deliberez non point de brotter seulement le tendron de noz arbres, mais de s'emparer de l'estat, nous bannir de nostre propre terre, nous en chasser. Ce coup de fouet a fait gemir les plus advisez souz la juste prudence de nostre Dieu, recognoissans que sa Majesté estoit grandement indignée contre le peuple françois, en ce qu'à peine avoit-il le pied tiré hors de Scylle, qu'il choquoit Charybde; la famine n'estoit presque appaisée, que la guerre venoit moissonner le rapport de l'année, et qui pis est menaçoit l'estat françois de submersion, et nostre saincte Eglise catholique, apostolique et romaine d'esbranlement.

Tant de soupirs, tant de regrets, tant de gemissements, enfin ils ont tasché à semondre la clemence divine à prendre pitié et commiseration des desolations de nostre France, et des restes de son Eglise sacrée, par vœux, par penitences et par autres œuvres devotieuses. Les autres ont pensé qu'il failoit opposer la force à la force, et monstrer à ceste racaille estrangere quelle estoit la vertu des François; ils y ont porté ce qui s'est peu, la générosité, la magnanimité, l'adresse, leurs moyens, y ont exposé leur propre vie. Les autres, faillis de cœur et

sage de Monstrelet (liv. II, ch. 39) : « Il le fit servir abondamment de tous vivres, hors de vin; mais les marchands chrétiens lui en faisoient delivrer secrètement *à grand' planté.* »

tournans le dos à la masle dignité du nom françois et de la magnanimité chrestienne, ont voulu que l'on traictast avec l'estranger[1].

Aucuns d'eux mesmes ont esté tellement pippez, que, se deffians d'eux-mesmes et de l'assistance celeste, ils se sont rangez avec eux, et de vrais et naturels François qu'ils estoient, ils se sont lachement bandez contre la propre France. Qu'ils prennent tel masque qu'ils vouldront, ils ne se sçauroient sauver que l'on ne les repute pour estre tombez en deffiance de la bonté de Dieu.

Voire mais, ne taxons point. Bien peu d'entre nous se trouveront qui, par l'apparence humaine, ne fit jugement que se rendre du costé des reistres c'estoit suyvre le party le plus fort, une armée estrangère de trente à quarante mil hommes, despouillée de toute humanité, ne respirant que le ravagement de cest estat, secondée des intelligences que le party huguenot et de noz chrestiens à simple semelle avoit pratiqué en France, estoit bien pour affoiblir les forces de la France, et renforcer l'ennemi de nostre France.

Ne faisons point des vaillans et des trop asseurez; nous nous trompons nous mesmes si nous nous voulons coucher pour avoir esté sans peur. Ceste grande et efformidable force nous effrayoit seulement dès qu'elle estoit delà le Rhin. Elle le passe, elle donne jusques au cœur de la France. On fait

1. Il en avoit été en effet question dans le conseil du roi, et l'auteur de cette pièce, aussi hostile à Henri III qu'il est favorable aux Guise, ne pouvoit oublier de le dire.

mine de luy faire teste, elle gaigne pays. Desja se
promettoit la conqueste de ce très florissant royaume
françois; desja ces brodes[1] se partageoient entre
eux nos despouilles, dissipoient cest estat françois,
y batissoient leurs tudesques colonies, et pour com-
bler la France d'infelicité, luy vouloient ravir ce
beau lys de très-chrestienté, pour y planter la cigüe
d'atheisme, d'huguenotisme, d'impiétée et heresie.
He! pauvre peuple françois, où estois-tu? Tu ne perdrois point seulement la franchise françoise, mais
aussi ta foy chrestienne.

Tu allois souffrir la tyrannie de l'estranger. Lorsque tu es aux abbois de perdre cœur, et que l'Ale-
mand bransle son estendard au milieu de tes terres,
voicy le Dieu du ciel qui te veult apprendre qu'il ne
t'a jamais perdu de veue, qu'il t'a gardé, qu'il a eu
pitié de toy; il nous a mis à l'esperance, non point
pour nous perdre, ains pour ce que noz pechez ont
attiré sur nous sa juste indignation. Le reistre nous
a la pistole sur le gosier; il ravage notre France;
elle est tellement bigarrée, que tant de milliers de
François qui l'habitent, à peine s'est trouvée une
poignée de François qui ait voulu combattre ceste
volée de voleurs estrangers.

Le roy a eu des forces; quelque partie de sa noblesse l'a assisté, mais cela estoit-ce pour opposer à
ces Tudesques? Ce grand et valeureux prince monseigneur le duc de Guyse avoit quelques troupes,
mais qui n'esgalloient de beaucoup près en nombre
celles des estrangers; toutes fois, comme jamais la

---

1. Pour *Bruder*, frère, comme ces soudars s'appeloient
familièrement entre eux.

vertu ne se fait bien paroistre que lors qu'il y a apparence qu'elle ne peut subsister, aussi ce non
moins prudent que martial prince, voyant un tel
monceau d'estrangers, delibère, à quelque pris que
ce fut, restaurer la reputation et la vertu françoise
et d'exterminer les espouvantaux d'ames tièdes et
non françoises, leur passer sur le ventre, en en-
graisser et fumer les champs françois, et qu'ils publioient que c'estoit à luy qu'ils en vouloient, leur
faire ressentir que sa generosité estoit trop heroi-
que pour souffrir le choc de ces ames venales; alors,
avoir veu quels ont esté ses exploits en la deffaicte
qu'il fit à Villemory pres Montargis [1], comme il fit

1. La défaite des reîtres à Vimory eut lieu, selon
L'Estoile, le 29, et, selon P. Mathieu, en son *Histoire
des Troubles* (livre II), le 27 octobre. Leur but étoit d'aller
joindre au plus tôt le roi de Navarre au delà de la Loire;
Henri III le savoit, et, campé sur ce fleuve tantôt à Gien, à
Sully, ou à Jargeau, il les attendoit au passage (Recueil A-Z,
G, p. 227-241. Guise cependant, bien qu'il ne fût pas en
force, les suivoit en queue et les harceloit « par une infinité
d'algarades ». Un gros de leurs troupes étoit à Vimory,
sur la route de Lorris. Comme il se trouvoit lui-même à
Montargis, la distance n'étant que de deux lieues, il pouvoit aisément les surveiller. Il sut qu'ils faisoient mauvaise
garde. Le sieur de Cluseau, entre autres, lui dit « qu'il
les avoit reconnus estant sur le point de souper, au moyen
de quoy seroit bon de leur aller porter le dessert ». Le duc
trouva l'avis excellent, et on les surprit comme ils sou-
poient. M. de Mayenne fut d'un grand secours, par son
courage et par les soixante cuirassiers qu'il lança dans
la mêlée. Ce fut victoire gagnée, mais on l'exagéra beaucoup ici. Selon P. Mathieu, toute la perte des reîtres n'auroit été que de 500 hommes, 100 valets, 300 chevaux de

perdre la vie aux ennemis qui estoient en nombre
de quinze à seize cens, lesquels demeurèrent morts
sur la place, sans compter les blessez et les prisonniers, et bien quatre cens chariots qu'ils pillèrent
et furent brusler une grande partie, outre seize cens
chevaux de butin.

La deffaicte d'Auneau[1] est singulièrement re-

chariots, 2 chameaux et une paire de timballes; tandis
que M. de Guise auroit perdu 40 gentilshommes et 200
soldats. Pasquier nous fait la part plus belle. Suivant lui,
M. de Listenois auroit seul été tué parmi les gentils
hommes, et le bourg de Vimory, ainsi que tout le bagage
des reîtres, nous seroient restés. (*Lettre*, édit. in-fol., t.
II, p. 302.) Guise, en chassant les reîtres du Gâtinais, tra-
vaillait pour lui; Montargis lui appartenait.

1. Auneau est un gros bourg de l'arrondissement de
Chartres. Les reîtres y étoient venus après avoir pillé
Château-Landon. Ils avoient emporté le village; mais le
château, dont il ne reste plus qu'une tour située au midi,
à l'entrée d'un parc, avoit tenu bon. C'est ce qui les perdit.
Pendant qu'ils faisoient « bonne chère à l'allemande, » le
capitaine du château s'entendit avec Guise; dans la nuit
du 23 novembre il lui ouvrit les portes de sa petite forte-
resse, et le duc put ainsi pénétrer dans le village et sur-
prendre les reîtres le lendemain matin, « à la diane... Il
leur donna au saut du lict, dit Pasquier (*ibid.*), non chemise
blanche, mais rouge. » Cette fois le carnage fut grand et à peu
près tel qu'on le dit ici. 12 ou 1500 hommes furent tués, selon
Pasquier, et il y eut 80 chariots pris. Au dire de L'Estoile,
le baron de Donaw, chef de ce parti de reîtres, auroit été
pris. Il est certain au contraire, comme le dit Pasquier,
qu'il put se sauver de vitesse. Il paroît que ce fut la mous-
queterie qui fit le plus de mal aux reîtres. Le duc de Guise
ne manquoit jamais d'en tirer bon parti : « C'estoit, di-

marquable, pour y avoir esté faicte une execution
merveilleuse de ces miserable reistres, sept de
leurs cornettes deffaictes, trois cens de leurs chariots bruslez, deux mil cinq cens d'entre eux morts,
sans compter les blessés et prisonniers, qui estoient
en nombre de trois cens hommes, et soixante qui
gaignerent le hault par l'une des portes du village
d'Auneau, et emporterent deux cornettes avec eux;
oultre ce ils ont deux mille chevaux de butin, sans
ceux qui furent bruslez. Exploicts que je celèbre
volontiers, comme je me resjouis de ce qu'il plaist
à Dieu de benir les sainctes et vertueuses entre-
princes de ce magnanime prince, non point pour
nous faire chanter (comme l'on dit) le triompe avant
la victoire.

Ceste descharge n'escruoit pas beaucoup l'armée

soit-il à Brantôme, un vray moyen pour attraper et deffaire un battaillon de cinq ou six mille Suisses, qui font
tant des mauvais, des braves, quand ils sont serrez dans
leur gros. » Il ajoutoit qu'avec de gentils arquebusiers basques, biscains, béarnois, « bien legers de viande et de
graisse, maigrelins, dispots et bien ingambes », avec de
bonnes arquebuses de Milan, il auroit facilement raison de
ces grands et gros bataillons de Suisses, « qu'il les per-
ceroit à jour et larderoit d'arquebuzades; comme canards.
Il en pourroit faire de mesme sur les reistres, qui font tant
des mauvais, selon les lieux advantageux qui se rencon-
treroient, ainsin qu'il attrappa ceux de M. de Thoré en
belle campagne, où nos mousquets leur nuisirent beaucoup, et à *Aulneau*, de qui l'harquebuzerie fit si grand es-
chet sur les reistres, selon son commandement qu'il fit à
ses braves capitaines, qui sceurent bien obeir à ce brave
general.» *OEuvres de Branthôme*, édit. elzevir., I, p. 380.

ennemie ; il sembloit qu'ils se roidissent d'avantage contre leur desconvenue.

Cependant monseigneur de Guyse se retire à Dourdan, et envoye à Estempes prier et louer Dieu par les Eglises de la grace qu'il luy avoit faict d'avoir eu un si grand heur à la desconfiture de ces reistres, ce qui fut faict mardy au matin par une grande messe chantée avec le *Te Deum laudamus* [1]. A peine fut parachevée l'action de grace, que nouvelles vindrent que les reistres, esperdus au possible de l'eschec que mon dit seigneur venoit de leur livrer, s'acheminoient droict à Angerville [2] pour prendre deliberation de ce qu'ils devoient faire ; et là faisoient estat d'y sejourner le mercredy vingt cinquiesme de novembre lendemain de la deffaicte d'Aulneau ; mais ils entendirent que mon dit seigneur de Guyse avoit volonté de les aller combattre, mesmes esventerent qu'il estoit party d'Estempes avec ses forces.

Ce qui leur donna un extreme allarme, s'atten-

1. Le peuple chanta des *Te Deum* à sa manière. Dans le *Premier Recueil de toutes les chansons nouvelles, tant amoureuses, rustiques, que musicales* (1590, in-16) se trouve, fol. 9, *Cantique chanté à la louange de M. le duc de Guyse, sur la victoire qu'il a obtenue contre les Reistres*. Le même recueil contient trois autres chansons sur le même sujet.

2. Angerville, sur la route d'Orléans, chef-lieu de canton du département d'Eure-et-Loir, est à cinq lieues au sud-ouest d'Auneau. Ils y étoient venus tout fuyant pendant la nuit, après avoir brûlé ce qui les gênoit, et avoir pris leurs lansquenets en croupe. (*Lettres* de Pasquier, t. II, p. 302.)

dans bien de n'avoir meilleur marché que leurs compagnons d'Auneau.

Si jamais vous avez veu des personnes complices
d'un vol, et qui, voyans ceux qui leur ont assisté au
vol monté sur l'eschelle du gibet, prest à estre jetté
du haut en bas, et que d'eux on s'informe de ceux
qui ont assisté au vol qui leur ont tenu escorte, vous
pourrez vous représenter ces reistres ; ils avoient
veu quel traictement mon dit seigneur de Guyse
avoit faict à leurs compagnons, tant à Villemory qu'à
Aulneau ; qu'il n'en laissoit eschapper pas un qu'il
ne luy fist rendre gorge et poser le butin qu'il avoit
fait en France ; ils trembloient en eux mesmes, et
estoient aussi peu asseuré qu'est le pauvre criminel,
lequel ayant receu la condamnation de mort, a en
queue l'executeur de la haulte justice, qui le tient
attaché du licol par le col. Que font ils ? De se sauver, ils ne peuvent. Ils sont prevostables non do-
miciliez , et pourtant prevoyent bien qu'ils ne peuvent decliner ny reculer en arière, moins pallier la
verité, ont recours à la misericorde de la justice ; les
autres, comme ils se sentent horriblement miserables pour leurs forfaicts, desesperans que la justice
puisse aucunement leur faire grace et misericorde ,
brisent et rompent les prisons.

De mesme, peuple françois, il en est pris aux ennemis de la France. Les Suisses, recognoissans qu'ils
avoient offensé griefvement contre la majesté du
roy, ont tasché de le rappaiser ; il n'ont cessé à le
poursuyvre de leur vouloir donner un pardon et
passeport à ce qu'ils eussent moyen d'eux retourner en leur pays, protestants de ne porter jamais

les armes en France contre sa dicte Majesté, ny
contre l'Eglise catholique, apostolique et romaine,
benefice duquel, jaçoit qu'ils s'en soient renduz indignes par leur grande forfaiture, si croi-je qu'ils
jouyront, ayans affaire à un prince lequel, instruit
par le Sauveur de tous les humains, ne desire point
la mort du pecheur, mais qu'il se convertisse et qu'il
vive; ils ont requis mercy à ce grand et invincible
Henry, lequel se repute à une victoire très signalée
de ce qu'il se rend vainqueur de soy mesme, quit-
tant à ces miserables l'offense, laquelle il avoit
moyen de vanger.

Et quant aux reistres et autres François bigarez,
qui ont conjuré avec l'estranger contre la France,
ils s'en sont enfuis; ils n'ont osé comparoir devant
le soleil de justice, devant la majesté du roy très
chrestien, leur propre conscience leur donnant af-
fre[1] : ils ne se sont osé asseurer; ils ont fremy de
peur. Eux mesmes se sont mis en vau de route pour
eviter la justice du prevost; ils ont levé le siege,
ils ont brisé les prisons, ils ont bruslé leurs chariots
et bagaiges, enterré leur artillerie, pour monstrer
qu'ils avoient du courage et de la force par les talons.

---

1. Vieux mot que la littérature romantique a tâché de
reconquérir, d'après un conseil de Voltaire. Il signifie *an-
goisse*, *frisson*. On le trouve employé dans le sens de *ter-
reur*, dans la 75e des *Cent Nouvelles nouvelles*. Saint Simon
s'en servoit encore: « Elle étoit, de plus, dit-il, tellement tourmentée des affres de la mort, qu'elle payoit plusieurs femmes dont l'emploi unique étoit de la veiller. »
(*Mémoires*, édit. Sautelet, t. V, p. 406.)

Mais, je vous prie, considerons un peu à part nous,
peuple françois, qui nous a mis la victoire en main?
Qui a humilié ces Suisses? Qui a estouppé et bridé
ces pistoliers ? Ce ne sont point les forces françoises :
l'estranger nous surmontoit. Ce n'est point le bras
humain : le prince du monde avoit desployé sa puissance contre l'estat très chrestien, esperant de donner soudainement le coup de ruine à l'epouse de
Jesus-Christ. C'est donc Dieu qui a rendu noz ennemis esperdus. Noz forces ont esté les bouteilles de
Gedeon. En un mot, peuple françois, si tes ennemis
ont vuidé la France, si la France jouit de sa franchise, n'impute point ce bien à la prudence humaine :
elle ny voyoit goutte; moins à noz forces : elles
estoient trop foibles ; ains à la toute puissante grace
de Dieu, lequel a voulu encores pour ce coup te
garentir des pattes du loup et de la griffe du lyon.
N'espère qu'en luy; ne t'appuie sur ce qui est de
l'extérieur. Dieu fait ses miracles et œuvres prodigieuses lors que toutes choses sont reduites au
desespoir. De ma part je presage, mes vœux tendent
là, que Dieu veut retirer son courroux de nostre
France, moyennant que par recognoissance de noz
faultes et repentance de noz pechez nous nous
rendons capables de sa digne faveur.

Desja, peuple chrestien, françois, parisien, je vois
que tu te veux estranger au nombre des ingrats et
mescognoissants, attendu que si tost que ceste
heureuse nouvelle de la route de noz ennemis nous
a esté annoncée, il n'y a eu celuy d'entre nous qui
ne se soit bandé pour en remercier humblement la
majesté divine; et pour plus particulièrement tes-

moigner l'obligation que tous unanimement nous avons recogneue avoir receue par ceste signalée desconfiture, nous nous sommes tous assemblez pour presanter à la divine majesté l'hymne *Te Deum laudamus*, messieurs de la cour et autres corps de la ville y assistans avec une grande et solennelle ceremonie.

Dieu par sa saincte grace vueille que ce soit avec fruit et utilité, et face prosperer à toujours les heureux et sages desseins de nostre Roy, l'assiste de bon conseil chrestien et prudent, à ce que ce royaume françois puisse fleurir à son honneur et gloire, et à l'edification de sa sainte Eglise.

Courage donc, peuple françois ! Tu vois le Dieu des armées de ton costé, qui empoigne la querelle, qui tracasse les ennemis, qui donne du courage et de la force au vrais chrestiens et François pour chasser l'estranger ; que l'heur est inopinement de ton costé, que tu jouis de la victoire, que noz ennemis ont receu la perte, le dommaige et le joug ; que le champ de la battaille nous est demeuré. Il te faut en louer et benir la majesté divine, et la supplier que tousjours il luy plaise de continuer sa favorable assistance, tendre les mains à sa bonté.

F I N.

La Promenade du Cours[1] à Paris.

M.DC.XXX

Es carosses dont la rencontre
Contente si fort nos esprits,
Tous ces beaux objects que Paris
Meine au Cours pour en faire montre,
Tirsis, est-ce pas un plaisir

1. Ce cours, dont nous avons déjà parlé (t. VII, p. 200,
note), n'est pas le *Cours-la-Reine*, mais celui qu'on appeloit le cours « hors la porte Saint-Antoine ». En 1630,
c'étoit encore la promenade par excellence. Pour lui dis-
puter la vogue, celui de la reine-mère étoit encore trop
nouvellement planté. (V. à ce sujet les *Lettres patentes* du
2 avril 1628, et Lemaire, *Paris ancien et moderne*, t. III,
p. 386). Quand le succès de l'un, dû surtout à Bassompierre, s'il falloit en croire ce que dit Tallemant (1re édit,
t. III, p. 18), eut remplacé le succès de l'autre, le cours
de la porte Saint-Antoine ne fut pourtant pas tout à fait
abandonné; chacun eut sa saison. Quelle étoit celle de
l'un, quelle étoit celle de l'autre? C'est ce que tout homme
du bel air ne devoit pas se permettre d'ignorer; aussi pro-
posoit-on, dans les *Loix de la galanterie* (édit. L. Lalanne,

Qui merite que ton plaisir
Luy donne une heure en la journée?
Comme l'hyver meine au printemps,
Le travail de la matinée
Nous convie à ce passe-temps.

Le Cours n'est pas chose nouvelle,
Puisque tout court en l'univers
Et que ses mouvemens divers
En rendent la face plus belle.
Ne voyons nous pas mesme un cours
Au ciel, aux planettes, aux jours?
Les eaux courent dessus la terre,
Les vents courent parmy les airs;
Voit-on pas rouler le tonnerre
Après le signal des esclairs?

Entrons dans ce palais de Flore [1]

p. 20), de dresser un *Almanach* où « les vrais galands »
eussent vu, entre autres choses, « quand commence le
cours hors la porte Saint-Antoine et quand c'est que celuy
de la reyne-mère a la vogue. » Vers 1672 le cours de la
porte Saint-Antoine fut défiuitivement délaissé, les pro-
meneurs restèrent dans la ville, lorsque, par un arrêt du
7 septembre de cette année-là et par un autre du 11 mars
1671, il eut été décidé qu'un nouveau cours seroit *dressé*
et planté à quatre rangées d'ormes, à partir de la porte
Saint-Antoine jusqu'à la porte Saint-Martin. C'est aujour-
d'hui le boulevard. (Germain Brice, *Description de Paris*,
1752, in-8, t. II, p. 242.)

1. C'est du jardin de l'Arsenal qu'il doit être ici question. Il régnoit en effet, dit G. Brice (t. II, p. 296), « sur
le fossé de la ville », et avoit par conséquent vue sur le

Où son soin entretient des fleurs
Avec de plus vives couleurs
Que les lumières de l'aurore :
On diroit, à voir l'ornement
De ce pompeux ameublement,
Que la terre toute orgueilleuse
Veuille combattre avec les cieux,
En cette saison amoureuse,
A qui se parera le mieux.

Ce champ de tulipes diverses
Retire l'ame du soucy,
Et plusieurs viennent perdre icy
La mémoire de leurs traverses.
La nature en ces beaux effects,
Pour nous rendre plus satisfaits,
Semble avoir usé d'artifice :
Mesme elle en tire de son sein

Cours. De toutes les parties de l'Arsenal, c'est ce jardin qui occupoit l'espace le plus considérable; aussi Cl. Le Petit disoit-il dans son *Paris ridicule* :

Le sujet quadre-t-il au nom ?
On y compte plus de mille arbres,
Et l'on n'y voit pas un canon.

Les jardins ne manquoient pas d'ailleurs à proximité de ce cours. Un célèbre opérateur de ce temps-là, le dentiste Dupont, dont parle Tallemant (édit. in-12, t. X, p. 136), en avoit ouvert un à la Roquette, qui fut le *Pré-Catelan* du 17e siècle. Il y donnoit des fêtes publiques, avec danses, feu d'artifice, etc. Les piétons payoient une livre, les carrosses en payoient deux. C'étoit trop cher, il fut forcé de diminuer ses prix de moitié. (V. Loret, juin 1664.)

Quelques fois plutost par caprice
Que non pas avec du dessein.

Mais ce sont subjets d'inconstance
Qui se laissent aller au temps ;
Cherchons des objets plus constans
Et qui luy fassent resistance.
Toute cette confusion
N'est qu'une vaine illusion :
Au sentiment des hommes sages,
Un esclat qui dure si peu
Vaut bien moins que ces beaux visages
Qui cachent un cœur tout de feu.

A voir du haut de la Bastille
Tant de carosses à la fois,
Qui ne croiroit que quatre roys
Font leur entrée en ceste ville ?
Le soleil, dans l'estonnement
De les voir si superbement
Fouler une mesme carrière,
Voudroit bien descendre icy bas
Avec son coche et sa lumière
Pour y prendre aussi ses esbats.

Icy les dames plus discrettes
Communiquent à leurs amans,
Par de certains allechemens,
L'effect de leurs flames secrettes.
De leurs regards, sans discourir,
Elles nous font vivre et mourir ;
Et cette aggreable licence

De s'entendre avec leurs appas
Est si juste que l'innocence
Ne nous en destourneroit pas.

Tirsis, tu seras idolatre,
De ce bel œil qui va passer.
Pour moy, je viens de trepasser
Devant ceste gorge d'albastre ;
Cette déesse a des cheveux
Qui me ravissent mille vœux ;
Mais que cet autre objet me touche !
Celui-cy sera mon vainqueur,
Mon ame est desjà sur ma bouche,
N'as-tu point veu sortir mon cœur ?

Tu cognois bien cette rieuse ?
Son roquentin [1] n'est pas mal faict :
Vrayment, j'ay l'esprit satisfait ;
Mon humeur devient plus joyeuse
A voir cette bouche et ces yeux.
Le ciel ne sauroit faire mieux ;
On peint ainsi les belles choses,
Comme le soleil et l'Amour,

---

1. C'est-à-dire le muguet qui lui fait la cour. Ce mot *rocantin* avoit des sens bien différents : il signifioit tantôt une espèce de chanson, tantôt un jeune beau à la mode ; plus tard, quand les galants qu'il avoit servi à désigner eurent vieilli sans cesser de vouloir plaire encore, il partagea leur ridicule. On n'employa plus le mot *rocantin* sans le faire précéder de l'épithète de *vieux*, et il devint ainsi le synonyme de *vieux fat*.

Var. IX.

Ou l'Aurore en un lict de roses
Quand elle accouche d'un beau jour.

Ce resveur au fond du carosse
Medite sur ses pensions,
Et ses plus fortes passions
Regardent la mithre et la crosse ;
S'il voit venir un cardinal
C'est là le seul objet fatal
Qui passe jusques dans son ame ;
Et, comme il est ambitieux,
Cette vive couleur de flame
Est la plus charmante à ses yeux.

Amy, voicy venir les reines[1],
Avec autant de majestez
Que toutes les divinitez

1. Marie de Médicis et Anne d'Autriche. Quand le roi
étoit à Saint-Maur, celle-ci, pour l'aller trouver, suivoit
le Cours, et tous les prisonniers alors dans la Bastille
montoient à la terrasse pour la regarder passer. Souvent
il s'en trouvoit qui étoient là pour son service, et elle tâ-
choit, par quelque bon regard, de les consoler de cette
captivité dont elle étoit la cause. La Porte fut dans ce cas,
et voici ce qu'il raconte : « La reine vint à Paris, et passa
par la porte Saint-Antoine, pour aller trouver le roi à
Saint-Maur ; de quoi ayant été averti, je montai sur
les tours pour la voir passer. Aussitôt qu'elle m'aperçut, elle descendit du devant de son carrosse et se mit à
la portière pour me faire signe de la main, et me témoigner
autant qu'elle pouvoit par ses signes de tête qu'elle étoit
contente de moi et de ma conduite. » (*Mémoires*, anc. édit.,
p. 182.)

Qui sortent du bois de Vincennes.
Il faut que tant d'astres errans
Qui paroissent dessus les rangs
Deviennent fixes à leur veue :
Il se faut descouvrir icy.
Que Cloris n'est-elle venue ?
Je la verrois sans masque aussy [1] !

Qui vit jamais une des Graces,
Et tout ce qu'elle avoit de beau,
Dira que voicy son tableau,
Que ce visage en a les traces.
Encor si ce fascheux cocher,
Quand nous le pouvons approcher,
Rendoit sa course un peu plus lente !
Que n'ay-je quelque invention
Pour arrester ceste Athalante
Où j'ay mis mon affection !

Cette coquette, à la portière,
Fort mal instruite en son devoir,
Dans l'impatience de voir,
Regarde devant et derrière ;

1. On sait que l'usage des dames étoit alors de porter
le masque dans les promenades, et que les bourgeoises,
en cela comme en toutes choses, s'efforçoient de les sin-
ger. (*Caquets de l'Accouchée*, p. 47, 105.) C'est en France
surtout que cette mode étoit répandue ; aussi disoit-on en
Espagne que c'étoit une mode françoise. (*Roman comique*,
édit. V. Fournel, t. I, p. 49.) Quand les reines passoient,
les hommes se découvroient, les dames ôtoient leurs mas-
ques.

On l'accuse de tous costez,
Et des collets qu'elle a gastez,
Et de la peine qu'elle donne;
Mais, son esprit suivant ses yeux,
Elle est sourde, et n'entend personne
Que ses desirs trop curieux.

Qu'Aminthe sera regardée!
Mais je n'en ay point de soucy,
Pourveu qu'on n'emporte d'icy
Que sa memoire et son idée;
Pourveu qu'elle garde sa foy,
Sa constance et ses feux pour moy,
Je me plairay dans sa victoire,
Et ceux que j'en verray mourir,
Je m'empescheray bien de croire
Qu'ils en puissent jamais guerir.

Ce fanfaron croit que les dames
Ne vont au Cours que pour le voir,
Et qu'on ne peut pas concevoir
Combien il leur donne de flame.
Ce cavalier vit de credit,
Car ces jours passez il perdit
Tous ses biens dessus une carte.
Cet autre, durant tout le Cours,
N'a songé qu'a la fièvre quarte,
Qui l'a quitté depuis huict jours.

Considère cette mignarde:
Elle a de quoy se faire aymer,
Et ses yeux me pourroient charmer

Si ce n'estoit qu'elle se farde.
Enfin, tous ses attraits pipeurs,
Se reduisans en des vapeurs,
Se perdront comme une fumée,
Et ceste merveille en beauté
N'aura plus que la renommée -
De l'avoir autrefois esté.

Ce faiseur de vers, que l'estude
A rendu si pasle et défaict,
Est bien dans le Cours en effect,
Mais comme dans sa solitude ;
Il medite certaines loys
Qu'il mesure dessus ses doigts,
Et roule dans sa fantaisie
Quelques vieux fragmens mal appris,
Que la meilleure poësie
Condamne aux Chansons de Paris.

Approuve-tu cette fantasque,
Qui n'a point d'attraicts si puissans
Qu'elle en puisse ravir les sens,
Et ne met pourtant point de masque ?
Regarde ces petits amours
Dessus des carreaux de velours :
Que j'ayme ces jeunes visages,
Qui dans la fleur de leur printemps
Donnent desjà de beaux presages
De se faire aymer en leur temps !

Ces gens d'estat et de finances
Passent dedans le souvenir

Tous les moyens de parvenir
Et d'asseurer les espérances.
Ces cordons bleus, dans leurs discours,
Au milieu des plaisirs du Cours
Parlent du succez de la guerre ;
Ils condamnent les facieux ;
Et ces petits dieux de la terre
Font des desseins dignes des cieux.

Que ces deux mouches[1] à la face
Et sur le beau sein de Philis,
Parmy les roses et les lys,
Luy donnent une bonne grace !
Cette autre avec tout son caquet
Fait plus de bruit qu'un perroquet ;
Je la trouve un peu trop folastre,
Et tous ses gestes affetez
Ressentent trop l'air du theatre
Pour arrester mes volontez.

Ces respects, ce profond silence,
Ces devoirs, et ces doux regards
Qu'on eslance de toutes pars
Avec un peu de nonchalance,
Ces charmes, ces enchantements,
Sont-ce pas des contentements
Qui flattent doucement une ame
Et la font resoudre à chérir
Tous les mouvemens d'une flame
Que la raison ne peut guerir ?

1. Sur la mode des mouches, V. t. VII, p. 9. etc.

Cependant le jour diminue ;
Luy mesme a tantost fait son cours ,
Sans avoir donné du secours
A nostre fievre continue.
A moins que d'aymer des prisons ,
On ne doit rentrer aux maisons ;
Mais chacun retourne à la sienne.
O douceurs ! plaisirs sans pareils !
Dieux ! se peut-il que la nuit vienne
Au milieu de tant de soleils ?

FIN.

Discours de M. Guillaume et de Jacques Bon-
homme, paysant, sur la défaicte de 35 poulles
et le cocq faicte en un souper par 3 soldats.

M.DC.XIV

———————

AISTRE GUILLAUME. L'impatience me faict
mourir d'un extreme desir de te cognoistre, Jacques, affin d'emploier tout ce
qui est en moy pour honorer le brave et
rustique jugement de ta venerable vieillesse de quatre-vingts dix sept ans.

BON-HOMME. Ce n'est pas moy, Guillaume,
de qui il se faut railler : car, combien que tous les
jours je ne sois comme toy à caymander de porte
en porte, de palais en palais des seigneurs de la
cour [1], humant l'odeur et la fumée de leurs mar-

———————

[1]. On savoit bien que M⁰ Guillaume étoit un bouffon à
gages (V. t. VI, p. 129), que, de plus, il vendoit lui-
même sur le Pont-Neuf les *Pasquils* publiés sous son nom
(L'Estoile, édit. Michaud, t. II, p. 405); mais on ignoroit qu'à ces métiers il joignît celui de quémandeur chez
les seigneurs, et qu'il fît en cela concurrence au comte
de Permission (V. t. VIII, p. 81-83).

mites bouillantes, passant par devant leurs cuisines, desquelles tu es assez souvent chassé, néant-
moins je ne laisse pourtant d'estre assez estimé,
voiré plus que toy, pour la vérité que souventefois je persuade à plusieurs qui se sont assez bien
trouvez de m'avoir creu [1].

GUILLAUME. Je trouve ma condition feneante
plus aisée que la tienne, car avec quelque cartel
de ma fantaisie mal timbrée j'ay plustot acquis une
pistole que toy un teston avec tes caquets persua-
sifs [2].

BON-HOMME. Il est vray, et croy bien ce que
tu dis ; mais pourtant avec mon hocqueton de treil-

---

[1]. Cela fait allusion aux pasquils qui se publioient sous
le nom de *Jacques Bonhomme*, considéré toujours comme
la personnification du peuple souffreteux. (V. t. VI, p. 53,
note.) En cette année 1614, et au sujet des troubles dont
il est parlé ici, on avoit justement vu paroître une pièce
de ce genre. Jacques Bonhomme y étoit donné comme un
paysan des campagnes qui avoient eu alors le plus à souffrir. Voici le titre de ce petit livret, qui est rare : *Lettre
de Jacques Bonhomme, paysan de Beauvoisis, à Mgrs les
princes retirés de la cour.* Paris, Jean Brunet, 1614, in-8.

[2]. Il falloit toutefois que Me Guillaume fît en un jour
grand débit de ses pasquils pour arriver à gagner une
pistole, car il ne les vendoit pas cher. « J'ay, dit L'Estoille (mardy 16 sept. 1606), baillé ce jour à maistre Guillaume, de cinq bouffonneries de sa façon, qu'il portoit et
distribuoit luy-mesme, cinq sols ; qui ne valent pas cinq
deniers, mais qui m'ont fait plus rire que dix sols ne valent. »

lis[1] qui ne ressent que paix et amitié, j'ay plus de reputation entre les bons François que toy avec ta casaque rouge plissée à la turquesque.

GUILLAUME. Tes parolles et ton habit demonstrent la capacité de ta cervelle et de ton beau jugement, qui est tout radouté[2], ramenant par tes devis les vieilles neiges du grand hyver passé.

BON-HOMME. Et les tiennes, Guillaume, procedant de ta cervelle pleine de follie, sont vrayes frivolles, badineries et discours qui ressent la bave comme les devis ordinaires des petits enfants.

GUILLAUME. Tout beau, Bon-homme! tu es cause de ma misère; ne te mocque de moy, car on s'amuse à tes lettres, qui, comme follies, courent les rues de Paris, et moy on me laisse passer sans me dire, comme on souloit : « Monsieur Guillaume, qu'avez-vous de nouveau ? » Ainsi parloient à moy nos bons seigneurs de la cour, devant ces querelles d'Allemand.

BON-HOMME. Ne te fasche non plus que moy : nous serons doresnavant aussi contens l'un que l'autre. Je croy que tu n'es non plus envieux de ma condition que je suis de la tienne. Voylà la paix, par la grace de Dieu, remise en la France[3] : tu seras comme devant aussi bien receu en ton estat de caymandier que devant; on prendra doresna-

---

1. Sur ce genre d'étoffe, dont on faisoit les habits des pauvres gens, V. t VII, p. 99.

2. C'est-à-dire qui radote.

3. Le 15 mai 1614, la paix avoit été faite entre le roi et les princes par le traité de Sainte-Menehould.

vant plaisir à lire tes rapsoderies, de quoy tu retireras argent; et moy, paisible en ma maison rustique, sans crainte de gens d'armes ny de soldats pilleurs et poullaillers, revisiteray mon petit clos et mes vingt cinq arpens de terre que j'ay herité de mon grand père. La fortune et la chance sont retournez et pour toy et pour moy, selon tes desirs et les miens.

GUILLAUME. Desjà voudrois avoir veu cela, car il me desplaist assez d'ouyr parler de la guerre, source de toute misère, et particulièrement de la mienne.

BON-HOMME. Je t'apprend pour certain que cela est. Je ne le sçay que par un de mes enfants que j'envoyay hier à Paris solliciter un mien procez. Pour toy, qui hante et entre partout malgré que l'on en aye, qui hume le vent de toutes les rues de Paris, tu en peux plus que moy savoir des nouvelles.

GUILLAUME. On le dit ainsi.

BON-HOMME. Voyla donc qui va bien; nous deux en aurons du proffit.

GUILLAUME. Je ne scay quel proffit. La guerre, qui avoit fait faire tant de dépenses, aura tellement rendu les bourses flasques et légères qu'on n'aura plus envie de me donner.

BON-HOMME. O! que le proffit de la paix est grand! En ceste resjouissance publique, on ne demandera plus qu'à rire, et à ouyr des comptes de plaisir comme les tiens, d'où retireras du lucre.

GUILLAUME. Pour vous cela est bon, car les soldats et gouvards [1] seront par ce moyen cassez et

1. Pour *goujarts* ou *goujats*, valets d'armée.

congediez, et partant contraints par les prevosts des villes d'abandonner vos maisons.

Bon-homme. Helas! que c'est une douce consolation pour nous! Car je t'asseure, Guillaume, mon bon amy, qu'ils nous ont fait mille ruines. Les marchands de la halle se pleignent de nous de quoy nous leur encherissons les œufs; mais les bonnes gens n'en sçavent pas la cause : tous nos sacs sont vuidez, et nos pauvres poulles, helas! ont esté mangées, sans en compter les plumes; c'est de quoy se plaignent aussi bien que moy les autres paysans d'auprès Pontoise, Poissy et Mante.

Guillaume. Cela n'est rien. Possible tu en as perdu quelque demy douzaine : est-ce là si grand sujet de te plaindre? Enqueste toy plus avant, fais un voyage à Nostre Dame de Liesse, et tu verras ce que l'on te dira prez de Laon [1].

Bon-homme. Quoy donc apprenez vous de nouveau de ces quartiers?

Guillaume. N'en sçais tu rien? N'as-tu point ouy parler de ceste grande occision de poulles?

Bon-homme. Non.

Guillaume. Je t'en veux dire quelque chose.

Bon-homme. Les choses nouvelles plaisent fort aux vieilles gens comme moy.

Guillaume. J'estois, il y a un jour ou deux, derrière deux laquais, dont l'un revenoit de Soissons [2], l'autre de Bretagne [3]. Pour la longue cognois-

1. Nous avons déjà dit que c'est la Picardie, où s'étoient portées les troupes des princes mécontents, qui avoit le plus souffert.

2. C'est là qu'au mois d'avril les chefs s'étoient rassem-

sance qu'ils avoient l'un de l'autre, furent fort aises
de se voir ; tous deux, de plain accord pour apprendre l'un de l'autre des nouvelles de leur voyage ,
entrèrent en une taverne, comme c'est l'ordinaire
de telles gens. Moy les suit, car, ne pouvant vivre
de mes papiers , je hante volontiers en ces lieux ,
ou par fois l'un me presente à boire, l'autre à manger. Je m'assis à mesme table qu'eux, et les oy
volontiers discourir. L'un apprend à l'autre ce qu'il
a apprins des affaires de Bretaigne, et l'autre luy
conte ce qui s'estoit passé à Soissons et aux environs. Entr'autres choses j'oüy un traict qui fera rire,
Bon-homme , les vieilles bestes comme toy et moy.
Celuy donc qui revenoit de Soissons disoit à l'autre
qu'il avoit logé en un certain village qui estoit le
quartier de quelque gendarmerie de nouveau enrool-
lée. Il trouve en un certain logis trois soldats qui faisoient une chère desesperée aux despens des pauvres paysans et manans, ce qui , disoit-il, me faisoit grand mal au cœur, car je n'avois qu'un quart
d'escu pour venir de Soissons à Paris ; voylà pour-

blés pour entendre les propositions de paix qui leur étoient
faites de la part de la cour. Les soldats cependaut rava-
geoient la campagne et vivoient sur le bonhomme , qui,
dévoré par l'un et l'autre parti, ne savoit pas lequel des
deux étoit son plus cruel ennemi.

3. M. de Vendôme, qui commandoit dans cette province,
avoit été le seul qui n'eût pas souscrit au traité de Sainte-
Menehould, sans doute pour se venger des quelques jours
de prison qu'on lui avoit fait subir au Louvre, à la première nouvelle des troubles. Il fallut un voyage du roi de
ce côté pour que la paix s'y rétablît.

quoy alors je ne mangeois que du pain à la fumée
de leur souper, sans que ces vieux gourmands
eussent le courage de me faire par charité estre de
leur esquot (voy, Bon-homme, quelle gourmandise,
je te prie ; tu en devrois pleurer à chaudes larmes
aussi bien que moy, qui ne mange le plus souvent
que du pain, encore mon demy saoul). Ils avoient
en un grand chaudron, pour trois qu'ils estoient,
35 poulles à l'estuvée, sans compter le cocq, qu'ils
faisoient rostir ; a-t-on jamais ouy parler de telle
vie de soldats ? Je ne sçay quels diables de ven-
tres ils avoient ; le plus fort poullailler eust bien
esté chargé de porter un pannier plein de telles
poulles grasses comme etoient celles-cy. Je vous laisse
à penser combien de beurre et d'œufs et de poivre
il fallut pour assaisonner telle fricassée de goulus,
sans faire compte de vin qui fut tiré pour arroser
leurs grands gosiers pavez et laver leurs trippes et
boyaux de soixante et dix neuf aulnes de vuide. Il
falloit, helas ! quelle pitié ! porter le chauderon à
quatre, tant il estoit pesant ! Je te laisse à penser si
les Suisses en leur Suisserie en peuvent faire davantage. Le capitaine ou colonel à qui apartenoient
ces trois poullaillers soldats fut adverty de telle
drollerie, et luy mesme le voulut voir, qui, ne prenant garde aux larmes des quelques paysans des-
poullaillez, se prit à rire et en tint ses discours partout où il alloit. Je te laisse à penser, mon Bon-
homme, quel ravage eût fait la guerre si elle se fût
allumée à bon escient ! Dieu a eu compassion de
telles cruautez, et pource nous a redonné la paix,
que nous devons à jamais conserver, en le priant

d'accroistre la bonne fortune des François et destourner de la France tout ce suject et occasion de
guerre et émotion civile.

Bon-homme. Ainsi soit-il.

Fin.

Le Bourgeois poli, où se voit l'abregé de divers complimens selon les diverses qualités des personnes, œuvre très-utile pour la conversation.

A Chartres, chez Claude Peigné, imprimeur, rue des trois Maillets.

M.DC.XXXI[1].

A MONSIEUR DU CHARMOY,

Consoiller du Roy, son President en l'Eslection de Chartres, etc.

MONSIEUR,

 ntre mille belles qualités qui vous rendent aimable, celle du bien dire eclate tellement que l'on ne peut pas avoir eu l'honneur de vostre cognoissance, et n'avoir point esté pris aux charmes de vostre conver-

1. Nous publions ce livret d'après l'un des 70 exemplaires de la réimpression faite à Chartres, chez Garnier, en août 1847, par les soins de M. Gr. Duplessis. Réimprimer cet opuscule à Chartres, c'étoit le faire renaître où

sation. J'en serois un foible tesmoing pour mon
peu de suffisance à cognoistre les choses principa-
lement si relevées, et n'aurois garde aussi de vou-
loir temerairement obliger le public à me croire,
si tant de bons esprits qui vous honorent ne confir-
moient mon dire, et ne tesmoignoient comme moy
des merveilles qu'ils admirent en vos discours.
C'est, Monsieur, ce qui m'a fait vous dedier ce livre

il étoit né ; les personnages qui y jouent un rôle sont
Chartrains, on le verra bien à leur langage, et l'auteur
lui-même étoit, ou peu s'en faut, leur compatriote.
D'après la découverte un peu tardive qu'en a faite M. Duplessis, il se nommoit François Pedoüe, et il étoit chanoine de Chartres. Né à Paris en 1603, il appartenoit à
la Beauce par la famille de sa mère, Françoise de Tran-
chillon, sœur de M. d'Armenonville. Il fit ses études à
La Fèche, chez les jésuites, et obtint, n'ayant que vingt
ans, par les soins du premier cardinal de Retz, la pré-
bende à la cathédrale de Chartres, dont il prit possession
en 1623. Il n'étoit pas encore prêtre, et pendant douze
ans il ne fit rien d'un prêtre. En 1626 il publia, chez Peigné, à Chartres, un recueil de poésies fort mondaines
dont M. Duplessis a vu un des rares exemplaires chez un
bibliophile chartrain. C'est en 1631 qu'il donna *Le Bourgeois*
poli, qu'on ne croiroit certes pas avoir été écrit par uneplume
ecclésiastique. Mais Fr. Pedoüe, alors, n'étoit qu'un petit
maître « vestu de satin, est-il dit dans sa vie manuscrite
par le chanoine Lefebvre, portant point coupé à son rabat, escorté de deux laquais, dont il avoit appelé l'un
Tant-Pis et l'autre Tant-Mieux, enfin général de l'ordre
des chevaliers de Sans-Souci », dont il avoit été le fondateur, ajoute M. Duplessis. Le chanoine Lefebvre dit
quelques mots du livret que nous reproduisons ici et du
succès qu'il obtint dans toutes les classes de la société.

des compliments polis[1], *ne pouvant mieux ad-*
dresser l'eloquence qu'à un homme très-eloquent,
ny des compliments bien faicts qu'à celuy qui en
est un parfaict maistre. La diversité ayant cela

Il parle « d'un de ses ouvrages, entre autres, intitulé *Le
Bourgeois poli*, dans lequel étoit représenté au nayf toutes
les conditions; et il n'y avoit ni petit ni grand qui n'en
fust garni ». Pédoüe donna plus tard un sérieux démenti
aux dissipations et aux œuvres frivoles de sa jeunesse :
« Les grands services qu'il a rendus à la cité, en qualité
d'échevin, dit M. Duplessis, son rôle de négociateur et de
pacificateur dans les sanglantes querelles des nobles et des
bourgeois en 1651, les œuvres de charité qu'il a fondées, et
dont la principale subsiste encore après plus de deux cents
ans, l'austérité des trente dernières années de sa vie, le zèle
infatigable avec lequel il s'est dévoué aux choses de son
ministère, tels sont les titres sérieux qui le recommandent
à la postérité chartraine. »

1. On fit, au 17e siècle, un grand nombre d'ouvrages sur
la bienséance, le bien dire, etc., où l'on pouvoit constater les progrès que l'art de la politesse avoit faits depuis le
moyen âge, qui n'avoit eu guère pour Code d'urbanité que la
Dictiée d'Urbain et les *Contenances de table*. Au 16e siècle, en
outre de la *Civile honnesteté*, imprimée pour la première fois
en 1560, un *Traité de civilité puérile*, par Saliat, avoit été
publié à Paris, chez Simon de Colines, d'après le petit
livret en latin écrit sur le même sujet : le *Quos decet*,
par exemple, relatif aux usages de la table; les *Dialogues*
de Mathurin Cordier, et le livre d'Erasme sur la *Civilité
morale*. On donna de celui-ci un grand nombre de tra-
ductions. Malherbe en cite une qu'il avoit vue affichée,
et dont l'auteur étoit un petit garçon de douze ans. Il se
moque du bambin traducteur, et par contrecoup d'Erasme,
qu'il n'admet pas pour juge en ces matières : « Je ne sçau-

qu'elle se rend tousjours agreable, je croy que ce
livret ne vous ennuyra pas. Vous y verrez toutes
sortes de personnes representer au naïf toutes sor-
tes de civilités par les plus honnestes paroles que

rois croire, écrit-il, qu'Erasme sût que c'est de civilité,
non plus que Lipse sait que c'est que de police. Je serois
bien aise de voir un premier gentilhomme de la chambre
écrire du premier point, et un roi du second ; ils en par-
leroient, à mon avis, plus pertinemment que des pédants,
et ce seroit ces livres-là que j'achèterois très volontiers,
comme faits par des gens du métier. » Malherbe dit tout
cela dans sa lettre à Peirèsc, du 10 octobre 1613, à propos
d'un livre des *Civilités puériles* dont celui-ci avoit entendu
parler à Aix, et sur lequel il désiroit des renseignements.
C'étoit sans doute une nouvelle édition du livre de Saliat,
cité tout à l'heure. Les éditions des ouvrages de ce genre
se multiplioient à l'infini : le livre d'Antoine Courtin,
Nouveau Traité de la civilité qui se pratique en France, par-
mi les honnestes gens, en étoit à sa onzième en 1678 ; et
Dieu sait à quel chiffre en sont arrivées celles de la *Civi-*
lité puérile et honneste que le P. Lasalle, instituteur des
frères des écoles chrétiennes, publia pour la première fois
en 1713, et qui, depuis lors, n'a rien changé ni à son
texte, ni à son caractère. (Dibdin, *Voyages bibliogr. en*
France, t. II, p. 71.) Nous citerons encore, parmi les
livres de ce genre publiés aux derniers siècles, le *Nouveau*
Traité de civilité françoise, Paris, 1695, in-8 ; les *Eléments*
d'instruction de Blégny, Paris, 1691 ; *Instruction chrétienne*,
1760 ; et pour beaucoup d'autres nous renverrons à une
longue note du *Palais Mazarin*, 293-297. Pour le caractère dit de *civilité*, qui est spécial au plus populaire de ces
petits livres, nous conseillerons de lire ce qu'en a écrit
M. J. Pichon, *Mélanges de littérature et d'histoire*, publiés
par la Société des bibliophiles françois, p. 330-337.

la nature et le païs leur peuvent fournir : la sim-
plicité règne icy, on n'y voit point d'artifice : je
m'asseure de vostre courtaisie qu'elle verra de bon
œil le travail que j'ay pris à recueïllir des choses
si dignes d'estre estimées, et que vous m'excuserés
facilement, si pour vous les dedier en ceste epistre
je ne vous faits des compliments davantage, puis
que ce m'est chose entièrement impossible, ayant
mis dans le livre toutes les belles paroles que je
sçavois.

Le Bourgeois poli.

DIALOGUE I.

Le Gentilhomme.
L'Armurier.
La Femme de l'Armurier.

LE GENTILHOMME.

Dieu vous gard', mon maistre ; y a t'il moyen icy de nous accommoder ?

L'ARMURIER.

Ouy dea, Monsieur, que desirez-vous?

LE GENTILHOMME.

Je veux une paire d'armes.

LA FEMME.

Monsieur, on vous accommodera de tout ce qu'il vous faut.

L'ARMURIER.

Entrez, entrez, Monsieur, s'il vous plaist. Vous

plaist-il que nous montions à hault? vous verrez à
la monstre si quelque chose vous duit : il y en a
encore plus de cinquante paires de toutes les sortes.
Vous en plaist-il à l'espreuve du mousquet? en desirez-vous à l'espreuve du pistolet? Tenez, voyez,
choisissez, et ne vous deffendez que du prix : voila
de la meilleure marchandise que vous sçauriez jamais voir.

LA FEMME.

Monsieur, si vous ne vous accommodez içy, à
grand' peine vous accommoderez-vous ailleurs ; il
n'y a personne qui vous fasse meilleur prix que
nous.

LE GENTILHOMME.

Mordieu! voila qui est trop pesant. Dieu me damne
si je n'aimerois mieux aller en pourpoint à la mercy
des mousquetades que de porter un tel fardeau!

L'ARMURIER.

Monsieur, en voila de toutes les sortes, vous avez
moien de choisir.

LA FEMME.

Monsieur, en voila de bien legères, il m'est à
voir qu'elles vous accommoderont bien ; c'est tout
vostre faict, vous n'en serez guières plus chargé.

LE GENTILHOMME.

Et bien, mon maistre, combien ceste paire là ?

L'ARMURIER.

Monsieur, je vous asseure que vous n'en sçauriez
moins payer que cinquante escus; encores, si c'estoit
un autre, il ne les auroit pas pour le prix; mais il

me fasche de vous envoier, par ce que je sers presque toute la noblesse du païs.

LA FEMME.

Monsieur, voila une paire d'armes que vous ne
sçauriez payer de bonté, aussi elles sont de commande, et faites pour un Gentilhomme environ de
vostre taille.

LE GENTILHOMME.

Mon maistre, dites le plus juste prix ; encore ne
serez-vous pas marchand à vostre mot [1].

L'ARMURIER.

Monsieur, je ne surfaits point ma marchandise :
je vous les vendray ce que je vous les ay faites. Je
ne suis point homme à deux paroles ; quand je vous
les ferois cent escus, elles n'en vaudroient pas mieux.

LA FEMME.

Monsieur, quand vous iriez en cinq cens boutic-
ques, on ne vous accommodera pas mieux qu'icy.

LE GENTILHOMME.

Je pourray m'accommoder de ceste paire là ; mais
le dernier mot, je vous en prie.

L'AMURIER.

Monsieur, je vous les vendray cens francs, autant
en un mot qu'en mille.

1. *Mot* se dit dans le commerce du prix qu'on demande
d'une marchandise et de l'offre qu'on en fait. (*Trévoux.*)

LE GENTILHOMME.

O bien, c'est donc un marché fait. Mais escoutez,
je ne puis encor vous donner de l'argent si tost.

LA FEMME.

Monsieur, j'en aurions pourtant bien affaire; des
marchands à qui j'en avons promis viendront bien
tost en demander: il ne faut pas qu'ils viennent en
faute, il faut faire leur somme.

L'ARMURIER.

La la, tre-dame, hé mes amis, Monsieur est honneste Gentilhomme, il ne nous manquera pas au
temps qu'il nous promettra; il est trop honneste
homme, il ne voudroit pas le faire.

LE GENTILHOMME.

Non pardieu, j'en serois bien marry : ce que je
vous promets, je le vous tiendray, foy de Gentilhomme.

LA FEMME.

Au moins, Monsieur, si vous nous manquez, vous
serez cause que je demeurerons honteux, et que les
marchands ne nous amarons [1] plus rien.

LE GENTILHOMME.

Asseurez vous en ma parole, je ne vous manqueray point. Adieu.

1. Idiotisme chartrain pour ne nous *livrerons* plus rien.
Amar est un mot celtique qui se retrouve dans le bas bre-
ton, et dont, par une extension de sens, on a fait le
verbe *amarrer*. (Falconnet, *Mém. de l'Acad. des Inscript.*,
p. 10.)

LA FEMME A SON MARY.

Vous estes un fin marchand! Vous baillez vostre marchandise, et si vous ne sçavez à qui : j'aymerois autant ma marchandise en ma boutique que de la bailler de la façon; j'aymerois autant rien que ces gentilhommes de Beausse : il en faudroit bien de tels pour nous enrichir.

LE MARY.

Tay-toy, tay-toi, ma femme, il nous pai'ra bien.

LA FEMME.

C'est mon, ma foy, il nous payera comme un tas d'autres qui nous ont affrontés [1].

LE MARY.

Tu ne te veux pas taire?

LA FEMME.

Non, hola, je ne me tayra ja; il y a bien de l'apparence que je me taise et veoir perdre ce que j'avons.

LE MARY.

Si tu ne te tay, je m'en iray.

LA FEMME.

Ma foy, allez.

LE MARY.

Si je sors, je ne reviendray de huit jours.

LA FEMME.

Ne revenez de quinze si vous ne voulez.

---

1. *Trompés. Affronteur* se disoit pour un faiseur de dupes. (V. Charron, *La Sagesse*, liv. I, ch. 16.)

DIALOGUE II.

Le Bourgeois.
Le Laboureur.

LE LABOUREUR.

Bon jour, bon jour, Monsieur nostre Maistre.

LE BOURGEOIS.

Ah ! Dieu te gard', Pasquier. Et bien, qu'est-ce ?

LE LABOUREUR.

Monsieur, des biens assez, mais ils sont ma .partis[1].

LE BOURGEOIS.

Que dis-tu de nouveau ?

LE LABOUREUR.

Monsieur, je ne sçauras que dire de peur qu'i n'advienne.

LE BOURGEOIS.

Tu ne me parles point de ce que tu me doibs ? M'ameines-tu du bled ? Quand est-ce que tu me veux payer ? il y a assez long-temps que je t'attens.

LE LABOUREUR.

Monsieur, vous m'eussiez fait plaisir de ne pas tant m'attendre : il n'est moyen que je vous puisse

---

1. *Partager*. V. plus loin, p. 177, note.

payer à cette heure que le bled est si char; il en est
si peu que je n'avons rien recueilly quasiment : si
vous ne voulez faire diminution pour la mauvaise
année, j'ayme autant quitter vos tarres.

LE BOURGEOIS.

Et bien, je te prends au mot : puisque tu ne me
veux point payer, je n'en sçaurois avoir moins d'un
autre.

LE LABOUREUR.

Et bien, bien, Monsieur, je vois bien ce que c'est:
vous me voulez envoïer avec ma femme et mes enfans un baston blanc à la main. Un autre ne fera
pas mieux que moy; vos tarres sont trop chères, il
n'y a pas moyen de s'y sauver; voila trois ou quatre
années que j'ay semé, je n'ay pas seulement recueilly la semence et de quoy vous payer : ce sont
de belles tarres, des tarres à chardons.

LE BOURGEOIS.

J'ay eu d'autres fermiers que toy, qui s'y sont
bien sauvez, et qui m'ont bien payé.

LE LABOUREUR.

Voire, voire, Monsieur; mais vous ne dites pas
tout: s'ils n'eussent eu que vos tarres, ils y fussent
morts de faim; ils y ont mangé de bon bien qu'ils
avoient; il estoit temps qu'ils en sortissent, ils estoient bien à la flac. Monsieur, les fermiers n'enri-
chissent point tant en vostre metarie; en voilà desja
quatre ou cinq de cognoissance qui n'en sont pas
sortis avec la chesne d'or : on m'avoit bien dit qu'il
n'y avoit rien à profiter avec vous; si j'eusse creu le

monde, je ne feusse pas entré à vostre farme, vous
regardez de trop près les pauvres gens.

LE BOURGEOIS.

Mon amy, je ne te faits point de tort, je ne te demande que ce qui m'appartient ; encore faut-il que
chacun vive de son bien ; si les autres ne me payoient
non plus que toy, je serois reduit au bissac.

LE LABOUREUR.

O bien, Monsieur, si vous mé voulez ruiner, cela
depend de vous ; mais pourtant, si vous voulez avoir
patience, vous n'y perdrés rien avec le temps ; vos
tarres sont bien emblavées, cette année en vaut
deux ; encore faut-il que nous vivions les uns avec
les autres; je n'ay pas envie de vous faire rien perdre; quand vous me consommerez en frais, vous n'en
serez pas plustot payé, la justice mangera tout.

LE BOURGEOIS.

Mon amy, si je pensois pour attendre n'y rien perdre, j'aurois encore patience.

LE LABOUREUR.

Monsieur, je vous asseure vous n'y pouvés rien
perdre; j'ay encore deux ou trois septiers de tarres
de mon propre jouxte les vostres qui vous accommoderont bien, et me les faites valoir ce qu'ils valent, en rabattant sur ce que je vous doy.

LE BOURGEOIS.

Ah ! bien, mon ami, puisque tu te mets à la raison,
tu seras encore mon fermier ; prens courage, tasche
à te r'avoir, j'en seray bien aise ; j'ayme mieux m'ac-

commoder avecque toy que de te ruiner ; je ne desire
point ton mal, je ne veux que ton bien.

LE LABOUREUR.

Monsieur, je vous remarcie : je suis obligé à prier
Dieu pour vous, vous me donnez du pain à manger.

LE BOURGEOIS.

O bien, adieu, mon ami ; recommande moy bien
à Guillemette ta femme.

LE LABOUREUR.

Monsieur, je n'y feray faute, je la-salüeray de par
vous.

DIALOGUE III.

La Bourgeoise.
La Marchande de soye.

LA BOURGEOISE.

 ON jour, Madame, et bonne santé. Vous
portez-vous bien, Madame ?

LA MARCHANDE.

Toute preste à vous obeir, Madame.

LA BOURGEOISE.

Monsieur vostre mary se porte-il bien, Madame ?

La Marchande.

A vostre service et commandement, Madame ; et vous aussi, Madame, chez vous se porte t'on bien ?

La Bourgeoise.

Tout se porte bien, Madame, Dieu mercy! Et vous, madame ? Je viens voir si vous avez point quelque beau satin pour habiller mon mary.

La Marchande de soye.

Jesu, Madame, nous vous accommoderons de tout ce qu'il vous faudra: nous en avons des plus beaux. Tenez, Madame, choisissez.

La Bourgeoise.

Madame, de quel prix est-il? Encore celui là ne me semble t'il pas tant bon : il m'est avoir qu'il est empezé et qu'il n'a pas beaucoup de lustre.

La Marchande.

Madame, je ne vous ay point voulu faire tant de monstres, à cause que je sçay bien que vous voulez tousiours du meilleur, aussi est-ce là le plus beau qui soit ceans, et ne croy pas qu'ailleurs vous en trouviez de pareil.

La Bourgeoise.

Il m'est avoir pourtant que vous m'en avez baillé autresfois de meilleur; celui-là n'est qu'à deux poils [1], et j'en voudrois bien à trois; il me fasche

---

1. On disoit d'une étoffe de soie, peluche, velours, ou satin, qu'elle étoit à deux ou trois poils, selon le nombre

pourtant d'aller chez un autre, car quand j'ai accoustumé une personne, je n'aime pas à changer.

LA MARCHANDE DE SOYE.

Madame, il y a trop longtemps que nous vous fournissons pour commencer à vous tromper; vous pouvez vous asseurer en moy comme en vostre propre sœur : quand ce seroit pour moy mesme, je ne pourrois pas mieux choisir.

LA BOURGEOISE.

Et bien, Madame, combien le voulez vous vendre? Encore qu'il ne soit pas beaucoup à ma fantaisie, je seray bien aise d'en sçavoir le prix.

LA MARCHANDE.

Madame, je le vendray dix francs.

LA BOURGEOISE.

Jesu! Madame, dix francs! C'est bien là du satin à dix francs! J'en ay veu à ma cousine la Conseillère qui estoit bien plus beau, et qui n'avoit garde de luy couster le prix que vous me le faites.

LA MARCHANDE.

Madame, il y a de la marchandise à tout prix. Il y en a qui font quelquefois bon marché de leur bource ; on ne leur donne pas la marchandise non

des lignes jaunes marquées sur la lisière. Celles qui en portoient trois étoient les plus belles. Par extension, on disoit pour un vrai brave, en qui se trouvoit l'étoffe d'un courage sans mélange, que c'étoit un brave à *trois poils*.

plus qu'à nous : j'ay le moyen de vous en faire aussi bon marché qu'un autre.

LA BOURGEOISE.

Madame, je suis d'avis de n'en donner que sept francz, c'est tout ce qu'il peut valoir ; si je croiois qu'il valust davantage, je ne suis point femme à barquigner [1] tant : ce n'est point moy qui regarde pour cinq ou six sols par aulne.

LA MARCHANDE.

Madame, ce n'est point moy aussi qui surfaits de tant ma marchandise, encore à une personne comme vous qui payez content : cela seroit bon pour ces faiseurs de chevissoires [2].

LA BOURGEOISE.

Et Dieu, Madame, vous leur salez donc bien?

1. *Barquigner*. Ce mot ne se prit d'abord que dans le sens de *marchander*, qu'on lui donne ici. (R. Spifame, *Dicœarchiæ Henrici regis progymnasmata*, arrest 224e, et Rabelais, édit. Burgaud, t. 2, p. 68.) On trouve dans une ordonnance de taxe du temps de Charles VI : « Defense aux *barquigneurs* de *barquigner* », c'est-à-dire de marchander avant l'ouverture du marché. (Monteil, *Traité des matériaux manuscrits*, t. II, p. 306 307.) Il se retrouve dans la 91e des *Cent Nouvelles nouvelles*, et en anglais *to bargain* signifie encore marchander. L'origine de ce mot vient, selon quelques-uns, d'une métaphore employée au jeu de l'Oie. (*Biblioth. de l'Ecole des Chartes*, 3e série, t. II, p. 304.)

2. C'est-à-dire qui prennent des arrangements pour payer. *Chevissoire* est ici pour *chevisance*, qui, en terme de palais, signifioit *traité, accord*.

LA MARCHANDE.

En doutez vous, Madame? Comment attendre si longtemps, et estre en hazard de perdre son denier? Si nous avions nostre argent, il nous profiteroit.

LA BOURGEOISE.

Pour moy, je n'achepte rien à credit, j'ayme autant payer comptant que de payer une autre fois : tousjours faut-il payer.

LA MARCHANDE.

Madame, je le sçay bien, c'est pourquoy je vous dis aussi tout du premier coup le plus juste prix.

LA BOURGEOISE.

Madame, je ne suis pas resolue d'en donner davantage que huit francz au dernier mot.

LA MARCHANDE.

O la, Madame, faut que vous en alliez voir d'autres; mais que vous ayez esté à d'autres boutiques, vous serez plus hardie de m'en offrir d'avantage; et gardez d'estre trompée, je voy bien que vous le voulez estre.

LA BOURGEOISE.

O bien, Madame, je m'en vais vous donner le bon jour : je suis bien marrie que nous ne pouvons nous accommoder du prix.

DIALOGUE IV.

La Bourgeoise.
La Drappière.

LA BOURGEOISE.

ON jour, Madame; n'avéz vous point quel-
que belle estoffe pour faire un manteau
à mon mary?

LA DRAPPIÈRE.

Ouy dea, Madame, vous avez moyen de choisir,
nous vous en monstrerons de toutes les sortes. Madame, vous plaist il du drap? ou bien voila de beau
carizi d'Angleterre [1].

1. Les draps d'Angleterre avaient alors la vogue, mais
ils n'étoient anglais que de nom. Le M. Guillaume de
l'*Avocat pathelin* de Brueys ne ment pas lorsqu'il parle de
ses brebis qui lui donnent d'excellente laine d'Angleterre!
Le *carizi* étoit fait avec de la laine de Flandre, et son
nom n'est qu'une altération de celui des *arazi*, étoffes d'*Arras*, célèbres partout au moyen âge. Dès le 14e
siècle, il est parlé en Italie des étoffes appelées *arassa*
(Muratori, t. XVI, col. 583); et l'on sait par le testament de Richard II, que ce roi d'Angleterre portoit, entre
autres vêtements, des habits de drap d'Arras. (Rymer,
t. III, 4e part., p. 158.) Arras, au XVIe siècle, fournissoit
toutes les tapisseries de haute lisse, appelées encore en
Italie *arazzi*, ou *panni di rassia*. (L. De Laborde, *Union des
Arts et de l'Industrie*, t. 2, p. 435.)

LA BOURGEOISE.

Madame, il m'est avis que du drap est plus propre
à faire un manteau que du carizi; mais j'ay si grand
peur que vous me donniez de l'estoffe qui se descharge, car quand cela rougit en manteau, cela est
grandement laid.

LA DRAPPIÈRE.

Madame, asseurés vous en ma parole que je serois
bien marrie de vous tromper; asseurement tant plus
le manteau sera porté, et tant plus il sera beau:
c'est la plus belle estoffe à l'user que vous sçauriés
trouver. J'en tromperois bien d'autres auparavant
que de m'adresser à vous; encore, si c'estoit quelque
passant, je dirois, mais vous m'en feriez tous les
jours des reproches.

LA BOURGEOISE.

Cette estoffe ne me semble point bien fine; me
la pluvissez vous sus estain[1]?

LA DRAPPIÈRE.

Madame, jamais je ne puisse vendre marchandise, si elle n'est sus estain.

LA BOURGEOISE.

Mais, Madame, a-t'il une aulne entre deux li-
zières? Il me semble le lay[2] moult estroit : quand

1. L'*étain* est la partie la plus fine de la laine cardée.
2. *Lé* est un vieux mot qui signifie largeur. Il ne s'emploie plus que dans ce sens. Chaque fabrique avoit son *lé*
pour les draps, c'est-à-dire sa largeur entre les deux li-
sières. Pathelin demande à maistre Guillaume, pour son

le drap est si estroit, il faut tant de chantéaux et tant de coustures à un manteau.

LA DRAPPIÈRE.

Madame, asseurez vous que vous n'en trouve- rez point de plus large; au cas que vous en trou- viez, je le payerai pour vous ; mais, Madame, ma- niez un peu ce drap; vous diriez, quand vous ma- niez cela, que vous maniez du velours.

LA BOURGEOISE.

Je voy bien ce que j'achepte, je voy bien qu'il n'est point si fin que vous le criez.

LA DRAPPIÈRE.

Mais, Madame, c'est donc que vous n'y regar- dez pas? Regardez à deux fois ce que vous achep- tez; voilà du meilleur drap, qui a aussi bon ma- niment que vous en sçauriez jamais manier; tenez, mettez le hors la boutique, voyez le au jour; je ne crains point que vous le desployez, je n'ay point peur qu'on voye ma marchandise : il faut estre mar- chand ou larron.

LA BOURGEOISE.

Madame, je ne veux point tant de paroles; dittes moy le plus juste prix que vous le voulez vendre, et ne me le surfaites point tant.

LA DRAPPIÈRE.

Madame, je vous le vendray huict francs et ne

drap: « Quel lé a-t-il? » et l'autre répond : « Lé de Bru- celle. »

pense point vous le surfaire; si ce n'estoit pour l'amour de vous, vous ne l'auriés pas à ce prix là.

LA BOURGEOISE.

Huit francs, Madame? Oh! vous n'y pensez pas de me le faire ce prix là; vous ne me le surfaites que de la moitié.

LA DRAPPIÉRE.

Nous ne sommes point gens à surfaire la marchandise de moitié. Madame, vous la voyez; si c'estoit à la chandelle, vous pourriez dire; mais il fait assez grand jour pour voir ce que vous acheptez; si elle vous duit, prenez la pour le prix; si j'en voiois un petit denier moins, je vous asseure que vous ne l'auriez pas.

LA BOURGEOISE.

Je vous prie, Madame, ne me faites point aller ailleurs, je n'aime point à me pourmener tant; vous en aurez cent sols, je le fais valoir autant qu'il vault.

LA DRAPPIÈRE.

Je vous asseure, Madame, qu'il me revient à davantage, il n'y a pas moien de vous l'y bailler.

LA BOURGEOISE.

A vramment, Madame, vous tenez tousjours la main davantage que vostre mary; si c'estoit luy, j'en aurois bien meilleur marché; j'aimerois bien mieux avoir affaire aux hommes qu'aux femmes.

LA DRAPPIÈRE.

A vramment, Madame, quand mon mary y se-

roit, il ne sçauroit vous le bailler à meilleur prix ;
il sait bien ce qu'il couste, il ne vous le bailleroit
pas à perte. Je vous asseure qu'à sept francs ce
n'est qu'argent changé ; mais quoi, encore faut il
remuer la boutique : nous nous recompenserons sur
autre chose.

La Bourgeoise.

O bien, je n'en donneray pas davantage que ce
que je vous ay dit.

La Drappière.

Madame, donnez en six francs ; il n'y a remède,
il faut que j'y perde : si vous ne le prenez à ce prix
là, je voy bien que vous n'avez pas envie d'avoir
de ma marchandise ; prenez l'y si vous voulez, jamais un autre ne l'y aura.

La Bourgeoise.

Je ne vous en donneray pas un double davantage ; je vous en offre justement ce qu'il vault.

La Drappière.

Donnez en un quart moins de six francs, je ne
veux pas refuser mon estreine.

La Bourgeoise.

Non, je n'en donneray que cela.

La Drappière.

Tenez, tenez, Madame, c'est pour vous ; j'ayme
mieux vostre amitié que vostre argent ; je ne veux
pas prendre garde à vous, c'est à la charge que
vous nous recompenserez une autre fois.

DIALOGUE V.

L'Accouchée.
Les trois Voisines.
La Sage Femme.

LA PREMIÈRE VOISINE.

on soir, Madame, et bonne santé. Comment vous trouvez vous, Madame?

L'ACCOUCHÉE.

Madame, je ne sçaurois encore bien me trouver; j'ay esté si malade cette nuict, que j'ay pensé mourir; je disois que jamais je ne verrois le jour.

LA SECONDE VOISINE.

Et à cette heure, Madame, vous trouvez-vous mieux que vous n'avez pas fait?

L'ACCOUCHÉE.

Et ouy, Madame, Dieu mercy, et vous; je n'ay pas esté si tranchée [1] de celuy-cy que de l'autre.

LA TROISIESME VOISINE.

Et vostre enfant se fait il bien nourrir?

---

1. Dans l'ancienne médecine, être *tranché* se disoit pour *avoir des coliques*, des *tranchées.*

L'ACCOUCHÉE.

Jesu! Madame, il est si gros et si gras que vous ne sçauriez croire; on le fendroit avec une arreste.

LA PREMIÈRE VOISINE.

Avez-vous une bonne nourrice?

L'ACCOUCHÉE.

Jesu! elle est si bonne nourrice, elle n'est point melancholique; mon enfant profite de couchée à autre, elle le tient si blanchement! Quand j'aurois autant de pieds que de cheveux, j'aurois beau aller pour mieux r'encontrer.

LA SECONDE VOISINE.

Jesu! je n'ay pas fait si bonne r'encontre; j'en ay trouvé une saloppe, une harassière[1], qui est dès les quatre heures en besongne et le laisse crier jusques au soir: « Crie! crie! dit-elle, ta mère est à Chartres, elle ne t'oira pas. » Oh! il faut que je l'oste.

L'ACCOUCHÉE.

Vrayment, Madame, il y a charge de conscience: je vous conseille de l'oster; une bonne nourrice ne vous coustera pas davantage qu'une autre.

LA TROISIESME VOISINE.

Une bonne année leur en vault deux.

LA PREMIÈRE VOISINE.

Il luy faut donner un frais laict, cela le fera aller ou venir.

---

1. Une femme qui vous *harasse*, vous fatigue.

LA TROISIESME VOISINE.

J'avois comme cela ma fille Guillemette, qui m'a donné du mal à eslever ; elle tetoit comme cela de mauvais laict, elle a esté trois ans en orfanté [1].

LA SECONDE VOISINE.

Voire ! Mais à cette heure qu'il y a longtemps qu'il n'a teté tout son saoul, si je luy donne une bonne nourrice, il en prendra tant qu'il en mourra.

L'ACCOUCHÉE.

Il luy en faut donner petit et souvent.

LA SAGE FEMME.

Bon soir, Madame. Eh bien, comment vous trouvez-vous ? Pour cela vous avez esté bien malade ; mais pourtant j'en accouchay hier une, c'estoit bien autre chose : elle a été plus de six heures en son grand mal. Seigneur Dieu, j'aimerois mieux en accoucher trois autres de mesme vous que celle là.

L'ACCOUCHÉE.

Jesu ! ma commère, je trouve que j'en ay assez eu pour le prix. Bien heureuse qui a fait son temps.

LA SAGE FEMME.

C'est mon [2] vramment, vous voila bien malade,

---

1. Je ne sais ce que ce mot veut dire au juste. La phrase doit, toutefois, signifier : « Elle a esté trois ans comme si elle n'avoit eu de mère. » *Orfente* signifioit *orpheline* ; c'é-toit, dit Borel, comme qui diroit *orphelinette*.

2. Ou *ça mon*, interjection populaire que nous avons déjà souvent rencontrée.

c'est bien à vous à vous plaindre ; vous en devriez avoir tous les neuf mois.

L'Accouchée.

Jesu ! ma commère, je trouve que je n'en ay que trop souvent ; si le bon Dieu se vouloit contenter, je serois bien aise de n'en avoir plus : nous en avons assez pour le bien que nous avons à leur faire.

La Sage femme.

Helas ! Madame, ne dites pas cela, car si notre Seigneur vous punissoit et qu'il vous ostast vostre mary, ce seroit un grand ennuy pour vous.

La première Voisine.

Oüy, ma foy ! Qu'est-ce qu'un homme sert ? Ils sont si desbauchés ! L'autre jour je pensois aller aux champs, j'avois donc oublié quelque chose au logis : je retournay sur mes pas, tellement que je le trouvay couché avec nostre chambrière[1] ; et bien c'estoit encore à moy à me taire, autrement il m'eust fait beau bruict.

La seconde Voisine.

Il y a huict ans que si Dieu m'eust osté le mien, je n'eusse pas l'ennuy que j'ay.

---

1. Sur ces accointances des maîtres et des chambrières, scandale si fréquent alors, V. t. I, p. 313, 320, et aussi la vingt-neuvième pièce du t. III, p. 343. Il y est question d'une aventure qui avoit réellement eu lieu à Bordeaux, comme nous l'avons appris depuis par un passage de Tallemant, édit. in-12, t. II, p. 139.

LA TROISIESME VOISINE.

Jesu! comment dites-vous cela? Pour moy, je trouve que c'est une grande consolation qu'un mary : il n'y a si petit buisson qui ne porte ombre. Toute l'apprehension que j'ay, c'est que le mien aille devant moy ; il n'est point desbauché ; si je sors de la maison, je suis en repos, je n'ay point peur qu'il la quitte.

LA PREMIÈRE VOISINE.

Helas! ma commère, que vous estes heureuse d'avoir si bien r'encontré! Le mien n'est pas de mesme : le premier qui vient l'emporte. Qu'on luy dise beuvons demy setier, il dira beuvons en cinq.

LA TROISIESME VOISINE.

Ils ne sont pas pour manger leur pain en leur sein, encore faut il qu'ils se resjouissent ; je n'en aymerois point un qui crachast tout le jour sur les tizons ; on ne sçauroit tourner un œuf qu'il ne le voye.

LA SECONDE VOISINE.

J'en voudrois bien un, moy, qui gardast la maison : je ne serois point en peine qu'il fist des noises ny des querelles, et qu'il perdist son argent. L'autre jour le nostre revint après avoir tout perdu ; il veid que j'avois reçu une demi-pistole et huit demi quarts d'escus, tellement qu'il les vouloit encore pour aller joüer. Je lui dis : « Vous ne les aurez pas, pas vous ne les aurez ; vous voulez encore les perdre. » Il me dit : « Je les auray, ou si tu ne me les bailles, je joüeray tout ce qui est à la maison. » Je fus donc contrainte de les luy bailler ; quand

je ne les luy eusse pas baillé, il eust fait un beau
miracle, il eust tout hagé : en eussé-je eu meilleur
marché ? Ce n'est que sa mode ; toutes les fois qu'il
m'a arraché ma bourse de mon costé, ç'a bien encore esté à moy à me taire ; quand on est avec eux,
on n'est pas maistre de son bien.

LA PREMIÈRE VOISINE.

Helas ! ma commère, qu'il est heureux qui n'a
point de tels hommes que cela !

LA SECONDE VOISINE.

Maudits soient ceux qui m'en ont emplastrée et
qui m'en ont jamais porté les premières paroles ;
s'ils eussent esté endormis à l'heure, j'eusse encore
assez gagné ; je ne m'esbahy pas si on le faisoit si
bon et si riche ! Il est marqué à l'A, il est des bons [1]
encore pas.

LA PREMIÈRE VOISINE.

Jesu ! s'il plaisoit au bon Dieu nous separer,
plustost moy que luy.

---

1. « J'ay ouy dire maintes fois qu'un homme est marqué
à l'A quand on le veut qualifier très homme de bien ; et si
je sçavois bien que cela estoit emprunté des monnoyes...
En toutes les villes esquelles il est permis de forger
monnoies, on les marque par l'ordre abécédaire, selon
leurs primautez... Paris, pour estre la métropolitaine de
la France, est la première, et pour ceste cause la monnoye que l'on y forge est marquée à l'A... On y a tousjours
fait monnoye de meilleur aloy et poids qu'ès autres villes :
qui a donné lieu à cest adage. » (Pasquier, *Recherches de
la France*, liv. VIII, ch. 23.)

LA TROISIESME VOISINE.

Jesu! Madame, je ne sçay comment vous parlez ainsi; il faut qu'il y ayt de vostre faute ; les
bonnes femmes font les bons hommes. Il faut dire :
« J'en ai un qui est bon, mais si je faisois comme
j'en voy qui font, il ne me seroit pas meilleur qu'un
autre. »

LA PREMIÈRE VOISINE.

Hen., Madame, il faut dire : «Vous cognoissez
bien le vostre, mais vous ne cognoissez pas celuy
aux autres. » En voilà une de nos voisines qui a bien
à souffrir, la pauvre jeune femme ! Je vous promets qu'avec sa grande jeunesse elle supporte bien
du sien ; depuis qu'elle est en mesnage, elle n'a pas
mangé tout ce qu'il luy a donné, il s'en faut de
bons coups. Elle ne manie pas un double, et si il
faut qu'elle face bonne mine en mauvais jeu.

LA SECONDE VOISINE.

Quand a de moy, je faits plus souvent de mine
que je n'ay d'argent. Mais quoy ! quand je m'en
iray plaindre à nos voisins, qu'est-ce qui m'en fera
raison ? O bien j'y suis, je l'ay voulu : où la chèvre
est liée, il faut qu'elle broute[1]. La, la, je voulois

---

1. C'étoit alors un proverbe dont nous avons déjà trouvé
une variante (t. IV, p. 9). Molière l'a employé, tel qu'il
est ici, à la scène 3e du 3e acte du *Médecin malgré lui*. G.
Bouchet avoit dit, dans sa 3e *sérée* : « Et ne faut point faire
du cholère ou mauvais, car là où la chèvre est attachée,
il faut qu'elle broute : c'est-à-dire que le mal qu'on a avec
sa femme est domestique et nécessaire. »

un homme à ma fantaisie, mais j'en ai un à mes despens.

La troisiesme Voisine.

Pour moy, je n'ay rien à me plaindre, Dieu mercy! Nostre maison iroit bien, n'estoit nostre chambrière; mais c'est la plus franche teste: elle parle à moy comme si j'estois sa servante.

La première Voisine.

Pour nous, nous en avons une assez bonne, mais elle est si amoureuse que sçavouquoi. Mais quoi, où est-ce que j'en prendray une autre? On y est si bien empesché, Jesu! qu'il est heureux qui s'en peut passer.

La seconde Voisine.

Ah! que je craindrois ces chambrières amoureuses! Je n'aimerois point à voir tant de trains de garçons qui sont tousjours après.

La troisiesme Voisine.

Pour moy, j'en aimerois mieux une amoureuse que de ces meschantes testes; on ne leur oseroit rien dire. La mienne parle plus haut que moy. Vramment, si ce n'eust été mon mary, qui ne veut pas, il y a longtemps que je l'eusse envoyée.

La première Voisine.

Je ne voudrois point de ces amoureuses-là, moy: car dans deux ou trois jours cela se marira, cela aura une troupe d'enfans, qui viendront gueuser à nos huis; dès qu'il y a trois jours qu'elles sont en service, elles se veulent marier, et n'ont pas une chemise à mettre à leur dos.

LA SECONDE VOISINE.

La nostre seroit assez bonne mesnagère, n'estoit qu'elle est mangée des palles couleurs, aussi bien que nostre fille Jacqueline, qui en est au mourir.

LA TROISIESME VOISINE.

Madame, il la faut marier. Qu'est-ce que vous y ferez davantage? C'est le meilleur remède que vous luy puissiez trouver.

LA SECONDE VOISINE.

Voilà qui est bien aisé à dire : Il faut marier les filles, il faut marier les filles. La marchandise est belle et bonne, mais il faut de l'argent pour s'en deffaire; quand il faut partir[1] le gasteau entre sept ou huit, les parts en sont bien petites.

LA TROISIESME VOISINE.

Jesu! que je craindrois tant d'enfans!

LA PREMIÈRE VOISINE.

Que diriez-vous donc, si vous estiez comme moy, qui en unze ans que j'ay esté mariée ay accouché douze fois?

LA PREMIÈRE VOISINE A L'ACCOUCHÉE.

Mon Dieu, Madame, nous vous avons bien elourdée[2]. Il s'en va tantost nuit, il est temps de s'en

---

1. *Partager*, du latin *partiri*. Nous disons encore *avoir maille à partir*, pour *avoir argent à partager*, et, par extension, querelle à craindre, l'un ne manquant jamais d'amener l'autre.

2. C'est-à-dire nous vous avons bien ennuyée, nous vous *Var.* IX.

aller; car si nostre homme ne me trouve à la maison, ce sera pitié que de l'entendre : il dira que je n'auray point de soing de la maison. Je m'en va vous dire à Dieu.

LA SECONDE VOISINE.

O bien, ma commère, Dieu vous vueille donner bonne gesine et bonne relevée!

LA TROISIESME VOISINE.

Bon soir, ma commère; Dieu vous donne bonne garde de vostre enfant.

L'ACCOUCHÉE.

Bon soir, Mesdames; en vous remerciant de la peine que vous avez prise de me venir veoir.

DIALOGUE VI.

La Bourgeoise.
Le Boucher.
La Femme du Boucher.

LA BOURGEOISE.

é bien, mon amy, avez-vous là de bonne viande? Donnez-moy un bon quartier de mouton et une bonne pièce de bœuf, avec une bonne poictrine de veau[1].

avons bien été *à charge*, comme on dit encore dans quelques provinces.

1. Parmi les *Lettres* de Montreuil il s'en trouve une à

LE BOUCHER.

Ouy dea, Madame, nous en avons de bonne, d'aussi bonne qu'il y en ayt en la boucherie, sans despriser les autres. Approchez, voyez ce que vous demandez ; voilà une bonne pièce de nache du derriere [1], bien espaisse ; cela vous duit-il ?

LA FEMME DU BOUCHER.

Madame, voila un bon colet de mouton : tenez, voila qui a deux doigts de gresse ; je vous promets que le mouton en couste sept francz, et si encore on n'en sçauroit recouvrir, je serons contraints de fermer nos boutiques.

LA BOURGEOISE.

Combien voulez-vous vendre ces trois pièces-là ?

LE BOUCHER.

Madame, vous n'en sçauriez moins donner qu'un escu ; voilà de belle et bonne viande.

LA BOURGEOISE.

Jesu ! mon amy, vous mocquez-vous ? et vramment prisez mon vos pièces.

LE BOUCHER.

Madame, je ne sommes pas à cette heure à les priser ; il y a longtemps que je sçavons bien combien

son boucher, maître Olivier, qui fait voir que de tout temps on a promis aux chalands de la bonne viande, sans jamais leur en livrer.

1. *Nache*, du latin *nates*, c'est la fesse ; *du derrière* me semble faire pléonasme en pareil cas.

cela vault : ce n'est pas d'aujourd'huy que nous en vendons.

LA BOURGEOISE.

Tredame, mon amy, je croy que vous vous moc-quez quant à moy, de faire cela un escu ; encore pour quarante sols je me lairrois aller.

LA FEMME DU BOUCHER.

Ah ! Madame, il ne vous faut pas de si bonne viande ; il faut que vous alliez querir de la cohue[1], on vous en donnera pour le prix de vostre argent ; je n'avons point de marchandise à ce prix là, il vous faut de la vache et de la brebis.

LA BOURGEOISE.

Tredame, m'amie, vous estes bien rude à pau-vres gens[2] ! Je vous en offre raisonnablement ce que cela vaut ; vous me voudriez faire accroire, je pense, que la chair est bien chère.

LE BOUCHER.

Madame, la bonne est bien chère ; voirement, je vous asseure que tout nous r'encherit : la bonne marchandise est bien chère sur le pied. Mais te-nez, Madame, regardez un peu la couleur de ce bœuf-là ? Quel mouton est cela ? Cette poictrine de veau a t'elle du laict ? Vous ne faictes que le marché d'un autre.

LA BOURGEOISE.

Mon ami, tout ce que vous me dittes là et rien

---

1. C'est-à-dire de celle qui se vend à la *criée.*

2. C'est ce que Molière, dans *Georges Dandin*, fait dire par Lubin à Claudine.

c'est tout un; je voy bien ce que je voy; je sçay bien ce que vaut la marchandise; je ne vous en donneray pas un denier davantage.

La Bouchère.

Allés, allés, il vous faut de la vache. Allés à l'autre bout, on en y vend : vous trouverrez de la marchandise pour le prix de vostre argent. Il ne faudroit guières de tels chalans pour nous faire fermer nostre estau.

DIALOGUE VII.

Le Medecin.
L'Apotiquaire.
Le Chirurgien.
La Bourgeoise malade.
Son Mary.
Sa Servante.
Deux Servantes malades.

La Bourgeoise malade.

on amy, je me trouve grandement mal. Je ne sçay qui m'a pris cette nuit, c'est à dire que tout me fait mal; je serois bien aise qu'on entendist à moy plustost que plustard.

Le Mary.

Et bien, m'amie, il faut avoir patience, nous envoyrons querir le medecin. Perrette, va-t'en dire au medecin que je le prie de venir jusques icy, voir ma femme qui est bien malade.

PERRETTE AU MEDECIN.

Bon jour, Monsieur; M. Bourgeois m'a envoyée par devers vous pour vous prier de venir un peu voir madame, qui est grandement malade.

LE MEDECIN.

Allez, allez, m'amie, je m'y envois tout à cette heure; j'y seray aussi tost que vous.

LE MARY.

Monsieur, je vous ay envoyé querir pour voir nostre femme qui est toute desbauchée.

LE MEDECIN.

Il faut la voir, il faut la voir. Bon jour, Madame; eh bien, comment vous trouvez-vous?

LA BOURGEOISE MALADE.

Monsieur, je me trouve grandement mal, j'ay de si grandes douleurs que ne sçaurois durer.

LE MEDECIN.

Hon! Que je taste un peu vostre poux? Elle a de la fiebvre. N'a-t'elle rien pris aujourd'huy?

LE MARY.

Vous m'excuserez, Monsieur: nous luy avons fait prendre un bouillon à toute force.

LE MEDECIN.

Ah! ah! ah! falloit pas, falloit pas. Que je voie

un peu vostre langue? Voilà de l'ardeur; elle est
bien chargée. Avez-vous le ventre libre?

La Bourgeoise malade.

Nany, Monsieur; il y a deux ou trois jours que je
n'ay esté à la selle; je suis si recuite dans le corps!

Le Medecin.

Hon! Comment vostre mal vous a t'il pris?

La Bourgeoise malade.

Monsieur, cela m'a prise à mon resveil cette nuit;
je me suis trouvée avec un si grand mal de cœur et
une si grande douleur de teste, j'estois toute de
glace : jamais on ne m'a pensé eschauffer.

Le Medecin.

Hon! il y a bien là de la repletion d'humeurs. Y
a il longtemps que vous n'avez rien veu?

La Bourgeoise malade.

Monsieur, à la verité, cela m'a un peu tardé plus
que de coustume.

Le Medecin.

Hon! Il ne vous faut pas donner une purgation
bien forte, j'aurois peur que vous fussiez empes-
chée et que cela vous fist tort; il vous faudra seulement donner un petit lavement [1], et puis après on
vous tirera un petit de sang,

---

1. Jusqu'au temps de Molière, on le sait, ce fut l'expression admise, le mot propre. Sur la fin du règne de
Louis XIV, on s'avisa de le trouver malséant, et il fut

LA BOURGEOISE MALADE.

Mon Dieu , Monsieur, j'apprehende bien cela.

LE MEDECIN.

O la, la, il ne faut point apprehender, cela est
bien aisé à prendre; il y en a bien d'autres que vous
qui en prennent : cela ne vous sçauroit faire de mal.
Je crois qu'après cela vous vous trouverez bien.

LA BOURGEOISE MALADE.

Hé, mon Dieu, je voudrois bien pourtant n'en
prendre point; j'apprehende trop cela.

LE MARY.

Et la, la, faut-il tant faire la delicate? Ce ne sera
que par derrière, tu n'en verras rien[1].

---

décidé qu'on lui substitueroit le mot *remède*. Le roi, sur
les observations du Père Le Tellier, ne se permit plus que
cette dernière expression ; et s'il faut en croire Mirabeau,
en son *Erotica Biblion*, l'Académie françoise eut ordre de
l'insérer dans son dictionnaire avec cette nouvelle ac-
ception.

1. On ne voyoit même pas toujours quel étoit l'opérateur. La belle veuve Mme Grasset, perle de l'île Saint-
Louis, entretenoit sa fraîcheur par des remèdes dulcifiants.
Un matin qu'elle étoit en position de s'en faire administrer
un par Louison sa servante, celle-ci, déjà tout armée,
s'aperçut qu'il manquoit un peu de lait clarifié dans la dose
prescrite par M. Renard le medecin, et à tout petit bruit
elle courut à la cuisine, sans que sa maîtresse, qui, le nez
dans la ruelle, ne pouvoit la voir, remarquât seulement
son absence. Mme Grasset avoit deux prétendants, M. de
Lorme et M. d'Argencourt, son neveu. C'est celui-ci qui
arriva sur ces entrefaites. Mme Grasset crut que c'étoit Loui-

LE MEDECIN.

Madame, prenez courage, vous n'en aurez que le
mal. Y a il moien d'avoir un peu de papier, que
j'envoie une ordonnance à l'apotiquaire? Que je voie
un peu de son urine.

LE MARY.

La, ma fille, monsieur veut voir un petit de ton
urine.

LE MEDECIN, *tout bas au mary*.

Voilà de l'urine qui est bien cruë! Prenez-y garde,

son, et quand, tout ému, il eut pris l'arme abandonnée, et
qu'il l'eut braquée, avec une justesse que son trouble ne
sembloit pas permettre, elle continua de croire que le
service lui étoit rendu par la main exercée de sa servante.
Une lettre du jeune homme vint, à sa grande confusion,
la détromper le lendemain. Il commençoit par demander
pardon de son bon office, puis il en réclamoit le salaire,
en disant qu'il mourroit s'il ne l'obtenoit pas, après avoir
eu le malheur de le mériter. Son aventure, ajoutoit-il, rap-
peloit celle d'Actéon, qui, s'il n'eût été métamorphosé,
seroit mort du désir de revoir, après avoir vu. Mme Grasset n'avoit rien de la déesse Diane, surtout la cruauté.
Elle épousa M. d'Argencourt. Cette aventure, qui arriva
réellement, comme on peut le voir dans une note de Saint-
Simon sur Dangeau, fut mise en nouvelle. Elle parut en
1678, sous le titre de: *L'Apothicaire de qualité*, qui plus
tard, quand on l'imprima dans les recueils, se changea
en celui de: *Le Mousquetaire à genoux*. On ajoutoit: *nouvelle françoise et tout à fait bourgeoise*, afin de dépayser
les curieux au sujet des personnages, qui étoient du grand
monde. La *Bibliothèque des romans* l'a reproduite dans son
2e volume d'avril 1777, p. 144-157.

elle est plus malade que vous ne pensez. Sa fiebvre ne paroist pas, c'est ce que j'en trouve de plus mauvais ; voilà qui se prepare à une longue maladie : donnez-vous bien de garde pourtant de l'estonner. Vous lui ferez prendre son lavement sur les six heures ; je reviendray demain au matin la voir pour lui faire tirer un petit de sang ; après, selon qu'elle se trouverra, nous verrons ce que nous aurons à faire.

L'APOTIQUAIRE.

Ca, Madame, voila un lavement que je vous apporte : il faut le prendre vistement, cela vous deschargera beaucoup.

LA BOURGEOISE MALADE.

Jesu ! que je sens de mal ! Je ne pense pas vivre encore longtemps comme cela : je me sens si debile !

L'APOTIQUAIRE.

O la, la, Madame, prenez courage, taschez à vous fortifier, et me prenez souvent de bons bouillons.

LA BOURGEOISE MALADE.

Helas ! je ne sçaurois rien prendre.

L'APOTIQUAIRE, *en donnant le clistère.*

Madame, ne vous estonnez point, ouvrez la bouche et retenez vostre haleine, s'il vous plaist.

LE MARY.

Eh bien, m'amie, comment te trouves-tu ? Tu ne veux pas prendre courage ? Tasche un peu à te r'avoir : il me fasche de te voir si longtemps comme cela, tu m'attristes grandement.

LA BOURGEOISE MALADE.

Helas! mon ami, je prends le meilleur courage que je puis, mais je sens tant de mal que je ne sçay de quel costé me tourner.

LE MARY.

Et bien, ma fille, ton clistère a t'il bien operé?

LA BOURGEOISE MALADE.

Nany, tout m'est demeuré dans le corps; il ne m'a de rien servi qu'à m'affoiblir davantage; cela m'a esmeue de la plus terrible façon que je ne sçay plus où j'en suis; ne me parlez plus de prendre des clistères, si vous ne me voulez faire mourir.

LE MARY.

Mais, ma fille, encore faut-il se contraindre pour sortir vistement de là; car si tu ne voulois rien prendre, ce ne seroit pas le moien de te guerir. Le medecin a ordonné que tu serois saignée demain, et puis après tu prendras une petite potion.

LA BOURGEOISE MALADE.

Mon Dieu, vous me rendez si debile que vous n'y pourez plus quelle pièce coudre, et que yous ahannerez[1] bien à me tirer de là. Vous sçavez bien que je ne suis pas femme à prendre tant de drogues;

---

1. *Vous aurez bien de la peine.* On disoit plus souvent, dans ce sens, *suer d'ahan.* Plus anciennement, on avoit dit *en hanner*, comme on le voit dans la vieille traduction

j'ay le plus meschant cœur du monde : il n'est pas
possible que je prenne rien. Si vous croiez ces medecins, ce ne sera jamais fait. Vous voulez faire une
boutique d'apotiquaire de mon corps.

LE MEDECIN.

Bon jour, Madame. Et bien, comment vous trouvez vous, m'amie? O là là, prenez courage : avec
l'aide de Dieu vous n'en aurez que le mal. Vous vous
estonnez de vous mesme. Que je taste vostre poux.
Je ne vous trouve pas la fiebvre si forte que vous
aviez hyer. Là, ma fille, voilà monsieur qui vous
vient saigner. A t'elle pris quelque chose?

LE MARY.

Monsieur, nous lui avons donné le jaune d'un
œuf.

LE MEDECIN.

Ha! falloit bien, falloit bien.

LE MARY.

Ouy, mais il a fallu que tout soit revenu.

LE MEDECIN.

Ah! falloit pas, falloit pas.

LA BOURGEOISE MALADE.

Mais je ne sçay pour moy ce que vous pensez

françoise des *Dialogues de saint Grégoire* (*Biblioth. imp.*,
fonds Notre-Dame, n° 210 *bis*, fol. 115). Les hommes em-
ployés aux *corvées*, qui, en bas-breton, s'appellent *anez*,
étoient désignés par le mot de *ahaniers* (Froissart, édit.
du *Panthéon littér.*, t. II, p. 339). Aujourd'hui encore,
dans l'Orléanais, dans le Lyonnais, etc., ceux qui ramas-
sent les immondices s'appellent des *âniers.*

faire, car, pour moy, si vous me saignez, je de-
meureray entre vos mains : je suis desja assez debile.

LE CHIRURGIEN.

Madame, on ne vous fera qu'ouvrir la veine ; vous
n'en serez pas debilitée davantage, et si cela dimi-
nuera beaucoup vostre fiebvre.

LA BOURGEOISE MALADE.

Ah! entendez à moy. Ah! je me meurs!

LE MEDECIN.

Un peu d'eau fresche, ce n'est rien.

LE CHIRURGIEN.

Une goutte de vin.

LA BOURGEOISE MALADE.

Ah Jesu! vous me ferez mourir. Que je serois
heureuse si j'estois morte !

LE MEDECIN.

La la, ce n'est rien qu'une petite debilité qui vous
a prise. Il faudra tantost que vous lui faciez un bon
bouillon avec toute sorte d'herbes ; et surtout ne la
laissez pas dormir.

LE MARY.

Perrette, faicts un bouillon à ma femme, mets-y
toutes sortes de bonnes herbes et un morceau de
beure frais ; surtout ne le salle guière.

PERRETTE.

Madame, vous plaist-il prendre vostre bouillon

LA MALADE.

Jesu, quel bouillon! Voilà qui est amer comme
suye : j'aimerois autant prendre une medecine.
Vous estes une pauvre sorte de fille de n'avoir pas
l'habileté de faire un potage.

PERRETTE.

En da, Madame, j'y ai gousté : il est fort bon ;
c'est que vous estes degoustée; voilà du meilleur
bouillon qu'on sçauroit jamais prendre.

LA MALADE.

M'amie, puisque tu le trouves bon, mange-le.

PERRETTE.

En da, je ne sçay donc quel bouillon il vous faudroit; quand ce seroit pour la bouche du roy, il ne
sçauroit estre meilleur.

ROULINE, *deuxième voisine.*

Hé bien, Perrette, comment se trouve ta dame?
Nostre maistresse m'avoit envoyée pour en sçavoir
des nouvelles.

PERRETTE.

Je ne sçay comment elle se trouve : elle me donne plus de mal que la gresle[1]. Je ne sçaurois rien
faire à son gré : je lui avois tantost faict le meilleur
bouillon qu'on eust sceu voir, et si elle n'y a daigné

---

1. *Grêle* se prenoit proverbialement dans le sens de malheur. On dit encore, dans quelques provinces : c'est la
grêle, pour : c'est malheureux; et, dès le dix-septième
siècle, avoir l'air grêlé signifioit : avoir l'air misérable.
(V. Destouches, *Le Glorieux,* acte IV, sc. 7.)

gouster. Il y a bien des affaires après elle ; si son
mary n'est tout le jour à luy licher le nez, on n'a ny
beau fait ny beau dict avec elle. Elle se chatouille
pour se faire rire. J'en voudrois estre aussi loing
que j'en suis près.

GEORGETTE, *seconde voisine.*

Et bien, Perrette, ta dame ne se veut pas bien
tost guerir? Il y a moult longtemps qu'elle est malade; cela est bien ennuiant pour toy. Tu me sembles
grandement changée.

PERRETTE.

Je n'ay garde de faillir que je ne sois bien changée, d'estre jour et nuit sur pied: j'ay plus de mal
qu'un pauvre chien, et si encore on ne m'en sçait
point gré.

ROULINE.

Pardy, la nostre n'est point comme cela, Dieu
mercy: c'est la femme la plus aisée à gouverner qui
soit en Chartres. Mais en recompense, notre maistre
est assez malaisé pour tous deux.

GEORGETTE.

Vramment, tu aurois donc beau dire si tu estois en
ma place; tu te plains de saine teste. J'ay affaire à
la veufve et aux heritiers, moy; si la femme est bien
mal-aisée, le maistre est encore pire.

PERRETTE.

J'aymerois bien mieux oüir crier une femme debout que de la voir geindre couchée, car tout de
jour elle me viendra dire : Chauffez-moy un peu

des linges; tantost : Tirez-moy un petit ce rideau ; tantost : Faictes taire ces enfans si vous voulez ; cela fait un si grand bruit que cela m'alourde. Enfin ce n'est jamais fait, car je n'ozerois jamais destraquer [1] de sa chambre : il faut que je sois là tousjours liée.

ROULINE.

Jesu ! si tu sçavois la vie que nostre maistre me fit l'autre jour, c'estoit bien autre chose. Je ne sçais ce qu'il avoit en la teste, je croy qu'il s'estoit levé le cul le premier; il sembloit qu'il me deust tout jetter à la teste ; vramment je disois bien que je sortirois ce jour-là. Jamais je n'en endureray tant que j'en ay enduré : je gratterois plustot la terre avec les ongles que de me retenir en une telle maison.

GEORGETTE.

Helas ! qu'il est heureux qui se peut passer de servir ! Helas ! ma pauvre, j'aymerois mieux ne manger qu'une croute de pain et n'aller point en service ; il y a tantost je ne sçay combien d'années que je sers, et si Dieu sçait ce que j'y ay amassé.

PERRETTE.

Ouy vramment, en amasser ! Une personne qui va droit en besongne, ma foy, il n'en amasse point tant; quand il faut prendre de quoy s'entretenir sur cinq ou six escuz, le demeurant est bien jeune à la fin : car de dons il n'en faut point chercher ceans.

---

1. *S'éloigner.* Je trouve ce mot employé, avec le même sens, par Estienne Pasquier, liv. I, *lettre 3.*

C'est une maison bien chanceuse ; ils ont regret au pain qu'on mange ; ce sont les gens les plus méca_niques[1] : seulement mes qu'elle soit relevée, Dieu sçait la vie qu'elle fera, je ne seray pas bonne à donner aux chiens ; j'auray bien fait de la despence. Elle me dira bien : Jesu ! m'amie, vous mettez bien tout à sac, hardy qui rien n'y met ; si vous estiez à vostre mesnage, je ne sçay si vous feriez comme cela ; la, la, m'amie, quelque jour vous chommerez de ce que vous gaspillez. Et si Dieu sait comme nous nous traictons, je n'ay pas seulement le cœur de manger.

ROULINE.

Jesu ! qui eust cru que ces gens-là eussent esté comme cela ! Je croyois pour moi que tu y feusses bien à ton aise.

PERRETTE.

Ma foy, on ne cognoist pas le monde pour le voir : tout ce qui reluit n'est pas or ! Voilà que je prends bien de la peine après elle, et quand j'acquesteray quelque bonne maladie, ils ne me feront pas gouverner, ils ne mettront guières à me mettre dehors ; encore si en ne faisant point de bien, ils ne faisoient point de mal par leurs criries.

ROULINE.

Tu fais bien de la dissimulée. Je veux bien que ta maistresse te fasche, mais ton maistre t'appaise

---

1. *Mécanique*, d'après le dictionnaire de Richelet et de Trévoux, se disoit pour un homme bas, vilain, avare. Montaigne (liv. III, ch. 6) avoit employé ce mot dans un sens à peu près semblable.

bien ; je ne m'estonne pas si elle te crie, elle a mal
à la teste.

GEORGETTE.

Ma foy, le nostre n'arrestera pas les coups, il la
fera bien plustost crier contre moy ; s'il recognoist
seulement qu'on ne fasse pas bien quelque chose à
sa fantaisie, il yra tout reconter ; c'est le plus maus-
sadé villain : je suis bien heureuse quand il n'est
point à la maison, j'en demande plustost les talons
que le devant.

ROULINE.

Encore je patianterois, moy, si je n'avois qu'un
maistre et une maistresse à gouverner ; mais j'a-
vons un si grand train d'enfans que je ne sçay auquel entendre : l'un me demandera du pain, l'autre
me demandera à boire, l'autre me demandera à
pisser, l'autre voudra aller jouer, et je ne sçaurois
auquel obeïr. Je n'ay jamais eu d'enfans, et si j'en
suis bien saoule.

LE MARY.

Perrette, n'est-ce point tantost assez caquetté ?
Voilà une pauvre femme qui se meurt, et, au lieu
d'estre là auprès d'elle à y prendre garde, il y a une
heure qu'elle est à cette porte à causer. Si je vas à
toy, je te hasteray bien d'aller.

PERRETTE.

Tredame ! cela luy a donc pris bien soudain ? Je
n'en viens que de partir tout à cette heure, elle m'a
dit que je la laissy un peu reposer.

LE MARY.

Va-t'en vistement querir le medecin.

LE MEDECIN.

Qu'est-ce, Monsieur? Qu'y a-t'il de nouveau? Est-il empiré à madame vostre femme?

LE MARY.

Hélas! Monsieur, on n'y cognoist plus rien; c'est à ce coup que je n'ay plus de femme.

LE MEDECIN.

Je la trouve grandement changée, je croy que vous ne la garderez plus guières; il faut attendre la grace de Dieu. Si ce n'est la grande jeunesse qui la puisse r'amener, je n'y vois pas grande apparence qu'elle en puisse reschapper. Si vous avez quelques affaires, prenez-y garde, il est temps d'y penser.

PERRETTE *au mari.*

Hé Jesu! Monsieur, je pense que voilà madame qui tire à sa fin.

LE MARY *à sa femme.*

Ma fille, prends courage. Tu ne veux rien dire?

LA FEMME.

Helas! mon ami, je voy bien qu'il me faut mourir. Je vous recommande vos pauvres petits enfans; comme vous m'avez esté bon mary, soiez-leur bon père; encore que vous vous remariassiez, ne les oubliez pas pourtant.

LE MARY.

Que je me remarie? Ah! ma fille, ne me parle point de cela: je ne croy pas que jamais je peusse aimer autre femme que toy.

LA FEMME.

Mon cœur, que je te dise adieu. Baise-moy encore un coup pour la dernière fois ; je te prie de ne
m'oublier jamais.

LE MARY.

Hé bien, m'amie, hé bien, ma fille, mon pauvre
cœur, tu ne me veux rien dire? Ne me connois-tu
point? Ma fille, parle un petit à moi; hé, dis-moy
encore une pauvre parole. Ah! mon Dieu, je croy
qu'elle est passée! Ah! que je suis misérable! Ah!
que j'ay perdu une bonne femme! Ah! que c'estoit
une bonne mesnagère! Je ne trouverray jamais sa
pareille : c'estoit la femme de la meilleure humeur.
Ah! mes enfans, que vous avez perdu une bonne
mère! Vous avez perdu la plus belle rose de vostre
rosier, mes pauvres enfans!

PERRETTE.

Hé! Monsieur, qu'est-ce que vous pensez faire de
vous affliger tant? Il vous faut conserver pour survenir à vos enfans: car s'il vous alloit ecasser du
mal, ce seroit une terrible playe pour vos enfans.

LE MARY.

Mais quoy? ou iray-je! de quel costé me tourne-
ray-je! Helas! j'ay perdu toute ma consolation!
Combien ay-je de mal au cœur, quand je vois tant
de pauvres petits enfans après moy! Hélas! que j'ay
la queuë longue[1]! Je n'avois le soing de rien, et à

---

1. Dans l'Orléanais, on dit encore, avec le même sens :
avoir une *couée* d'enfants.

cette heure, il faut que j'aye le soing de mon mesnage et de ma vacation.

PERRETTE.

Monsieur, encore faut-il se consoler avec Dieu.
Vous avez perdu une bonne femme, et moy j'ai perdu
une bonne maistresse. Hélas! je disois qu'elle estoit
si grondeuse; mais pleust à Dieu qu'elle fust encore
au monde, à la charge de la gouverner encore autant que j'ay fait : la pauvre femme! c'estoit le mal
qui luy faisoit dire cela. Hé! Jesu! que j'ay perdu
une bonne maistresse !

LE MARY.

Perrette, mon enfant, si tu as perdu une bonne
maistresse, tu as trouvé en moy un bon maistre;
pourveu que tu gouvernes bien mes enfans, je ne
te delairay ny à la mort ni à la vie, ce sera au plus
vivant des deux.

PERRETTE.

O Monsieur, je n'ay garde de vous quitter. Je
vous gouverneray vous et vos enfans aussi fidelle-
ment que j'aye jamais faict; je ne feray pas pis que
j'ay faict.

DIALOGUE VIII.

L'Amant Bourgeois.
La Maistresse Bourgeoise.

L'Amant.

on soir, Madame; comment vous portez-vous depuis que je n'ay eu l'honneur de vous voir?

La Maistresse.

Je me porte fort bien, Monsieur, pour vous rendre service.

L'Amant.

Pour moy, Madame, je n'ay peu me bien porter estant absent d'une personne si belle que vous estes.

La Maistresse.

Monsieur, cela vous plaist à dire.

L'Amant.

Madame, je ne dis rien qui ne soit, moy indigne d'en parler.

La Maistresse.

Monsieur, vos mespris vous servent de louanges[1].

1. C'étoit, à ce qu'il paroît, une façon de parler à la

L'AMANT.

Madame, j'ay esté bien fasché d'estre esloigné si longtemps de ces beaux yeux qui sont mes soleils; je vous jure que j'ay reçu mille desplaisirs de leur eclipse.

LA MAISTRESSE.

Monsieur, je n'ay pas tant merité envers vous.

L'AMANT.

Madame, vous avez tant de merites qu'on ne sçauroit les nombrer; mon Dieu, que voila une belle bouche, que voila des cheveux qui sont beaux!

LA MAISTRESSE.

Monsieur, ne vous mocquez point de vostre servante.

L'AMANT.

Madame, je n'aurois garde de m'adresser à vous pour me mocquer, mais je vous prie de croire que c'est l'amour que je vous porte qui me faict parler de la façon.

LA MAISTRESSE.

Monsieur, vous ne voudriez pas choisir un si bas subject, vous ne voudriez pas estendre vos drappeaux en si basse haye.

L'AMANT.

Ah! Madame, voila comme on dict quand on se veult desfaire d'une personne; aussi ne suis-je pas

mode. Malherbe, dans la chanson que lui prit Gaultier-Garguille, l'a prêtée à Robinette. (V. notre édit. des *Chansons de Gaultier-Garguille*, p. 74.)

digne que vous pensiez en moy; je n'ay pas assez
de merite pour vous; il vous en faut bien un autre;
peut-estre qu'il y en a desja quelqu'un qui occupe
la place.

LA MAISTRESSE.

Pardonnez-moy, Monsieur, je vous asseure que
je n'aime personne plus que l'autre; quant à de moy,
je voy tout le monde esgalement.

L'AMANT.

Ah Dieu! que celuy sera heureux qui possedera
une si belle dame! Que je ferois estat de moy si
j'avois ses bonnes graces.

LA MAISTRESSE.

O Monsieur, je sçay bien que vous sçavez bien
vostre monde; vous n'allez point chercher à vos
talons ce que vous voulez dire.

L'AMANT.

Madame, pardonnez-moy, je n'ay point tant de
discours; mais c'est que vous estes si belle qu'on
ne sçauroit s'empescher de vous aymer. Mon Dieu,
que voila un bras qui est blanc et potelé!

LA MAISTRESSE.

Monsieur, vous vous mocquez aussi bien d'as-
siz comme debout; il n'y a nullement de beauté en
moy.

L'AMANT.

Madame, c'est vostre humilité qui vous faict parler ainsi; il vault mieux que ce soit vous qui le die
qu'un autre.

LA MAISTRESSE.

Monsieur, il faudroit avoir leu les livres de bien
dire pour vous respondre[1]. Je ne suis pas personne
qui entende si bien le discours; c'est une chose ou
je ne m'estudie guieres.

L'AMANT.

O Madame, vous n'estes pas en ceste resputation-
là: vous avez le bruict d'estre la mieux disante de
Chartres, et d'estre bien venuë en toutes sortes
d'honnestes compagnies, où on vous affectionne
grandement.

LA MAISTRESSE.

O Monsieur, ne m'attribuez point tant de louanges, car elles ne me sont point deuës pour tout.

L'AMANT.

Madame, je ne vous en sçaurois tant attribuer
qu'il vous en est deu; vous n'avez que toutes belles
perfections dont vous charmez tout le monde, car
je croy que toutes les sept beautés sont en vous.
Mon Dieu, que voila un beau visage! Il m'est a voir
que je serois assez content si vous me vouliez favoriser seulement d'un baiser.

1. Il s'agit des livres dont nous avons parlé plus haut,
note 2, et notamment des ouvrages de Nervèze. Une coquette des chansons de Gaultier-Garguille répond aux ga-
lanteries de son amant :

> Je cognois à vos beaux discours
> Que vous lisez Nervèze.

V. notre édit., p. 98, note.)

LA MAISTRESSE.

Monsieur, vous m'en excuserez, s'il vous plaist :
je ne suis point fille qui baise personne.

L'AMANT.

Jesu! Madame, me refuserez-vous pour si peu de
chose? Si vous ne me le voulez donner d'amitié, je
le prendrai de force, encore que ce me seroit plus
de contentement d'une façon que de l'autre.

LA MAISTRESSE.

Monsieur, arrestez-vous si vous voulez, je ne
prends point de plaisir à tout cela.

L'AMANT.

Ah! Madame, voulez-vous me desobliger de la
façon! Serez-vous tousjours farouche de la sorte?

LA MAISTRESSE.

Je ne suis farouche que de bonne sorte; si on
vous donne un pied d'abandon, vous en prenez deux ;
on n'a que faire de se rendre familier avec vous,
vous prenez assez de liberté.

L'AMANT.

Madame, je vous demande pardon, si je vous
presse de me permettre un baiser, mais c'est la
grande amour que je vous porte qui m'incite à cet
effet. Madame, je vous prie de me l'accorder.

LA MAISTRESSE.

Monsieur, vous estes grandement importun ;
arrestez-vous si vous voulez, je n'aime pas le bruit
si je ne le fais ; on en a bien veu d'autres que vous.

L'Amant.

Quoy, Madame, on n'ozeroit donc vous approcher? Au moins que je touche à ce beau sein là.

La Maistresse.

C'est un autre fait, Monsieur. Nous ne sommes pas de ces gens là, qui se laissent ainsi manier: c'est à faire à d'autres. Je croy que ce n'est que pour m'esprouver ce que vous en faictes; je ne croy pas que vous ayez rien recogneu en moy qui vous porte à cela.

L'Amant.

Madame, ce que j'en ay fait ce n'estoit pas pour vous offencer; vous vous faschez pour un bien maigre subjet : j'ayme bien mieux m'en aller que de vous estre davantage importun. Je voy bien que vous n'estes pas aujourd'huy en vostre belle humeur, je m'en vais vous donner le bon soir : peut-estre que vous ne serez pas demain si fascheuse. Tout cela n'empeschera point que je ne demeure vostre serviteur. Mais, Madame, je vous prie que je ne m'en aille point disgracié de vostre personne.

La Maistresse.

Monsieur, il n'y a point de disgrace à tout cela; mais c'est que vous estes si pressant, et si mouveux[1], qu'on ne sçauroit estre un quart d'heure en repos avec vous.

---

1. C'est un mot encore employé dans l'Orléanais, avec le sens de *remuant*, *affairé*.

L'AMANT.

Madame, si je sçavois vous avoir esté importun,
je m'estimerois le plus malheureux du monde,

LA MAISTRESSE.

Et la , la, mon Dieu, vous n'estes pas si fasché
que vous en faites le semblant; on vous cognoist
bien; vous en yrez dire tantost autant à une autre :
c'est pour donner carrière à vostre esprit.

L'AMANT.

Madame , croyriez-vous que je feusse de ces gens
là qui sont si changeants? Je vous asseure que vous
estes le seul subjet pour qui j'aye de l'affection, et
vous jure que si vous avez mon service pour agreable, je n'en auray jamais d'autres que vous.

LA MAISTRESSE.

Monsieur, tous les jeunes hommes disent ainsi.
Si je l'avois oüy dire beaucoup de tels discurs et autres, vous pourriez m'en faire accroire; mais je ne
suis pas de si legère creance.

L'AMANT.

Madame, en quoy desirez-vous que je vous tes-
moigne l'amour que je vous porte? Vous n'avez qu'à
me commander, je vous obeïrai en tout.

LA MAISTRESSE.

Monsieur, je ne voudrois pas faire de mon maistre mon serviteur; je voy bien que vous estes grandement obligeant.

L'AMANT.

Hélas! Madame, je ne me mets qu'en mon devoir.

LA MAISTRESSE.

Monsieur, vostre devoir ne vous y oblige point, c'est que vous estes ainsi bien appris.

L'AMANT.

Madame, ce n'est point civilité, mais affection : je m'asseure que maisque[1] vous l'ayez recongneuë, vous l'aurez agreable; vous ne trouverrez jamais personne qui vous serve avec plus de bonne volonté et de discretion.

LA MAISTRESSE.

Ouy vramment, Monsieur, discretion, je le penserois bien. Cela est bon pour un temps; mais quand on a eu d'une fille ce qu'on en desiroit, on ne s'en soucie plus : quand vous serez hors d'ici, vous en rirez.

L'AMANT.

Madame, je vous prie de n'avoir point cette pensée-là de moy; j'aimerois mieux estre mort mille fois, que d'avoir songé à parler de la moindre faveur que j'aurois receuë de vous.

LA MAISTRESSE.

Monsieur, vous me faites maintenant de belles promesses, mais j'ay grand peur qu'elles ne tien-

---

1. Dans le sens de : quoique. Cette expression, fort employée au 16e siècle et au commencement du 17e (V. Des Périers, 1735, in-12, t. I, p. 18), fut proscrite par l'Académie dans ses *Observations* sur Vaugelas.

nent pas ; si vous me trompez en la moindre chose,
jamais je ne me fieray en vous.

L'AMANT.

Madame, je ne vous puis dire autre chose, sinon
que vous me cognoistrez fidelle en tout et par tout.

LA MAISTRESSE.

Monsieur, je le verray bien. Mais, mon Dieu, je
croy que voila dix heures qui viennent de sonner;
il est temps de se retirer, il ne faut pas que ma mère
vous trouve icy.

L'AMANT.

Pardonnez-moy, Madame, il n'est pas si tard.
Quoy! faut-il que je me separe si tost d'avec vous?
Je vous conjure de me tenir tousjours pour très affectionné serviteur, et que je tiendray tousjours très
secret notre amour. Pour le confirmer, Madame,
permettez-moy un baiser sur cette belle bouche.

LA MAISTRESSE.

Hé! mon Dieu, vous me gastez tout mon colet.

L'AMANT.

Quoy, m'en irois-je sans toucher ce beau sein?
Il n'y a pas moïen, il faut que je le baise.

LA MAISTRESSE.

Hé! Jesu! vous me foupissez toute[1]! Que dira-
t'on de me voir ainsi?

1. Ce mot étoit un provincialisme que Furetière ne dédaigna pas de ramasser. Les lexicographes de Trévoux le

L'Amant.

A Dieu, mon cœur. Faut-il que je me sépare si tost! Je ne sçaurois vivre absent de toy.

La Maistresse.

Bon soir, Monsieur; vous pourrez venir tous les soirs icy; nous pourrons y estre librement une heure ou deux sans que personne nous puisse voir; mais sur tout je vous recommande d'estre secret.

L'Amant.

Mon cœur, tu n'auras jamais sujet de te plaindre de moi. A Dieu jusqu'à demain.

DIALOGUE IX.

Le Bourgeois qui traite ses amis.
Les deux Conviés.

Le Bourgeois.

essieurs, je vous donne le bon jour; vous soyez les très-bien venus en nostre logis, vous me faites beaucoup d'honneur.

Le premier Convié.

Monsieur, c'est moi qui le reçois.

lui prirent, en demandant où il l'avoit trouvé. C'étoit peut-être dans cette pièce. Voici l'exemple qu'il cite : « Cette femme est allée à la presse : ses habits, son linge, ont été foupis. »

LE BOURGEOIS.

Messieurs, vous plaist-il pas passer?

LE SECOND CONVIÉ.

O Monsieur, je n'ay garde de faire cette faute-là.

LE BOURGEOIS.

Messieurs, je vous en prie, sans ceremonie.

LE PREMIER CONVIÉ.

Monsieur, je ne le feray pas, je ne passeray jamais devant vous.

LE BOURGEOIS.

Messieurs, à quoy est bon cela? Nous fussions desjà à la table. Entrez, je vous prie.

LE SECOND CONVIÉ.

Monsieur, nous ne le ferons pas: nous serions plustost là tout aujourd'huy[1].

1. Ces interminables *façons* étoient de l'étiquette du temps. Je trouve dans un des petits livres de *Réponses et réparties*, qui étoient alors le *vade-mecum* de la politesse, un exemple en action de ces sortes de scènes de réception. On vous prie de passer le premier : « Ne m'empêchez pas, je vous prie, dites-vous, de vous rendre les devoirs que je vous dois. » A nouvelles instances, résistance nouvelle, et vous dites : « N'insistez pas, Monsieur, et gardez le pouvoir que vous avez sur moi pour une autre occasion. » Il faut pourtant céder; vous ne le faites qu'en courbant la tête : « Eh bien! soit, Monsieur, dites-vous, car je vous honoré trop pour en appeler de vos ordonnances. » S'il vous plaît d'employer une variante pour ce compliment, vous dites : « Que cela soit ainsi, car si je ne savois pas vous obéir, je ne serois pas votre serviteur. »

LE BOURGEOIS.

Messieurs, ce sera donc pour vous obéïr : j'aime mieux faire l'incivil que l'importun[1]. Là, Messieurs, ne laissons point froidir les viandes, elles n'en seroient pas meilleures. Messieurs, lavons, s'il vous plaist. Là, Monsieur, mestez-vous là.

LE PREMIER CONVIÉ.

Monsieur, quand vous aurez pris vostre place.

LE BOURGEOIS.

Non, Messieurs, je n'ay garde. Je vous supplie, ne perdons point de temps. Messieurs, vous estes venus pour faire penitence.

LE SECOND CONVIÉ.

La penitence est bien douce à faire, Monsieur.

---

1. C'étoit un compliment bourgeois, dont Caillières conseille à la bonne compagnie de se garder : « Il est vray, fait-il dire au commandeur, qu'il ne suffit pas de sçavoir les bonnes façons de parler pour s'en servir : il faut connoître les mauvaises pour les éviter, surtout certains dictons, qui font l'ornement des discours de la bourgeoisie, et dont M. Thibault nous a donné un exemple lorsqu'il a dit à madame *qu'il vaut mieux être incivil qu'importun.*» (*Du bon et du mauvais usage dans les manières de s'exprimer.* Paris, 1693, in-8, p. 114.) Molière, à qui rien n'échappoit, n'a pas manqué de mettre cette banalité bourgeoise dans la bouche de M. Jourdain (*Bourgeois gentilhomme,* acte III, sc. 4). C'est un trait de caractère que les commentateurs auroient bien fait de remarquer au passage. Il y avoit, du reste, longtemps que ce lieu commun poli circuloit dans la bourgeoisie française et anglaise. Ecoutez

LE BOURGEOIS.

Messieurs, excusez si je vous traite si mal; je ne sçay en quelle ville nous sommes, je n'y ay jamais sçeu rien faire trouver.

LE PREMIER CONVIÉ.

Jesu! Monsieur, hé! que pourriez-vous desirer davantage? voilà trop de viande de moictié.

LE SECOND CONVIÉ.

Vous nous voulez rassasier tout d'un coup : quand je voy tant de viande, je ne sçaurois manger. Sans mentir, Monsieur, voilà trop de mets. O mais-que vous veniez chez nous, vous ne serez pas si bien traité; pourveu qu'il y ait une pièce ou deux plus que l'ordinaire, c'est assez : on mange jusques aux os avec appetit.

LE BOURGEOIS.

Pardonnez-moy, il n'y a rien de superflu; mais c'est qu'on est bien aise qu'une table soit couverte. Messieurs, vous ne mangez point.

LE PREMIER CONVIÉ.

Hélas! Monsieur, il n'y a que moy.

LE BOURGEOIS.

Messieurs, je m'en vais boire à vostre santé; vous soyez les très bien venus.

Stander dans les *Joyeuses commères de Windsor;* après un assaut de politesse, il dit à mistress Page la même chose : « *I'll rather be unmannerly than troublesome.* »

LE SECOND CONVIÉ.

Mon fils, donne-moy du vin. Monsieur, je m'en vais vous faire raison.

LE BOURGEOIS.

Ah ! Monsieur, n'y mettez point d'eau, le vin est petit.

LE SECOND CONVIÉ.

Monsieur, voilà de fort bon vin.

LE BOURGEOIS.

C'est du vin de ma cueillette, à votre service. Messieurs, si vous le trouvez bon, ne l'espargnez pas.

LE PREMIER CONVIÉ.

Il n'y a point de plaisir d'avoir des vignes, c'est un pauvre heritage, elles ne payent pas leurs façons. Je trouve que c'est un plus grand mesnage d'achepter le vin : il n'apartient qu'aux vignerons d'avoir des vignes.

LE BOURGEOIS.

Pour moy, j'ayme mieux avoir des vignes : on a le plaisir de voir faire son vin, on est asseuré qu'il est pur et net, on sçait ce qu'on boit ; ou ces vignerons font mille meschancetez à leur vin quand on l'achette.

LE SECOND CONVIÉ.

J'en achetay l'autre jour qui estoit le plus pauvre vin du monde ; je croy qu'il y avoit plus de moictié d'eau, et cependant il ne laissoit pas de me couster bien cher.

LE BOURGEOIS.

O ! il n'y a rien tel que de voir faire son vin ; le

mien n'est pas des plus excellents, mais il est bon
pour un ordinaire.

LE PREMIER CONVIÉ.

Comment, il n'est pas des plus excellents! Hé
Dieu, je le trouve fort bon.

LE BOURGEOIS.

O! beuvons-en donc, puisque vous le trouvés bon,
et ne le faictes point pour l'espargner.

LE PREMIER CONVIÉ.

Comment, Monsieur, encore un service? Hé, que
pensez-vous faire? Je pense que vous vous moc-
quez. Vous ne nous traitez pas en amis, vous n'avez
pas envie que nous y revenions.

LE BOURGEOIS.

Monsieur, ce ne sont que deux ou trois pièces
que l'on m'a données; ce lapin et ce levrault sont
pris au ah ah, ils ne nous coustent rien.

LE SECOND CONVIÉ.

Voilà un lapin qui est de bonne garanne, je ne
mangeay de ma vie d'un meilleur morçeau.

LE BOURGEOIS.

Courage, mangeons-en donc, resjoüissons-nous;
qui chapon mange, chapon luy vient : quand nous
aurons dépesché ce lapin, nous en aurons d'autres.
Allons, je m'en vais boire à vostre santé, faites
comme moy.

LE PREMIER CONVIÉ.

Je m'en vais vous faire raison, et le porte à Monsieur; il est trop brave homme pour manquer de repartie.

LE SECOND CONVIÉ.

Pour faire raison à Monsieur, à la santé de Monsieur nostre hoste, je le porte aux Anges.

LE BOURGEOIS.

Garçon, oste-nous tout : il m'est advis que Messieurs ne mangent plus.

LE PREMIER CONVIÉ.

Ma foy, c'est trop mangé ; je n'en suis pas mieux quand j'ay fait de telles desbauches.

LE SECOND CONVIÉ.

Pour moy, je n'en puis plus, tant j'ay donné furieusement sur ce levrault.

LE BOURGEOIS.

Messieurs, priez Dieu pour les mal traitez. Ce ne sont pas les grands banquets qui font les grands amis ; ce peu que je vous ay donné, ça esté de bon cœur ; le bon visage vaut mieux que tous les festins du monde.

Mémoire pour les Coëffeuses, Bonnetières et Enjoliveuses de la ville de Rouen[1].

La communauté des coëffeuses de la ville de Rouen, erigée depuis un tems immemorial, et gouvernée par des statuts particuliers, dont la redaction date de l'année 1478, a toujours opposé, avec succès, l'an-

1. L'auteur de l'excellente *Histoire des anciennes corporations d'arts et métiers de la ville de Rouen*, etc., Rouen, 1850, in-8, M. l'abbé Ouin-Lacroix, n'a eu connaissance ni de cette pièce fort intéressante, ni même de la curieuse affaire dans le dossier de laquelle il faut la placer. — Le débat eut lieu, comme on le verra, en 1773. Quelques années auparavant, il s'en étoit élevé un tout semblable à Paris : les perruquiers-barbiers d'un côté, et, de l'autre, les coiffeurs des dames étoient aussi en présence. La cause, portée à la grand'chambre dans les premiers jours de janvier 1769, fut gagnée par les coiffeurs des dames. « Les grâces, dirent alors les *Mémoires secrets* (t. IV, p. 216), ont triomphé du monstre de la chicane.» Le procureur Bigot de la Boissière avoit fait en faveur du parti qui eut gain de cause un mémoire fort plaisant, qui, « répandu à profusion, fit l'entretien du jour. » Le tribunal, qui tenoit

tiquité de son origine, et la certitude de ses prero-
gatives aux pretentions des perruquiers de la
même ville. Ces derniers ont essayé plusieurs fois
de porter un coup mortel à l'existence de cette
communauté florissante. Des decisions solennelles
et successives sembloient avoir imposé silence à
leurs jalouses reclamations. L'autorité, d'accord avec
la justice, avoit fixé d'une manière irrevocable les
bornes où devoient se circonscrire les pretentions
respectives de ces deux communautés, et le partage
naturel de leurs occupations entre les deux sexes
qui en sont l'objet[1]. Les perruquiers n'ont pas été
contens de ce partage, dont l'egalité ne pouvoit
pourtant donner lieu au moindre murmure de leur
part. Une loi nouvelle, interpretée à leur manière,
leur a paru une occasion favorable de renouveller
avec succès des pretentions si authentiquement
proscrites; leur rivalité s'appuye sur les lettres patentes données à Versailles, le 12 septembre 1772,
en faveur des perruquiers des provinces du
royaume, et contre l'esprit de ces lettres, contre la
disposition precise de leur enregistrement, contre

à ne pas rire, fit supprimer le mémoire. Malgré cette sup-
pression, il est bien moins rare que celui que nous publions ici. Il a été réimprimé dans un charmant recueil
du temps (*Causes amusantes et connues*, 1769, in-12, t. I,
p. 367-390.) — Il existe sur cette même affaire une pièce
anonyme en assez jolis vers sous ce titre: *Les coeffeurs des
dames contre ceux des messieurs*, 1769, in-8

1. En 1686, la corporation des *enjoliveuses* ou *modistes*,
comme nous dirions aujourd'hui, avoit obtenu du parlement de Normandie le privilége exclusif des ouvrages de
cheveux.

les loix et les arrêts qui assurent l'etat et le commerce des coëffeuses, ils veulent depouiller ces dernières de tous leurs priviléges[1].

Celles-ci viennent avec confiance reclamer aux pieds du trône des droits dont la confirmation a eté l'ouvrage du trône même. La discussion la plus rapide suffira pour devoiler toute l'injustice des pretentions qu'elèvent contre ces droits les perruquiers de la ville de Rouen.

Cette ville est peut-être la seule dans le royaume, où la coëffure des hommes et celle des femmes aient eté confiées, dans l'origine, à des mains differentes. Cette division utile a son principe dans la raison et la nature; il est plus simple en effet de laisser aux femmes le soin de parer et d'embellir les personnes de leur sexe[2]; un tact plus sur sur

---

1. A Paris, les prétentions avoient été les mêmes : « Les maîtres barbiers-perruquiers, dit Bigot de la Boissière, sont accourus avec des têtes de bois à la main ; ils ont eu l'indiscrétion de prétendre que c'étoit à eux de coiffer celles des dames. Ils ont abusé d'arrêts qui nous sont étrangers, pour faire emprisonner plusieurs d'entre nous ; ils nous tiennent, en quelque sorte, le rasoir sous la gorge. » (Causes amusantes, t. 1, p. 367.)

2. C'est ce que dit aussi Me Bigot de la Boissière en faveur de ses clients ; mais s'il parloit pour nos clientes, il auroit bien mieux raison : « Le coiffeur d'une dame est, dit-il, en quelque sorte le premier officier de sa toilette ; il la trouve sortant des bras du repos, les yeux encore à demi fermés, et leur vivacité comme enchaînée par les impressions d'un sommeil qui est à peine évanoui. C'est dans les mains de cet artiste, c'est au milieu des influences de son art, que la rose s'épanouit en quelque sorte, et se revêt de son

ous les details de l'ajustement, une intelligence
plus fine pour l'invention et l'arrangement des ac-
cessoires qui le composent, un gout plus recher-
ché pour les ornemens qui font ressortir la beauté,
sans donner dans l'affectation ; un instinct, en
quelque sorte, inné pour tout ce qui tient à l'ele-
gance de la chevelure ; enfin une connoissance plus
particulière des moyens que l'art peut ajouter aux
grâces naturelles : voilà ce qu'on ne sauroit dispu-
ter aux femmes[1].

éclat le plus beau. Mais il faut que l'artiste respecte son
ouvrage ; que, placé si près, par son service, il ne perde
pas de vue l'intervalle quelquefois immense que la différence des états établit ; qu'il ait assez de goût pour sentir
les impressions que son art doit faire, et assez de prudence pour les regarder comme étrangères à lui. »

1. Me Bigot ne plaidoit pas pour des artistes femmes,
mais il ne mit pas moins de grâce à décrire la délicatesse
de leurs travaux capillaires, et à ravaler ceux de leurs an-
tagonistes : « La profession de perruquier, s'écrie-t-il,
appartient aux arts méchaniques ; la profession de coiffeur
des dames appartient aux arts libéraux... L'art des coeffeurs des dames, dit-il encore, est un art qui tient au
génie. » Puis il se plaît à décrire les nuances de talent
qui y sont nécessaires : « L'*accommodage* se varie suivant
les situations différentes. La coiffure de l'entrevue n'est
pas celle du mariage, et celle du mariage n'est pas celle
du lendemain. L'art de coiffer la prude et de laisser percer
les prétentions sans les annoncer, celui d'afficher la coquette et de faire de la mère la sœur aînée de la fille ;
d'assortir le genre aux affections de l'âme, qu'il faut quelquefois deviner ; au désir de plaire, qui se manifeste ; à la
langueur du maintien, qui ne veut qu'intéresser ; à la vivacité, qui ne veut pas qu'on lui résiste ; d'établir des

Il n'est pas d'ailleurs indifférent, aux yeux de la
decence, que l'ornement des femmes ait fait l'objet
d'un departement exclusif en faveur d'une communauté d'ouvrières. Nos pères auroient cru, sans
doute, blesser cette decence si delicate et si sevère,
s'ils avoient permis aux mains profanes d'un perruquier de decorer ces têtes charmantes, dont la modestie et la pudeur sont les premiers ornemens.

Quoi qu'il en soit, la communauté des coëffeuses,
bonnetières et enjoliveuses de la ville de Rouen
etoit regie, il y a plusieurs siècles, par des statuts
dressés le 15 juin 1478, et confirmés par lettres-patentes du roi Henri III, du mois de juillet 1588[1].

La succession des tems amène celle des modes,
et la varieté des circonstances occasionne des abus,
ou necessite des reformes dans les meilleures disci-
plines. En 1709, les coëffeuses de Rouen perfection-
nèrent celle de leur communauté; leurs statuts et
reglemens furent dressés alors au nombre de trente
articles, le suffrage des magistrats intervint à cette
nouvelle redaction. Louis XIV la confirma par ses
lettres patentes enregistrées au parlement de Rouen
le premier juillet de la même année[2].

nouveautés, de seconder le caprice, et de le maîtriser quelquefois : tout cela demande une intelligence qui n'est pas
commune et un tact pour lequel il faut en quelque sorte
être né. »

1. M. Ouin-Lacroix mentionne les lettres-patentes de
Henri III, mais sans en dire la date. Il ne parle pas des
statuts de 1478.

2. Suivant M. Ouin-Lacroix, il y auroit eu encore un
autre règlement en 1711.

Les premier et second articles de ces derniers statuts s'expliquent avec la plus rigoureuse precision sur les objets qui n'ont cessé d'exciter parmi les perruquiers une emulation inquiète et jalouse. Suivant ces articles, les coëffeuses ont le droit exclusif de coëffer les filles et femmes[1], et celui de faire, concurremment avec les perruquiers, tous les ouvrages de cheveux pour la coëffure et ornement de têtes de femmes; et pour cet effet, d'acheter de toutes sortes de personnages, tant de la ville de Rouen qu'etrangères, des cheveux de toute espèce[2].

Le titre des coëffeuses, à cet egard, est donc clair autant que solennel; telle est l'extension que l'autorité souveraine leur a permis de donner à leur industrie et à leur commerce. Mais c'est peu que les termes mêmes des statuts leur assurent ce droit d'ailleurs ancien et incontestable, elles en ont encore

1. Elles avoient même le privilége de fabriquer les liens de chapeaux et de garnir les bonnets avec de la fourrure. Les chapeliers réclamèrent inutilement en 1669, et les fourreurs en pure perte aussi sept ans après. (Ouin-Lacroix, p. 124.)

2. A Paris, les perruquiers avoient seuls ce dernier privilége, et Me Bigot en prend occasion pour les railler encore : « Tondre une tête, acheter sa dépouille, donner à des cheveux qui n'ont plus de vie la courbe nécessaire avec le fer et le feu; les tresser, les disposer sur un simulacre de bois, employer le secours du marteau, comme celui du peigne, mettre sur la tête d'un marquis la chevelure d'un savoyard, et quelquefois pis encore; se faire payer bien cher la métamorphose... ce ne sont là que des fonctions purement méchaniques, et qui n'ont aucun rapport nécessaire avec l'art... »

joui sans trouble, et toutes les difficultés qu'on a
voulu faire à ce sujet ont toujours été terminées
en leur faveur; en effet, un arrêt contradictoire du
parlement de Rouen, du 12 mai 1687, a maintenu
les coëffeuses dans le droit de faire, concurremment
avec les perruquiers, tous les ouvrages de cheveux
pour les coëffures des filles et des femmes, et dans
la liberté du commerce des cheveux. Cet arrêt dé-
fend encore aux perruquiers et à tous autres de
leur contester l'exercice de ce droit; un autre arrêt
du même tribunal, du 14 août 1752, egalement
contradictoire entre les mêmes parties, consacre
celui qu'on vient de rappeler[1].

Ce dernier arrêt paroissoit opposer aux vexations
des maîtres perruquiers de Rouen contre la liberté
du commerce des coëffeuses, une barrière insur-
montable; les tentatives des premiers pour la renverser avoient toutes échoué; mais, toujours aveu-
glés par le même esprit de rivalité et d'interêt per-
sonnel, ils ont saisi avec empressement l'apparence
de raison que leur donnent les lettres-patentes du
douze decembre 1772, pour apporter un nouveau
trouble dans l'exercice paisible du metier des coëffeuses.

Ces lettres patentes ont pour objet d'etendre aux

1. Entre cet arrêt de 1752 et les lettres-patentes de
1772, il avoit été rendu un jugement que l'avocat des
coiffeuses de Rouen auroit pu invoquer, s'il l'eût connu.
C'étoit une sentence du parlement d'Aix, du 20 juin 1761,
dans un procès semblable intenté par les perruquiers-
barbiers de Marseille aux coiffeurs des dames de la
même ville. Ceux-ci avoient eu gain de cause.

perruquiers de province la jouissance de differens avantages que les loix precedentes ont assurés à ceux de Paris, et de leur attribuer en consequence, sans exception ni restriction, à titre exclusif, et privativement à toutes personnes quelconques, la frisure et l'accommodage des cheveux naturels et artificiels des hommes et des femmes.

Il s'agit de savoir si l'attribution generale, portée par ces lettres patentes en faveur des maîtres perruquiers de province, peut deroger au droit particulier des coëffeuses de Rouen. Cette question est aisée à resoudre.

A n'examiner les choses que superficiellement, la teneur de ces lettres patentes sembleroit peut-être envelopper les coëffeuses de Rouen dans la proscription universelle qu'elles prononcent contre toutes les femmes et filles occupées de la frisure ou de la coëffure des femmes. S. M. permet, à la verité, à ces filles et femmes de continuer ledit exercice, mais à charge par elles, et sous peine de punition, de ne pouvoir faire ni composer des boucles, tours de cheveux ou chignons artificiels, etc.

D'après ce dernier texte et l'exclusion portée plus haut en faveur des maîtres perruquiers des provinces, voici comme raisonnent ceux de Rouen dans la circonstance presente : La prohibition est indefinie, l'exercice de notre metier est interdit à toutes personnes quelconques; si le legislateur permet, par grâce, aux filles et femmes de l'exercer, il leur defend le commerce des cheveux, la composition des boucles, etc. Cette denomination generale de filles et femmes occupées de la frisure et coëf-

fure, comprend necessairement les coëffeuses de
Rouen; donc le privilége reclamé par elles est
aneanti par ces lettres-patentes; donc elles ne peuvent plus ni travailler les cheveux, ni vendre les
chignons, ni, enfin, jouir de toutes les autres liber-
tés que leurs statuts leur avoient données.

On ne nous reprochera pas, sans doute, d'affecter
de prendre par son côté foible l'argument de nos
adversaires. Nous rapportons leur objection dans
toute sa force: deux considérations vont la détruire.

La première est tirée des termes mêmes des lettres-patentes, la seconde est empruntée de leur
esprit.

Nous disons d'abord que les termes mêmes des
lettres-patentes prouvent evidemment que S. M. n'a
pas eu intention de nuire aux droits dont les coëffeuses etoient en possession, à l'epoque de ces lettres, de faire et composer des boucles, tours de cheveux ou chignons artificiels pour les femmes, etc.;
en effet, S. M. n'interdit pas ce travail à celles qui
en ont le droit, mais seulement aux filles et femmes
qui s'occupent actuellement, ou qui s'occuperont par
la suite, de la frisure et de la coëffure des femmes.
Or, il serait bien singulier de pretendre que ces ex-
pressions pussent caracteriser les maîtresses coëffeuses de Rouen; ce ne sont pas des filles et femmes
qui se livrent à une occupation vague ou à un commerce arbitraire : c'est une communauté entière,
devouée, par etat et par les lois qui la gouvernent,
à des occupations fixes, à un commerce determiné.
On ne peut pas, comme S. M. le prescrit à l'egard
de ces filles et femmes, les faire inscrire sur le re-

gistre du bureau de la communauté des perruquiers,
puisqu'elles forment une communauté ancienne,
reconnue, avouée, protegée ; puisqu'elles ont elles
mêmes un bureau[1], puisqu'enfin leurs noms, surnoms et demeures sont inscrits sur leurs propres
registres. Il est donc certain qu'aux termes de la
loi, les coëffeuses de Rouen ne sont pas comprises
dans la prohibition de ces lettres-patentes.

Elles ne sauroient y être comprises : l'esprit de la
loi y repugne. Le moyen de l'interpreter avec elle
même, c'est d'en etudier les differentes dispositions.
Or, on y en lit une dont l'application doit se faire à
l'espèce presente. Les chirurgiens des Provinces
qui etoient en droit et possession d'exercer la *barberie* et qui n'y ont pas renoncé, y sont maintenus[2];

1. Ce bureau étoit au couvent des Carmes, où la corporation des coiffeurs étoit placée sous l'invocation de Notre-
Dame-de-Recouvrance.

2. Les barbiers, comme on sait, étoient aussi chirurgiens, et les chirurgiens barbiers, « par la raison, dit M.
de Paulmy, qu'il falloit que celui qui se trouvoit continuellement dans le cas de faire quelque blessure sût
au moins les guérir. » Quand l'art de la chirurgie eut
été honoré, au 17° et au 18e siècle, de nombreuses
distinctions, on dédaigna de s'y abaisser au métier vul-
gaire de la barberie, et « surtout de l'accommodage des
cheveux ». Ce fut désormais, à Paris du moins, la profession spéciale des barbiers. Ils n'eurent plus rien de commun avec les chirurgiens, sauf sur un point. Le premier
chirurgien du roi, qui étoit en même temps son premier
barbier, resta chef de la barberie et de la chirurgie réunies,
ce qui lui permit de ne pas renoncer à ses honoraires sur
les deux communautés. (*Mélanges tirés d'une grande bibliothèque*, t. XXXII, p. 270.)

Sa Majesté attribue aux perruquiers la frisure et l'accommodage, sans exception ni restriction, mais aussi sans prejudice du droit dont sont en possession les chirurgiens qui n'ont pas renoncé à la barbarie, d'en continuer l'exercice comme par le passé.

Cette attention scrupuleuse du legislateur à conserver les droits des chirurgiens sera la sauve garde des maitresses coëffeuses de Rouen; leur droit etoit legitime, il etoit etabli et respecté lors des lettres patentes. Ce ne sauroit donc être l'intention de Sa Majesté de prejudicier, par ce reglement general, à cette prerogative particulière, que l'origine la plus ancienne, la possession la plus longue et les titres les plus solennels consacrent egalement. Tout ce qui emane de l'autorité souveraine doit porter le caractère de l'equité suprême. Cette equité seroit blessée par la derogation que les maitres perruquiers de Rouen voudroient trouver dans ces lettres au droit des maitresses coëffeuses, derogation qui ne s'y trouve point et qu'on ne sauroit y supposer, puisqu'elle seroit contradictoire avec la reserve qui y est faite du droit des chirurgiens-barbiers.

La pretention des maitres perruquiers de Rouen est donc absolument injuste et mal fondée; tout, malgré leurs efforts, se reunit pour solliciter en faveur des maitresses coëffeuses, des lettres patentes de confirmation de leurs priviléges, qui établissent une exception favorable à la disposition dont on pretend inferer l'aneantissement de ces privileges.

Toutes les communautés sont egalement sous la protection bienfaisante du Gouvernement; tous les citoyens sont les enfants d'un même père. Il est trop

bon pour enrichir les uns de la substance des autres;
il est trop juste pour satisfaire la jalousie des maitres perruquiers de Rouen par la ruine de la communauté des coëffeuses.

Tel est le resumé de ce memoire. Depuis 1478,
les coëffeuses jouissent du droit qu'on leur dispute,
les lettres-patentes du 12 décembre 1772 ne leur
ont pas enlevé ce droit immemorial. Elles ne peuvent pas être censées l'avoir detruit; rien ne s'op·
pose donc à ce que la puissance, qui lui a donné
l'être et la forme, le munisse encore du sceau de la
confirmation la plus authentique. Il est même de la
bonté equitable de Sa Majesté d'empêcher que la
fausse interpretation d'un reglement dicté par sa
sagesse ne donne atteinte à l'existence d'une communauté etablie sous l'autorité et l'empire de la loi.

CONSEIL DES DEPÊCHES.

M. BERTIN, Ministre Secretaire d'ETAT.

Me DE MIREBECK, avocat[1].

---

*De l'imprimerie de P. M. LE PRIEUR, imprimeur du
Roi, rue Saint-Jacques.*

1773.

1. Je ne sais quel fut le résultat de ce mémoire. Il est
probable qu'il fit accorder gain de cause aux coiffeurs. Ce
seroit, autrement, la seule affaire de ce genre, à cette
époque, où les perruquiers l'auroient emporté. Il y avoit
longtemps qu'ils se targuoient, mais sans plus de succès,

de prétentions semblables. En 1724, les perruquiers de
Rhétel avoient été jusqu'à faire un procès au barbier du
bourg de Vouzy-sur-Aisne, parce que, disoient-ils, l'existence de tout barbier de village étoit une illégalité. Les
habitants de la campagne, tout éloignés qu'ils fussent des
villes, n'avoient pas, à les entendre, le droit de se faire
faire la barbe, ni les cheveux, ni de faire poudrer leurs
perruques. Ils devoient, de par la loi, ne se faire accommoder qu'à la ville, sous peine de porter une perruque hérissée, sans poudre, et une barbe de capucin. Par arrêt
du 4 septembre 1724, la Cour de Rhétel débouta de leur
prétention ces monopoleurs des barbes et des perruques
villageoises. (*Causes amusantes*, t. II, p. 257-272.) —
Quant au procès intenté par les perruquiers de Paris contre les coeffeurs des dames, ce furent encore une fois
ceux-ci qui le gagnèrent (V. p. 215, note). Le rimeur qui
s'étoit fait le rapporteur poétique de l'affaire les félicita
de ce succès dans la pièce que j'ai indiquée plus haut
(p. 216, note) :

> Thémis, qui n'a d'autre toilette
> Qu'un siége illustre, où ses arrêts
> Des Dieux même sont les décrets,
> Par la voix de leur interprète
> Des mains des tyrans perruquiers
> Nous a délivrés par huissiers,
> Et notre victoire est complète.
> Le prevost, le garde et syndic
> Barberie et perruquerie
> Le sergent de la confrairie,
> Ne se coefferont plus du tic
> D'encoffrer notre coefferie,
> Et chacun fera son trafic.

Par cette même pièce on apprend qu'en outre des coiffeurs de dames il y avoit aussi à Paris, comme à Rouen,
des coiffeuses, qui partagèrent le succès de leurs confrères. Si ce métier leur eût fait défaut, elles s'en fussent

consolées vite; elles n'en manquaient pas d'autres. Voici
ce qu'en dit le poëte des coiffeuses, comme s'il étoit coiffeur lui-même :

> Une étrangère ne fait pas
> Sur le rempart le moindre pas
> Que nos sœurs n'en soient enquesteuses.
> Un élégant peigne en leurs mains
> Se change en charmant caducée;
> Les cœurs féminins sont humains,
> Une coiffeuse est si rusée :
> « — Eh bien ! que pense-t-il de moi,
> Lindor, dont tu parles sans cesse?
> — Madame, sa noble tendresse
> Ne peut vous inspirer d'effroi;
> Il vous offre son pur hommage.
> — Comment me trouve-t-il?—Au mieux,
> A miracle, et, sans persifflage,
> Il proteste que vos beaux yeux...
> — Est-il riche? — Il donne équipage,
> Maison montée, et, pour raison,
> L'aimable petite maison.
> — Achève ton accommodage ! »
> Ainsi nos sœurs dans ce canton
> Font plus d'un galant personnage :
> Cœffant les dames du bon ton
> Et les nymphes du bel usage,
> Officieuses de Cupidon
> Et faiseuses de mariages
> Par devant le dieu du plaisir
> Et son confrère le Désir.

FIN.

Nouveaux complimens de la place Maubert, des halles, cimetière S.-Jean[1], Marché-Neuf, et autres places publiques.

Ensemble la resjouissance des harangères et poissonnières faite ces jours passés au gasteau de leurs Reines.

M . D C . X L I I I I [2].

In-8.

DES POISSONNIÈRES ET DES BOURGEOISES.

LA BOURGEOISE. Parlez, ma grand'amie, vostre marée est-elle fraiche?

LA POISSONNIÈRE. Et nennin, nennin, laissez cela là, ne la patené pas tan; nos

---

1. Il y avoit, depuis le 14e siècle, un marché au vieux cimetière Saint—Jean. Depuis quelques années, la construction « de fort beaux logis qui rendoient de grands revenus à la fabrique de Saint-Gervais », comme il est dit dans le supplément aux *Antiquités de Paris* de Du Breuil, 1639, in-4, p. 59, en avoit un peu diminué l'étendue, mais l'avoit fort embelli.

2. Cette pièce nous a semblé bonne à reproduire, parce

alauzes sont bonnes, mais note raye put; je panse qu'aussi bien fait vote barbüe.

LA BOURGEOISE. Je ne m'offence pas de tout ce que vous pouvez dire : car je sçay que celles de vostre condition sont fournies d'assez bonnes repliques, et que vous avez tousjours le petit mot pour rire.

LA POISSONNIÈRE. Ouy, Madame a raison, le guièble a tort qu'il ne la prend; il est vray que

qu'elle est le véritable *Catéchisme* des poissardes, au commencement du règne de Louis XIV. Elle suffiroit à prouver que le genre poissard n'a eu pour créateur ni l'auteur de *Madame Engueule, ou Les accords poissards*, comédie-parade, 1754, ni l'illustre Vadé. Voisenon, d'ailleurs, avoit déjà contesté à celui-ci cette noble gloire. (V. ses *OEuvres*, t. IV, p. 72.) Au temps des Valois, il étoit déjà de bon ton, comme au temps de Louis XV, de bien entendre le langage de la place Maubert. Catherine de Médicis y excelloit : « La royne-mère, lit-on dans le *Scaligerana* (1667, in-12, p. 46), parloit aussi bien son *goffe* parisien qu'une revendeuse de la place Maubert, et l'on n'eust point dit qu'elle estoit Italienne. » On disoit quelquefois *goiffe* pour *gof*, quand on parloit de ce langage populaire (V. le fragment d'une lettre inédite de Maynard, dans le catalogue des autogr. de M. Ch...; janv. 1856, p. 20). J'étois porté à croire que de *goiffe* on avoit fait *goiffeur*, puis *goipeur;* mais ce dernier mot, qui désigne, comme on sait, un viveur, dérive plutôt du mot espagnol, dont il est ainsi question dans les *Mélanges d'histoire et de littérature* de Vigneul-Marville (1re édit., p. 325) : « Il y a en Espagne de jeunes seigneurs appelés *guaps*, qui ont rapport à nos petits-maîtres. *Guap*, en espagnol, veut dire *brave, galant, fanfaron.* »

j'avon le mot pour rire et vous le mot pour pleuré.

La Bourgeoise. Mamie, donnons trève à ces propos insolens, qui ne valent pas grand argent; et me dites, en un mot, combien me cousteront ces quatre solles, ces trois vives, ces deux morceaux d'alauzes et ces macquereaux là?

La Poissonnière. Vous en poirez en un mot traize francs. Et me regardez l'oreille de ce poisson là : il est tout sanglant et en vie. Est-il dodu! et qui vaut bien mieux bouté là son argent qu'à ste voirie de raye puante qui sant le pissat à pleine gorge.

La Bourgeoise. Je voy bien qu'il est très excellent. Je vous en donneray joyeusement six livres; je sçay que c'est honnestement, et c'est ce que cela vaut.

La Poissonnière. Parle, hé! Parrette! N'as-tu pas veu madame Crotée, mademoiselle du Pont-Orson, la pucelle d'Orléans! Donnez-luy blancs draps, à ste belle espousée de Massy, qui a les yeux de plastre! Ma foy! si ton fruict desire de notre poisson, tu te peux bien frotter au cul, car ton enfant n'en sera pas marqué!

Un Pourvoyeur, *voulant acheter du poisson, dit:* Ma bonne femme, n'avez-vous point là de bon saumon frais?

La Poissonnière. Samon framan! du saumon frais! en vous en va cueilly, Parrette! Ste viande-là est un peu trop rare. Ce ne sont point viande pour nos oyseux : car j'iré bouté de seize à dixhuict francs à un meschant saumon, et vous m'en offrirez des demy-pistoles. Et nennin, je ne somme

pas si babillarde; je n'avon pas le loisi d'allé par-
dre note argent pour donné des morciaux friands à
monsieur à nos despens [1]. Si vous voulez voir un
sot mont, allez vous en sur la butte de Montmartre,
note homme dit que c'est un sot mon [2] : car dar-
nierement, quand il estet yvre, il se laissit tombé
du haut en bas, et si cela ne l'y coustit rien [3].

Le Pourvoyeur. Vous vous raillez donc ainsi
des personnes, avec vos équivoques? Mais parlons
d'autre chose. Faites-moy voir une raye, la plus
douce et la plus fraische que vous ayez.

La Poissonnière. J'en ay une belle et une bonne;
mais, par ma fiyguette! je la garde pour note
homme : c'est pour son petit ordinaire ; il se rirole
comme t'y faut.

Le Pourvoyeur. Ce n'est pas cela que je vous
dit. Montrez-moi ce que je vous demande, autrement je m'en iray autre part. N'avez-vous pas là
une bonne raye?

La Poissonnière. Un peu, si vous le trouvez
bon! Je pance, marcy de ma vie! que j'en pouvon
bien avoir, y nous en couste bon et bel argent,
bien plaqué, bien escrit, marqué et compté en

1. C'est, on le voit, tout à fait le style poissard. La
rime, c'est-à-dire l'assonnance, n'y manque même pas.

2. Voilà un calembour qui a été repris bien souvent.
M. de Bièvre fut le premier plagiaire.

3. Montmartre et les poissardes furent toujours de vieilles
connaissances. Un des ouvrages classiques du genre poissard est daté de ce *sot mont* : ce sont les *Lettres écrites de
Montmartre* par Jeannot Georgin (Ant.-Urbain Coustelier).
Londres, 1750, in-12.

preuf à deux [1]. Monsieur, vla vote peti faict, comme dit l'autre, sans aler aux halles.

Le Pourvoyeur. Elle me semble bonne. Combien me coustera-telle?

La Poissonnière. Sans vous surfaire la marchandise d'un degné, elle vous coutra, au dernié mot, trente sous, à la charge qu'elle est frache et bonne, et me l'emportés.

Le Pourvoyeur. Quelle apparence y a-til que je paye trente sous d'une chose que j'aurois bien payé si j'en avois donné treize ou quatorze sous tout au plus?

La Poissonnière. En despit soit fait du beau marchand de marde! Hé! je pense qu'ou estes enguieblé! Allez, de par tout les guièbles! à vote joly collet, porté vote argent au trippes [2]! Vous ayrez

---

1. Lisez *empreuf et deux*, comme nous le trouvons dans une pièce de l'*Ancien théâtre* (t. III, p. 54), ou plutôt encore *empreu et deux*, comme dans la *Farce de Pathelin* (édit. 1662, p. 21). Cette locution, qui se trouve aussi dans le *Ménagier de Paris* (t. I, p. 141), étoit la manière de compter en usage autrefois. On l'avoit empruntée aux écoliers. Quand ils tiroient au sort, au commencement d'une partie de jeu, ils disoient, pour le premier sorti, *empereur*. C'étoit le terme classique. *Empreu* est une abréviation, qui en a amené une autre, qu'on emploie toujours. Dans toute partie de lycéens, celui qui joue le premier est le *preu*. Le nom de *preux* donné aux meilleurs chevaliers vient peut-être aussi de ce qu'ils étoient les premiers, les *preux* en courage.

2. Le vocabulaire de ces dames n'avoit pas été refait depuis la harangère du Petit-Pont, qui combattit le régent *à belles injures* : « Va, va, lui dit-elle, porte ton liard

du mou pour vote chat. Pence-vous que je soyen
icy pour vos biaux rieux? Aga! ce monsieu crotté,
ce guièble de frelempié, ce pauvre poissart [1], ce
détarminé [2] à la pierrette! Y voudret bien porter
des bottes à nos despans, ce biau monsieu de neige [3]

aux tripes. » (*Œuvres* de Bon. Des Periers, édit L. La-
cour, I, 224.)

1. Ce mot étoit alors une injure, comme on voit. Il ne
se prenoit pas encore pour marchand des halles, il étoit
synonyme de *vaurien*, *voleur*. C'est d'ailleurs le sens qu'il
avoit déjà du temps de Roger de Collerye (V. ses *Œuvres*,
édit. Ch. d'Héricault, p. 272), et de Jacques du Bois
(*Jacobus Sylvius*), qui, dans son *Isagoge* (1581, in-4, p. 4),
dit positivement que *poissard* se disoit pour voleur (*pro
fure*); à cause de cela, il le fait venir de *picare*, mot latin,
dont les dérivés sont notre verbe *picorer* et le *picaro* espagnol. Les voleurs antiques se *poissoient* les mains, afin de
saisir les pièces d'argent au simple toucher. (V. Martial,
liv. VIII, épigr. 59.) C'est ce qui avoit fait donner au
verbe *picare* (poisser) le sens que nous lui trouvons, et que
le mot *poissard* perpétua si longtemps chez nous. (V. encore
notre article sur ce mot dans l'*Encyclopédie du XIXe siècle*,
t. XIX, p. 711.)

2. Cette façon de prononcer, en faisant sonner un *a* au
lieu d'un *e*, étoit purement parisienne au 16e siècle : « Vela
pourquoy vous voulez avoir un *sarment* », fait dire Henri
Estienne à Philosaune ; à quoi Celtophile répond : « Pardonnez-moy, je ne pense ni à sarment, ni à vigne. — PHILOS.:
J'ay dit sarment pour serment; c'est un petit parisianisme
de la place Maubart. » (*Deux Dialogues du nouveau langage
françois italianisé*, p. 398.)

3. Ces mots : *de neige*, mis à la suite d'un autre, étoient
une sorte de particule méprisante. Quand, dans le *Dépit
amoureux* (acte IV, sc. 5), Gros-René rend à Marinette

et de bran! Parlé hau, monsieur de trique et nique, parlé! Parlé, parlé, monsieur de Trelique-Belique! A ga ce monsieu faict à la haste, ce monsieu si tu l'est, ce degouté, ce jentre en goust! Parlé, Jean de qui tout se mesle et rien ne vient à bout! Ce taste-poulle, le guièble scait le benais et le fret au cu! Parlé, ho Dadouille! Helà! qui la chaut! y su, ma foi! Ira-ty, le courtau? Parné-le, parné-le, il a mangé la marde! Vien, vien, voicy une raye derrière moy au service de ton nez! Allé! marci, guiène, va cherché une teste de mouton cornüe qui pura comme vieille charongne, et des pances et des caillettes plaine de gadou! Encore faura-ty qu'en ait la patience qui ne scait point de jours maigres! Jesune, jesune, jusqu'à la coquefrcdouille, pleure-pain, et ne t'attans pas de mangé de la marée ce carresme à nos despens : car tu n'en airas pas, si je ne m'abuse bien, ny toy ny ès autres! Nostre-dince, et qui m'a baillé st'alteré-là?

Vla qui me porte bien la mène d'un godenos[1].

« son beau galant *de neige* », il veut faire voir à sa maîtresse le peu de cas qu'il fait du cadeau, qu'il lui rejette au nez, et non pas, comme on le croit, lui rappeler la couleur de ce nœud de ruban. Cela ne veut, d'aucune façon, dire que ce *galant* est de couleur de *neige;* aussi, tous les Gros-René de la Comédie-Française, qui se croient obligés de se mettre invariablement un pompon blanc sur l'oreille, feroient bien de ne plus s'en tenir à cette cocarde.

1. Le *godenot*, dit Richelet, étoit le petit marmouset de bois dont se servoient les joueurs de gobelet. On en avoit fait un mot satirique, à l'adresse de tous les faiseurs de

Tené, vla Pierre Dupuis [1], vla laquet. Est-y creté!
L'effronté! il est encore tout estourdy du batiau.
Hé! qu'est-ce? Je pence, ma foy, qui nous trouve
belle? Y nous regarde tant qui peu à tou ses deux
rieux. Voyez st'ecuyé de cuisaine à la douzaine, le
vla aussi estonné tout ainsi que s'il estet cheu des
nuës. Y! Allons! Ira-telle, la pauvre haridelle?
Fricassé-luy quatre œufs. Le vela arrivé! Quand
s'en retournera-t'y? Par la mercy de ma vie! ce tu
ne t'oste de devan moy, je t'iray la devisagé! Ne
pense pas que je me mocque!

Le Pourvoyeur. En verité, je ne m'ebahis plus
si le peuple commun vous appelle muettes des
halles! Je suis tout confus, et m'estonne où il est
possible de trouver le quart des injures qui m'ont
esté vomies, sous ombre de n'avoir pas assez offert
au gré de cette femme sans raison.

Une autre Poissonnière, *reprenant la parole
pour la precedente, toute pasmée de colère, luy
tint ces paroles :* Samon, ma foy! vela un homme
bien vuidé pour tourner quatre broche! Vo nous
en velé bien conté! Vote mère grand est en fian-
çaille! N'a vou point veu Dadais, vendeur de fossets?
Tené, vela Guillemin croque-solle, carleux de sa-
bots. Donnez ste marée pour la moitié moins qu'elle

tours de passe-passe, quel que fût leur métier, qu'ils
f ussent procureurs ou prédicateurs : c'est à ceux-ci surtout
que le mot s'appliquoit. (V., parmi les mazarinades,
L'Enfer burlesque, 1649, in-4, et *Le Rabais du pain*, 1649,
in-4.)

1. V., sur ce type alors populaire, t. 3, p. 273.

nous couste! Vrament! c'est pour vote nez! Ma foy! ce ne sert pas là le moyen de porté bague d'or aux doigs ny de donné des riche mariage à nos filles. Aguieu, Jocrisse! Qu'on s'oste bien vite de devant note marchandise, sur peine d'avoir du gratin!

Tellement que le pourvoyeur, tout confus, se contenta de la condition qu'il possedoit, s'esquiva fort honnestement, apprehendant une charge plus grande, qui eust possible esté d'une gresle de coups de poings.

LA RENCONTRE ET COMPLIMENTS DE DEUX FRUICTIÈRES.

LA PREMIÈRE. Bon vespre, dame Quienette! Hé! qu'est-ce, comme va la santé? Comment se porte sthomme et vos enfants? Je n'ay pas velu passé dans ce quarqué-ci sans avoir le bon-heur de vous voüer!

LA DEUXIÈME. Je nous portons bien, guieu marci! tretou cheu nou, à vot sarvice; mais que bien vou sçait, vou voyé la plus malade. Queulé bonne affaires ou queu bon van vous amène en ces quar‑ quiez?

LA PREMIÈRE. C'est que je vien de la halle, faire marché à note garnetière de tras ou quatre sequiez de poüas. Ce n'est pas que n'en ayains faite notre bonne fournication dez le moüas d'oux; mais j'a‑

vons peur que je n'en ayain pas assé, et je tram-
blon d'apprehendation qu'on ne nou les rancherisse.
Et pis après ne dit en pas *beati-geniti* vau bien pus
mieux que *beati quorum.*

LA DEUXIÈME. C'est pourquoy je vous sçay bon
gré d'avoir fait le voyage que vous vené de faire.
Je pance, pour moy, que j'en auron assé : car nous
n'en vendon qu'à des pauve personnes, et je les
faison cuire à la grosse mode, en pleine yau : je
bouton tras sciaux d'yau dans un grand chaudron,
puis j'y metton environ demy boiciau de poüas, et
quan ty sont un peu trop clairs, j'y laissons les eca-
les et meslons avec cela des chapelures de pain
salé, cela les fait senty un peu de sé, et pi j'y bouton un petit tantinet de faines harbes. Mamie, y
trouvon cela si bon qui en lichon leur doigts, encore
trop heureux à qui en aira.

LA PREMIÈRE. Je n'oseriain faire cela à note
quarqué, y sont trop friandes, et si faineman ma-
drées, seulement quan ti trouvon queuque gra,
voüas croquez sous lieus dans, y nous faison de
grosses repluches dans note bouticle, soit qu'en
lieu donne des colles; y s'en von tou grondans en
nou donnan des fièvre quartaine. Mais pour les es-
pinars, j'y on faict un peu note petit comte, et si j'y
hachiain des fueilles de poirée, m'amie, je n'en on
pas à demy.

LA DEUXIÈME. A guieu! C'est trop babillé. En
vous remarciant.

LA PREMIÈRE. Et attendez, en ira au vin.

LA DEUXIÈME. Nennin, je ne boiray pas davantage. C'est la mode de Paris : quand on est à la

porte on prie de boire. Et aguieu; je me recommande.

Vostre très-humble et affectionné serviteur.

LE BOITEUX,
Dit le Beau Chanteur.

FIN.

Discours veritable de la vie, mort, et des os du Geant Theutobocus, roy des Theutons, Cimbres et Ambrosins, lequel fut deffaict 105 ans avant la venue de nostre Seigneur Jesus-Christ.

Avec son armée, qui estoit en nombre de quatre cents mille combatans, deffaicte par Marius, consul romain, et fust enterré près un chasteau nommé Chaumon, et à present Langon, proche la ville de Romans, en Daulphiné.

Là où on a trouvé sa tumbe, de la longueur de trente pieds, sur laquelle son nom estoit escrit en lettre romaine, et les os tirez excèdent 25 pieds, y ayant une des dents d'yceluy pesant 11 livres, comme au vray on vous les fera voir en ceste ville, qui est du tout monstrueux tant en hauteur qu'en grosseur.

A Lyon, par Jean Poyet, 1613.

Avec Permission[1].

——————

Entre tous les effects que ceste grande mère et ouvrière de toutes choses de nature a jamais produict en ce bas univers, l'enorme grandeur de certaines person-

1. Cette pièce se rapporte à un événement singulier qui

nes, vulgairement appelées geants, a toujours tenu
le plus haut rang et degré sur le theatre des merveilles ; tesmoins en sont les Sainctes Escriptures
en la destruction de ceste tour de confusion, je dis
la tour de Babel ; tesmoin les poëtes en leurs gi-

intéresse, comme on le verra, plutôt la paléontologie que
l'histoire : étrange problème, dont la solution s'est fait attendre plus de deux siècles, de 1613 à 1835, et qui abou-
tit, en fin de compte, à faire restituer à un mastodonte
des ossements que pendant deux cents ans on avoit prêtés
à un géant imaginaire ! — La découverte eut lieu le 11
janvier 1613, dans le Bas-Dauphiné, à quatre lieues de
Romans. Des ouvriers qui travailloient dans une sablonnière voisine du château de Chaumont, propriété du marquis de Langon, y trouvèrent, à 17 ou 18 pieds de pro-
fondeur, un certain nombre d'ossements de grande dimension : le col de l'omoplate, deux vertèbres, la tête de l'hu-
mérus, un fragment de côte, le gros tibia, l'astragale, le
calcanéum, et enfin deux mandibules, l'une avec une seule
dent, l'autre avec une dent entière, les racines de deux
autres de devant, et les fragments de deux dents rom-
pues. La découverte, déjà importante, l'eût été davantage
si quelques ossements n'eussent été brisés par les ouvriers
ou ne fussent tombés en poussière sitôt qu'ils avoient été
exposés à l'air. Aujourd'hui la science ne tarderoit pas à
s'emparer de pareilles dépouilles ; alors ce fut l'ignorance
et le charlatanisme qui firent main-basse dessus. Les fa-
bles commencèrent à circuler ; on parla d'un tombeau où
les ossements auroient été découverts, mais dont on ne re-
trouva jamais la moindre trace ; de médailles de Marius
mêlées aux débris, et enfin d'une inscription sur pierre
dure portant ces mots : *Theutobochus rex*. Qui donc aidoit
surtout à propager ces contes ? Deux individus qui s'étoient
tout d'abord donné un intérêt dans l'affaire : Mazuyer, chirurgien à Beaurepaire, ville des environs, et David Bertrand ou Chenevier, qui y exerçoit les fonctions de no-

gantomachies, tesmoin l'admiration avec laquelle
les historiens vont descrivant ces estranges colosses, tesmoin enfin l'ethimologie de leur nom de
geant, qui ne veut dire autre chose que fils de la
terre; comme s'il n'eust pas esté au pouvoir des

taire. Le chirurgien se croyoit avoir autorité pour attribuer
les ossements à qui il lui conviendrait le mieux, et le notaire pour légaliser le certificat de cette belle attribution.
Mazuyer eut part au procès-verbal qui fut dressé de la découverte, et qui, selon M. de Blainville (*Echo du monde
savant*, 1835, p. 234), « porte lui-même des marques évi-
dentes de supercherie.» Cet acte est signé de Mazuyer et
d'un Guillaume Asselin, sieur de la Gardette, capitaine
châtelain, ainsi que de Juvenet, son greffier. Gomme il falloit
des *réclames* pour faire connoître au monde l'importante
trouvaille où le chirurgien et le notaire avoient placé un
si bel espoir de fortune, ils y avisèrent. M. de Blainville,
(*id., ibid.*) est d'avis que ce sont eux qui firent forger les
détails contenus dans la brochure ici reproduite, « et la
première qui ait été publiée sur ce sujet ». Elle fit son
effet : ordre vint de la part du roi de faire transporter à
Paris les ossements du roi Theutobocus, et on les expé-
dia en toute hâte, sauf « une partie de cuisse et deux
dents », qui restèrent entre les mains du marquis de Langon. Ce détail, que nous trouvons dans la *Vie de Peiresc*,
par Requier (1770, in-8, p. 144), n'a pas été connu de
M. de Blainville. Le 20 juillet, le mystérieux ossuai-
re arrivoit à Paris, et l'intendant des médailles et antiques du roi s'empressoit d'en donner un récépissé à
Mazuyer et à Bertrand, dit Chenevier, qui s'étoient en-
gagés à restituer le dépôt à M. de Langon dans les dix-
huit mois, à moins, toutefois, que Sa Majesté n'en dé-
cidât autrement. La Cour étoit alors à Fontainebleau ; on
y porta les ossements, qui étoient la grande curiosité du
jour : « Il y a quelques mois, lisons-nous dans une lettre
du P. Millepied au P. Louis Richeome, datée du 8 octobre

hommes de les engendrer; ce qui fait dire à Juvenal :

Unde fit ut malim fraterculus esse gigantum.

Voulant exprimer une race obscure et incognuë

1613, qu'on porta de Paris ici, dans la chambre de la reyne, les ossements d'un géant, qu'on disoit être ceux de *Teutobotus* (sic), roi des Cimbres, décrit par Florus. L'os de la jambe ou de la cuisse étoit de plus de cinq ou six pieds de hauteur, ou d'environ, et de grosseur à proportion. Le roi, les voyant, demanda s'il y avoit eu de si grands hommes. Ayant été répondu que oui : «—Beaucoup « de tels sujets feroient une belle armée, dit quelqu'un.— « Oui, dit le roi, mais ils auroient bientôt ruiné un pays.» Un fragment de cette lettre, dont le curieux témoignage n'avoit pas encore été, que je sache, invoqué comme preuve de cette histoire, se trouve dans le *Dictionnaire historique* de M. de Bonnegarde, à l'article Louis XIII (t. III, p. 227-228). Ceux qui avoient répondu *oui*, à propos de l'existence possible du géant, ne furent pas crus sur parole par tout le monde. Dans la lettre, datée du cabinet du roi, qui fut écrite à M. de Langon pour le remercier de son envoi, on ne sembla pas bien convaincu de l'identité de ces débris avec les restes du roi Theutobocus. On ne la nioit pas positivement, mais on désiroit voir les médailles qui avoient été, disoit-on, trouvées dans le tombeau; et l'on demandoit aussi la partie du squelette restée à Langon. Tout cela, selon nous, impliquoit un doute indirect. Le chirurgien Habicot ne le partageoit pas. Il prit fait et cause pour son confrère le chirurgien Beaurepaire, et il fit paroître, avec une dédicace au roi, sa *Gigantostéologie*, ou *Possibilité des géants*. Riolan, qui, en sa qualité de médecin, ne devoit pas être d'une opinion que soutenoit la corporation ennemie, riposta tout aussitôt, mais sans se nommer, par sa brochure *La Gigantomachie*. Réplique du parti contraire : Habicot, ou quel-

comme n'ayant esté producte que de la terre ; et ,
qui plus est, ceux qui n'ont point voulu ramper s
bas ont bien osé asseurer que leurs progeniteurs
n'avoyent esté autres que les genies et demons,
comme si ceste generation estoit impossible aux

qu'un des siens, publia la *Monomachie*, sans nom d'auteur ; Riolan, piqué, nia plus hardiment. Rien qu'au titre :
Imposture découverte des os humains supposés d'un géant
(1614, in-8), on sent que sa seconde brochure est beaucoup plus vive et plus nette que la première. Habicot, à
court d'arguments, écrit alors à Mazuyer, qui étoit retourné à Beaurepaire, et lui demande en hâte les certificats
de la découverte, mais Mazuyer ne s'exécute pas. En juin
1618, il n'avoit pas encore satisfait à la demande d'Habicot. Cependant un nouveau champion étoit entré dans la
lice : c'étoit un chirurgien nommé Guillemeau, qui publia,
en 1615 : *Discours apologétique du géant.* Riolan, resté
sous les armes, mit au jour, trois ans après, la pièce ca-
pitale de ce débat, que le temps n'avoit fait qu'envenimer.
Après cette nouvelle brochure : *Gigantologie, ou Discours
sur les géants*, 1618, in-8, Habicot n'avoit qu'à s'avouer
battu, d'autant mieux que les pièces qu'il attendoit de
Mazuyer ne lui étoient pas parvenues. C'est ce qu'il ne fit
pas : son *Antigigantologie, ou Contre-discours de la grandeur
des géants*, vint prouver qu'il croyoit plus que jamais à
l'infaillibilité de la cause qu'il défendoit. Riolan auroit
cependant bien mérité de convaincre tout le monde. Quand
il avoit dit, dans son dernier ouvrage, que ces os n'ap-
partenoient pas à un géant, mais à un éléphant ou à une
baleine, il avoit été bien près de la vérité. Peiresc avoit aussi
été de cet avis. (V. sa *Vie* par Requier, p. 148.) Ces ossements, suivant lui, étoient ceux d'un éléphant, et il pensoit qu'en ces sortes de découvertes il falloit répéter ce
qu'a dit Suétone de débris semblables trouvés de son temps :
« *Esse Capreis immanium belluarum, ferarumque prægrandia
membra, quæ dicuntur gigantum ossa et arma heroum.* »

hommes, et comme si la nature n'avoit autre remède pour eslever si haut ces estranges colosses.
N'est-il bien vraysemblable que ceste grande ar-
chitecture ne leur aye peu fournir une extrême

(August., cap. 72.) Le silence se fit enfin sur cette grande
dispute; on ne reparla du roi Theutobocus et de ses ossements que plus de cent ans après. C'est dans une lettre,
adressée le 22 décembre 1744 à l'abbé Desfontaines, et
publiée au tome V de ses *Jugements sur les ouvrages nouveaux*, qu'il en est question. Il y est parlé de la moitié
d'un os de la jambe et d'une dent, possédées encore par
le petit-fils du marquis de Langon. C'étoit la partie des
ossements qui n'avoit pas été envoyée à Paris, et dont Requier nous a parlé dans la *Vie de Peiresc*. Qu'étoit devenu
le reste? On va le savoir. En 1832, un naturaliste, M.
Audoin, étant à Bordeaux, apprit d'un de ses confrères,
M. Jouannet, que les ossements attribués au roi Theutobocus se trouvoient depuis fort longtemps dans le grenier
d'une maison de cette ville. Suivant la tradition, ils avoient
été apportés par Mazuyer pour être montrés en public,
mais le pauvre diable, n'ayant pas fait ses frais, les avoit
laissés pour compte. On ajoutoit que, ce qui lui avoit surtout nui, c'étoit la concurrence d'une troupe de comédiens
alors en passage à Bordeaux, et dont le public avoit préféré les farces à cette *montre* de vieux ossements. Cette
troupe, toujours suivant la tradition, auroit été celle de
Molière; c'est des Bejard qu'on vouloit dire. On sait, en
effet, qu'ils allèrent à Bordeaux, sous le patronage du duc
d'Epernon. Quoi qu'il en soit, lorsqu'on eut connaissance,
au Muséum, de l'existence de ces débris, on pria M. Jouannet de les envoyer à Paris, ce qui fut exécuté. Grâce aux
progrès qu'avait faits la science paléontologique, il fut alors
facile de reconnoître que ce n'étoient ni les os d'un géant,
ni même les restes d'un éléphant, comme l'avoit dit Riolan,
ainsi que Peiresc, et comme l'avoit répété Cuvier, dont
l'erreur étoit bien pardonnable puisqu'il n'avoit pu les

chaleur et humeur tout ensemble, vrais instru-
ments et vrayes causes de ceste enorme grandeur,
et par ce moyen mettre en practique l'axiôme : *Ope-
ratur natura quantum, et quandiu potest*, sans

voir, mais les ossements d'un véritable mastodonte, « semblable, dit M. de Blainville, à celui de l'Ohio, dans
l'Amérique septentrionale. » Cette découverte, dont les
résultats s'étoient fait attendre deux cent vingt ans, étoit
des plus précieuses. On ne peut même pas en citer une pareille en Europe, « puisque, dit le même savant, parmi
les restes européens de mastodontes, c'est à peine si l'on
cite quelques fragments de mâchoire, adhérents aux dents
recueillies en grand nombre dans le midi de la France. »
On peut se demander, après tout cela, si les débris re-
trouvés à Bordeaux sont bien ceux qui étoient pro-
venus des fouilles faites à Chaumont. M. de Blainville
n'en a jamais douté. Il s'y trouvoit, il est vrai, quelques
morceaux de plus, mais « cela peut tenir, dit-il, à ce que
les pièces ont été mal dénommées dans le premier procès-
verbal. » Quant aux morceaux manquants : l'astragale, le
calcanéum et une vertèbre, leur absence s'explique encore
plus aisément, puisque, ce que n'a pas dit M. de Blainville, Peïresc, sur la fin de sa vie, avoit, suivant Requier
(p. 148) « obtenu quelques morceaux des os prétendus du
géant. » M. de Blainville conclut ainsi : « Il est à peu près
hors de doute que ces ossements sont bien ceux qui ont
été attribués au roi Theutobocus, car il seroit bien difficile
de croire qu'un second hasard auroit porté à la lumière
six ou sept pièces capitales exactement les mêmes que dans
le premier. » — En 1726, Scheutzer commit une erreur
du même genre que celle dont nous venons de conter l'histoire. Le prétendu homme fossile trouvé dans les carrières
d'Œningen, et dont il publia une description dans les
Transactions philosophiques, n'était, comme le prouva Cuvier, qu'une grande salamandre.

neantmoins faire aucun sault *ab extremis ad extrema : natura enim in suis operationibus non facit saltum.*

.Il est donc vray, et qu'il y peust avoir eu des geants sur la terre, et qu'ils ont peu avoir pour progeniteurs des hommes, non seulement devant le deluge, ains longtemps après; et à ce propos, avant que passer aux profanes, faict pour moy le docte S. Augustin, quand il va racontant qu'un peu auparavant la ruine que firent les Gots, il y eust à Rome une femme de la grandeur d'un geant, les parens de laquelle n'outrepassoyent point la mesure commune de la stature des autres hommes. Et de faict, d'où auroit esté engendré un Goliath, de quel ciel seroit tombé Og, roy de Basan, le premier estant grand de six coudées et une palme, selon Samuel, et le lict du second, qui estoit de fer, ayant neuf coudées de longueur, la coudée, selon la supputation des Grecs, estant de deux pieds, et, selon les Latins, d'un pied et demy? Davantage, ne vois-je pas les Israëlites ne sembler que sauterelles à comparaison des Amachins? N'entends-je pas toute l'antiquité proclamer contre ceux qui, d'une arrogance plus que terrestre, osent nier avoir jamais marché sur la terre des hommes de telle grandeur? Et en premier lieu Plutarque, en la vie et l'ame de l'antiquité, recite que Sertorius, estant entré en la ville de Tingien, en laquelle, selon les Lybiens, il avoit ouy dire que le corps d'Athènes estoit, ce que ne pouvant croire pour la grandeur de la sepulture, le fit descouvrir et ou-

vrir, et ayant trouvé un corps d'homme de trente
coudées de long, en demeura grandement esmer-
veillé, et, après avoir immolé dessus une hostie, fit
recouvrir et refermer le tumbeau. Pline, curieux
en la recerche des choses naturelles, nous en pre-
sentera le second, disant qu'en Crète, maintenant
nommée Candie, un grand terre tremble estant
excité, et une montagne abatuë et renversée, on
trouva le corps d'un homme droict estant de quarante-six coudées, lequel quelques uns ont voulu
dire estre le corps d'Orion, les autres d'Othion. Phi-
lostrate, en ses Héroïques, nous en va descrivant
trois en semblable grandeur pour le moins, non de
moindre admiration, le tect de la teste d'un desquels il raconte n'avoir peu remplir du tout de vin
avec soixante-douze pintes candiotes. Quelques-
uns en ont voulu descrire, le premier de la hauteur de trente coudées, le second de vingt-deux et
le troisiesme de douze; mais d'autant qu'il ne va
exprimant que la grandeur de celuy qui fust trouvé
en l'isle de Cos, qu'il dit estre de dix-huit pieds, ne
faisant aucune mention de la hauteur de celuy de
Lemnos, trouvé par Menocrates, ni aussi de celuy
qui fut descouvert en l'isle d'Imbos. N'ayant deli-
beré d'apporter icy que les choses plus averées, je
me contenteray seulement de demeurer avec Phi-
lostrate. Enfin les historiens nous en produisent
une infinité d'autres, comme celuy qui fust trouvé
en Cicile, de quarante pieds; comme le corps d'O-
restes, tiré hors par le commandement de l'oracle,
estant de sept coudées; comme celuy duquel il y
a encore quelques ossements à Valence; comme

ceste femme de Cilicie, que descrit Zonatus en la
vie de l'empereur Justin Thracian, qui en hauteur
surpassoit plus que d'une coudée les plus grands
hommes que l'on luy eust peu presenter; comme
enfin un des deux Maximiens, empereurs, lequel,
au rapport de Julius Capitolinus, en sa vie, selon
Cordus, se servoit du brasselet de sa femme pour
anneau, tiroit et comme ravissoit après soy les car-
roces et chargées, brisoit et pulverisoit entre ses
doigts la pierre nommée thopase, mangeoit quarante et soixante livres de chair, beuvoit une certaine mesure nommée amphora capitolina, lassoit
quinze, vingt et trente soldats, et à la luicte en
renversoit dix en un corps; bref, exerçoit une infinité d'autres actes qui ne peuvent signifier en luy
qu'une estrange grandeur. Je n'aurois jamais faict,
et me perdrois au desnombrement de ces enormes
colosses si je voulois rechercher tout ce que l'histoire, mémoire du temps, nous en a laissé une
chose seule; ne puis-je pas passer soubs silence, à
sçavoir, combien grande devoit être la force de Tur-
nus quand il jetta ceste pierre contre Ænée, sur laquelle Virgile dit que douze hommes de front se
pouvoyent coucher, par ces vers :

Saxum immane ingens, campo qui forte jacebat
Limes agro positus, litem ut discerneret arvis:
Vix illud lecti bis sex service subirent,
Qualia nunc hominum producit corpora Tellus,
Ille manu raptum trepida torquebat in hostem.

Mais pourquoy prens-je tant de peine à vous re-

presenter devant les yeux ces grands corps comme
par une image, puis que M. de Langon, gentilhomme daulphinois, en a descouvert un reel et naturel sur ses terres, que toute la France a devant
les yeux; un, dis-je, sinon grand de soixante coudées, comme un Antheus; sinon de quarante-six,
comme un Orion et autres, neantmoins ne peut que
ravir de grande admiration ceux qui auront ce bon-
heur que de le voir, sinon à tout le moins les principaux ossements, qui par leur grandeur le nous
representent, et font juger à l'œil pour le moins de
la grandeur de vingt pieds l'os de la cuisse et de
la jambe devant qu'estre aucunement rompus con-
joincts ensemble, venans jusques à la grandeur de
neuf pieds, quoy que desnué et de joinctures du
pied et semblables aux autres choses. Mais ne nous
enquerons pas seulement quelle est sa grandeur,
cerchons ce qui pourra estre dit de son nom. Outre
qu'il s'est trouvé sur sa tumbe le nom de Theutobocus, Flore le vous enseignera en son 3 *livre*,
chap. 3, de la Guerre des Cimbres, Teutons et Tigurins, descrivant son estrange grandeur, en ce
qu'il estoit eminent de beaucoup par dessus les
trophées, et qu'il passoit par dessus quatre et six
chevaux. Voicy ce qu'il en dit :

*Certe Rex ipse Theutobocus quaternos senosque
equos transilire solitus, vix unum cum fugeret
ascendit, proximoque in saltu comprehensus insigne spectaculum triumphi fuit, quippe vir pro-
ceritatis eximia super trophea ipsa eminebat* [1].

1. C'est bien ce que dit Florus : « Le roi Theutobocus

Mais à celle fin de rechercher l'histoire un peu
plus haut, l'on peut sçavoir que l'an 642 de la ville
de Rome bastie, et le 105 devant l'incarnation de
nostre Sauveur, les Cimbres, Teutons, Tigurins et
Ambrons, quittans leur païs, soit pour le ravage
d'eaux que de la mer occeane; par son exondation,
avoit faict, comme veut Florus, soit par la resolution de renverser et destruire du tout l'empire romain, comme dit Oriosus, ou à autre but et intention ayant faict et composé une grande et grosse
armée, vindrent attaquer le camp de Marius, posé
non guères loin de la conjunction du Rhosne et de
Lysère, et, après avoir combatu quelques jours,
ayant faict trois trouppes, quelques-uns prindrent
le chemin de l'Italie et donnèrent loisir à Marius de
changer son camp et le loger en un lieu plus avantageux, le campant sur une petite couline eminente
sur les ennemis; ce qu'ayant fait, et estant venu
aux mains, la victoire estant demeurée neutre jusques à midy, enfin la chance se tourna sur les Tigurins et Ambrons; de telle façon qu'à grand' peine
s'en estant sauvé trois mille, il en demeura sur les
carreaux deux cents mille armés et huictante mille
prisonniers, entre lesquels leur roy Theutobocus
rendit le trophée insigne par sa mort. Les femmes,
d'ailleurs, n'ayant peu obtenir la demande faicte à

étoit plus haut que les trophées; mais cela ne signifie pas,
disoit Peiresc, qu'il eût une taille de vingt-cinq pieds,
comme le prétendoient les auteurs de la découverte. Les
trophées que soutenoient, dans les ovations et les triom-
phes, les bras élevés de ceux qui les portoient, ne dépas-
soient pas douze pieds. »

Marius, qui consistoit en la liberté et au moyen de
pouvoir servir à leurs dieux, après avoir donné de
leurs enfants contre les murailles, en partie s'entre-
tuèrent par ensemble, en partie se pandirent, ayant
faict des cordes de leurs cheveux. Et voilà ce qu'en
dit Orosée au lieu sus alegué. Je sçay bien que quelques-uns, sous l'authorité de Plutarque et Florus,
m'objecteront que Marius defit ces troupes à Aix et
à Marseille, et que mesmes les Marsiliens fermèrent
leurs vignes d'hayes faictes des os des morts, tant
fust grande la desconfiture. Mais à cela le grand
nombre de gens duquel estoit composée ceste armée fait voir clairement que Marius ne les deffit pas
tous à une fois; outre que, puis que nous avons
des-jà dit qu'ils se despartirent en trois troupes,
l'une prenant le chemin de l'Italie, l'autre tenant
de près Marius, il est probable que la troisième fust
celle-là que Plutarque dit avoir esté deffaicte à Aix
et à Marseille; et quoy que Florus confonde la mort
de Theutobocus avec la deffaicte que le dit Marius
fit à Aix, neantmoins, tant parce que ceux-cy estoyent vrayement de ses gens, et pour l'authorité
d'Orose, que d'autant que nous trouvons la grandeur specifiée par Florus, l'on ne peut que l'on ne
concède nostre geant estre le vray Theutobocus.
Et combien que n'aurions pas ceste preuve qu'ils
ayent esté deffaicts proche du chasteau de Chaumon, dit maintenant Langon, neantmoins les me-
dailles qui se sont trouvées dans sa tumbe, outre
que le nom de Marius y est demonstré par une semblable figure [1] si est-ce qu'à cause de la ressem-

1. Ici, se trouve dans la pièce originale une grossière

blance qu'elles ont avec celles de l'amphithéâtre
d'Orange, dit de Marius [1], tout soupçon est ôsté à
ceux qui seront si opiniastres que de n'en vouloir
rien croire, si toutesfois il y peut avoir de ces
geants encor en ce temps, je veux dire des cœurs
et jugements si terrestres. Puis donc qu'il conste
asses suffisamment de son nom, parlons plus particulièrement de quelques autres parties de son
corps, et accomplissons la prophétie de Virgile,

Grandiaq' effossis mirabitur ossa sepulchris.

figure de médaille où nous n'avons rien distingué, mais
où, paraîtroit-il, il falloit voir un M et un A. Notre auteur veut, à cause de ces deux lettres, retrouver là des médailles de Marius. Peiresc le contestoit, et avec d'excellentes raisons, d'après ce qu'on lit dans sa *Vie* par Requier, page 146 : « Pour ce qui est des lettres M A qui
se trouvent sur le revers des médailles, disoit-il, elles ne
désignent pas Marius, dont le prénom Caïus n'auroit pas
été omis. Elles n'ont point été mises pour le mot MARIUS
en entier, l'usage des Romains n'étant de mettre que la
seule lettre initiale. Elles marquent bien plutôt Marseille,
république alors, et à laquelle cette forme de médaille
d'argent étoit propre, comme à une ville grecque, tandis
qu'elle ne l'étoit pas aux Romains. »

1. L'auteur veut dire l'arc de triomphe d'Orange, qui,
pendant longtemps, passa pour avoir été construit en
l'honneur de Marius et de sa victoire contre les Cimbres.
Il est à peu près certain aujourd'hui, d'après un récent
mémoire de M. Ch. Lenormant, que ce monument date
du règne de Tibère, et rappelle par conséquent la victoire
remportée pendant le règne de ce prince sur Sacrovir,
chef des Gaulois révoltés. (V. *Comptes-rendus de l'Académie des Inscript*, par Ern. Desjardins, 1858, in-8, p.
232-249.)

Et entre autres ne laissons pas eschapper les
dents, desquelles tant s'en faut que nous en di-
sions ce que dit le docte S. Augustin de la dent
qu'il vit au bord de la mer de la cité d'Utique, laquelle on pouvoit juger estre cent fois plus grande
que chascune des dents de nostre aage, qu'au contraire j'oseray doubler le nombre en la moindre de
celles de nostre Theutobocus, desquels une chascune de celles que nous avons à les voir ressem-
blent entièrement, et en forme et en grandeur, le
pied d'un taureau de vingt mois [1]; que, si l'on peut
juger du lyon par l'ongle, je vous laisse à penser

1. Ce n'est pas de la taille de ces dents, mais de leur structure, qu'on se préoccupa le plus lorsque ces restes furent
aux mains des membres de l'Académie des sciences. C'est
d'après leur forme qu'on parvint à constater d'une façon
certaine à quel genre d'animal ces os devoient appartenir :
« La structure des dents, dit M. de Blainville, formant
une couronne hérissée de plusieurs rangées de tubercules
en mamelons, et portées par de véritables racines, ne
peut laisser aucun doute sur le genre de mammifères auquel ces ossements ont appartenu : c'étoit un mastodonte,
et non un éléphant, comme M. Cuvier l'avoit pensé à tort,
n'ayant, il est vrai, pour porter son jugement que le poids
et une appréciation grossière de la grandeur de la dent
principale. Toutefois, ajoute M. de Blainville, le fait soigneusement relaté de l'existence des racines auroit pu le
mettre sur la voie, et l'on conçoit comment Habicot et ses
partisans avoient été portés à soutenir la supercherie de
Mazuyer, en remarquant que ces dents, étant pourvues de
racines et de tubercules à la couronne, avoient réellement
quelque ressemblance avec des dents d'homme, surtout
pour des anatomistes qui ne possédoient à cette époque
aucun élément de comparaison. »

quelle gorge de four il devoit avoir; et afin de
n'estre plus long, laissant la description d'une partie d'une coste et de l'espaule, et semblables autres
ossements que l'on pourra facilement voir, je par-
leray seulement de l'espesseur des vertèbres de
l'espine du dos, par la dimension desquelles l'on
peut sçavoir au vray combien estoit haut eslevé
nostre grand corps; et je croy qu'il n'y a personne
qui, estant tant soit peu entendu en ces choses, ne
le juge surpasser vingt-cinq pieds, une chacune
des vertèbres estant plus espesse de beaucoup que
la grandeur de la tierce partie d'un pied, voire ap-
prochant le demy pied devant qu'estre rien rom-
pues. Je laisse maintenant au lecteur à faire la supputation, y ayant vingt-huit vertèbres outre les trois
de la queue, dictes similitudinaires, et je m'asseure
et ose encore bien dire cela, qu'on trouvera qu'il ne
dement aucunement sa tumbe, qu'on a trouvé
grande de trente pieds [1].

1. Riolan, dans sa *Gigantologie*, étoit bien loin de tomber d'accord de tout cela : « Pour démontrer, dit M. de
Blainville, que ce n'étoit pas un géant de trente pieds,
comme le vouloit Habicot, il avoit supposé, d'après la
longueur des os qu'il avoit examinés, et entre autres celle
du fémur, ce qui étoit un mode de procéder fort rationnel,
que l'animal ne pouvoit avoir plus de douze pieds de long,
et il concluoit que, comme il n'étoit pas besoin d'un tombeau de trente pieds pour placer un corps qui ne pouvoit
avoir que douze ou treize pieds, le tombeau prétendu étoit
de l'invention de Mazuyier. Habicot, au contraire, ad-
mettoit ce fait comme positif; il soutenoit que le contenu
devoit être proportionné au contenant; or, ce tombeau

Voilà ce que, selon mon incapacité, je vous ai
peu dire de Theutobocus, roy, sinon du tout, au
moins d'une partie des Tigurins, Cimbres, Teutons
et Ambrons, trouvé ceste presente année mil six
cens trèze, environ dix-sept et dix-huit pieds dans
terre, tout auprès du chasteau autresfois dit Chaumon, maintenant Langon, auprès d'un petit tertés
et coline [1], tout à la plus grande gloire de Dieu et
en après à l'honneur du sieur de Langon.

Par son très humble serviteur,

Jacques Tissot.

avoit trente pieds, donc les ossements qu'il contenoit
avoient dû appartenir à un animal de cette taille. »

1. C'étoit, nous l'avons dit, au fond d'une sablonnière,
dans un terrain d'alluvion, dit M. de Blaínville. Requier
(*Vie de Peiresc*, p. 143) remarque en outre que c'est dans
la partie du Dauphiné placée entre le Rhône et l'Isère,
et non loin de leur confluent. « Ce n'est pas là, disoit
Peiresc (*id.*, p. 145), qu'on auroit placé un tombeau; l'on
auroit choisi un endroit sinon élevé ou pierreux, du moins
qui n'eût pas été si peu solide, de peur que le monument
ne fût facilement enterré ou renversé. »

FIN.

Nouvelle de la venue de la Royne d'Algier à Rome, et du baptesme d'icelle et de ses six enfans et des dames de sa Compagnie, avec le moyen de son départ, le tout prins et traduict de la copie italienne imprimée à Milan par Barthelemy Lavinnon, en ceste année 1587.

A Paris, chez Gabriel Buon, au cloz Bruneau, à l'enseigne S. Claude.

1587.

Avec Permission.

In-8 [1].

onseigneur, dimanche dernier, qui fust le quatriesme d'octobre, jour dedié à la feste du glorieux confesseur S. François, print port au lieu du Tybre appelé Ripa

1. Cette pièce, que je crois fort rare, n'est sans doute qu'un petit roman, comme il en couroit tant alors. Elle n'en est pas moins curieuse, en ce qu'elle prouveroit combien l'attention du public s'intéressoit à tout ce qui lui parloit déjà d'Alger et de ses princes. Il n'y avoit pas longtemps que Catherine de Médicis avoit fait entreprendre des négociations à Constantinople pour faire donner à celui de ses fils qui fut depuis Henri III l'investiture du

un brigantin tout neuf, dans lequel estoit une très
belle et très vertueuse dame, que l'on dict estre la
royne d'Algier, accompagnée de vingt-deux personnes; c'est à sçavoir : de huict esclaves chrestiens et

royaume d'Alger. (De Meyer, *Galeries du XVIᵉ siècle*, t. 2,
p. 69.) On savoit quelle étoit la richesse de ce pays, auquel, sous Henri II, l'on avoit même fait d'assez gros em-
prunts d'argent, et on trouvoit qu'il seroit plus avantageux
de mettre sa main sur le trésor que d'être obligé d'y re-
courir encore pour de nouveaux prêts. (V., dans les *Mémoires de Nevers*, le *Journal des premiers états de Blois*.)
Comme on n'étoit pas de force à faire la guerre, on négo-
cioit, ainsi que je l'ai dit, mais on n'obtint rien. Pendant
la révolution, la France eut souvent besoin de crédit auprès de cette Régence, et ne fit que se compromettre par
son peu de fidélité, dans les payements. (*Revue rétrospec-
tive*, janvier 1835, p. 150-152.) Elle avoit notamment
emprunté, par l'entremise du juif Coen-Bacri, négociant
d'Alger, 200,000 piastres au dey, qui ne furent jamais
rendus. C'est pour mettre fin aux réclamations, assaison-
nées de violences et de coups d'éventail, dont cette affaire
étoit devenue l'objet de la part du dey Hussein, que l'expédition de 1830 fut résolue. Pour ne pas payer le dey, on
le détrôna. (Sur quelques pièces relatives à cette affaire et
signées de M. de Talleyrand, 27 prairial an VI, V. le
Catalogue des autographes, dont la vente eut lieu le 23
mars 1848, p. 100, nᵒˢ 615-616.) La fille du dey, la princesse Aïssa, vint habiter Marseille, où j'ai vu ses char-
mants enfants en juin 1848. Elle avoit fait, quelques mois
auparavant, avec son interprète, M. Farqui, un voyage à
Paris pour obtenir de Louis-Philippe la restitution de plusieurs propriétés qui lui avoient appartenu à Alger;
mais je ne sache pas que la révolution de 1848 ait laissé
au roi le temps de faire droit à sa requête. Elle n'étoit
pas chrétienne, et n'avoit même, comme la *Royne d'Algier*

six enfans avec leurs nourrices, et aultres dames
ses gouvernantes et un frère de son mary [1]. Ceste

dont il est ici question, nulle envie de le devenir. Au
XVIe et au XVIIe siècle, il ne fut pas rare de voir de ces
baptèmes de musulmans. L'Estoille, sous la date du 13
juillet 1607, parle de l'inhumation d'une femme barba-
resque prise en mer avec plusieurs autres par un capitaine
florentin, amenée, puis baptisée à Florence, où Marie de
Médicis avoit été sa marraine; mariée ensuite à Mattiati
Vernacini, et devenue enfin femme de chambre de la princesse, qu'elle accompagna en France, où elle mourut.
Dans la *Gazette rimée* de du Lorens (25 juillet 1666), il est
parlé d'un prince ottoman retiré à Paris, que notre gazetier déclare être un époux des plus sortables pour une
infante de Perse tout récemment arrivée dans la même ville;
malheureusement le musulman s'étoit fait jacobin. En 1688,
on fit, à Versailles, le baptème de deux princes de Macas-
sar. (*Journal* de Dangeau, t. II, p. 103.) On connoît enfin le
prétendu roi d'Ethiopie qui fit tant de bruit à Paris sous
Louis XIII, et aussi le petit prince de Madagascar que
M. de Mazarin fit, à la même époque, venir à Paris et bap-
tiser. (Tallemant, édit. in-12, t. X, p. 244.)

1. C'est à peu près ce qui arriva, vers 1784, à Mlle Aimée Du Buc, créole de la Martinique, amenée à Nantes
pour y faire son éducation, et prise par des corsaires sur
le vaisseau qui la reconduisoit dans son île natale. Le
dey d'Alger, à qui elle fut donnée, l'offrit en présent à
Abdul-Hamed, dont elle eut un fils qui fut le sultan Mah-
moud. On fait honneur à la belle créole, devenue sultane
Validé, de quelques-unes des réformes accomplies par
son fils et de l'heureuse influence que le gouvernement
françois eut longtemps sans partage à Constantinople. On
peut lire dans l'*Illustration* (février 1854) un curieux article de M. Xavier Eyma sur Mlle Du Buc, et aussi les
Lettres sur le Bosphore.

dame, poussée de l'esprit de Dieu, ne se souciant
des grandeurs et dignitez mondaines, pourveu
qu'elle peust acquerir le royaume eternel de paradis, se resolust depuis n'aguières de quitter son
mary, du quel elle estoit autant aimée qu'autre dame
qu'il eust en mariage (si l'on peut dire mariage qui
se faict ainsi parmy les payens), en estant devenu
amoureux pendant qu'elle estoit esclave en Grèce,
où il l'achepta pour l'espouser. Ayant donques com-
muniqué ce sien desir à huict chrestiens esclaves,
qui luy estoient donnez du roy son mary pour son
service, et eux ayant remercié grandement Dieu
pour avoir donné à leur maistresse une si bonne et
saincte resolution, promirent de luy garder fidelité
et tenir secrette sa deliberation. Elle, depuis, requerit son mary qu'il luy pleust de commander qu'on
luy fist tout exprès un brigantin propre pour s'aller
pourmener jusques à une prochaine seigneurie des
leurs, et aussi pour s'aller esgaier sur mer, comme
est la coustume des grands seigneurs et dames;
chose que luy fust tout aussi tost accordée de son
mary, comme celuy qui eust pensé toute autre chose
de sa femme que ceste-cy; et par ainsi fust donné
aus dicts esclaves de faire dresser le dict brigantin
avec toute diligence et en la plus belle forme que
se peut imaginer, ce que fust executé avec extrême
vitesse. Or, comme Dieu preste la main par aide
speciale à telles entreprinses, il disposa si heureusement les affaires, que le roy son mary fust mandé
de venir en la cour du grand seigneur, par le quel
mandement il fust contrainct de se partir incontinent. Par quoy ayant dict à Dieu à sa femme bien

aimée et à ses enfans, avec promesse de retourner
en brief, comme aussi elle l'en requerit en pleurant,
il se partit. A ceste occasion la royne, ayant commandé que l'on fist essay du brigantin desjà faict,
il feut trouvé fort bon et bien equippé. Quelques
jours après elle feignit de se vouloir esbattre jusques à la dite seigneurie, pour passer l'ennuy et
fascherie que luy causoit l'absence de son mary ; ce
qu'elle ne peult faire sans que le frère de son dict
mary, à qui elle avoit esté recommandée par le roy
en son depart, ne s'entremit à toute force à luy tenir compagnie. De quoy ayant conferé avec les esclaves, ils l'encouragèrent grandement et l'asseurè-
rent que, pourveu qu'elle eust ferme esperance au
Dieu souverain, toutes choses succederoient très
heureusement, et qu'ils pourvoyroient à tous in-
conveniens. Et ainsy, se vestant très richement et
se chargeant des plus beaux et plus riches joyaux,
et entre autres d'une chaisne de perles grosses,
rondes et blanches, qui, après plusieurs tours, luy
arrivoit jusques à la ceincture, laquelle, suivant l'estime des joyaliers de ces quartiers, est prisée plus
de cent mille escus, sans le reste qu'elle porta à cachettes, afin de n'estre pas descouverte par ses damoyselles, qui ne sçavoient pas ceste sienne intention, outre une grosse somme d'argent qu'elle avoit
donné aux esclaves pour porter en la barque ; equi-
pée de ceste façon, monta sur son brigantin bien
garny de toutes choses necessaires, soit pour le vivre, soit pour la conduite du navigage, et peu à peu
vindrent à s'esloigner du rivage, faisant voile en
haulte mer. De quoy s'appercevant, son dit beau

frère commença de doubter du fait; de sorte que,
se levant de cholère et s'escriant contre les esclaves, les menassa de les faire mourir s'ils ne re-
broussoient la route vers Algier. Mais tout cela ne
servit de rien, d'autant qu'ils estoient plus forts, et
l'eussent jetté dans la mer, ne feust que la royne les
en garda. Si luy racompta fort amiablement les raisons de son despart, et comme, pour l'amour
qu'elle luy portoit, ne vouloit pas permettre que luy
fust faict aucun desplaisir; mais qu'elle le vouloit
bien prier qu'il se contentast de venir avec soy et
qu'elle luy feroit cognoistre combien elle l'aymoit,
luy faisant conquester un royaume plus grand que
celuy de son frère, entendant le paradis. Mais luy,
ne prenant pas en payement ces bonnes remons-
trances, devint comme enragé, si qu'elle feust contrainte de commander de le lier et le mettre de son
beau long au brigantin. Après, se tournant vers ses
damoyselles, les conforta, remonstrant comme elles
devoient se contenter de ceste adventure, leur promettant de les conduire en un pays où elles demeu-
reroient de plus en plus contentes. Ainsi doncques,
gaignées tant par sa doulceur et bonne grâce que
par les menaces des esclaves, estant la mer calme
et propice, se laissèrent conduire, et bien tost après
arrivèrent à Majorque, où elles furent receues de
l'evesque, en grande joye et feste, comme on peut
penser qu'en tel evenement on a coustume de faire,
qui les baptiza toutes, excepté le beau frère, qui
demeura obstiné et fort mal contant de tout ce qui
s'estoit passé. S'estant là reposées par quelques
jours en la cité de l'isle de Maiorque, et par le dict

evesque estants leurs vivres abondamment renfor-
cez, singlèrent vers Rome, pour recevoir aux pieds
de Sa Saincteté sa benediction. En cest equippage,
ceste noble et magnanime royne, avec toute sa compagnie, aborda ici dimanche passé, loüée grandement et prisée autant comme elle a esté admirée
d'une si saincte resolution et d'un si grand courage
qu'elle a eu en s'exposant à tant de dangers. Mesmes que soudain que l'on s'apperceust de l'eschau-
quette d'Algier, que la royne passoit oultre, on la
poursuivist avec plusieurs flustes; de quoy estant
advertie, se mist à genoux, priant Nostre Seigneur
qu'il ne l'abandonnasse point, comme il n'a faict,
ny elle ny ceux qui ont bonne esperance en luy; et
dict-on que ce brigantin ne sembloit pas couler,
mais voler, et que les mariniers à peine touchoient
les rames du navire et voguoient neantmoins d'une
extrême roideur. Ainsi donques, sans courir aultre
empechement, la royne et ses compagnes sont arrivées à Rome. Tout incontinent qu'elle eut prins
port, elle donna son brigantin à ses pauvres mais
fidèles esclaves, et la liberté, quant et quant si long
temps desirée, avec une bonne somme d'argent,
dont ils sont demeurez riches et très contents; et
dit-on que, pour recognoissance de leur fidelité et
peine, ils seront recompensez de Sa Saincteté.

La royne, avec tout son train, fust prinse en son
brigantin par la venerable archiconfraternité du
Confalon, et ainsi conduicte jusques à Rome et
amenée à son logis, où, par le commandement de
Sa Saincteté, avoit esté faicte toute la provision qui
estoit necessaire pour recevoir une telle dame.

Voilà ce qui s'est presenté ces jours passez pour le vous faire entendre. Si autre chose survient digne de remarquer, je n'espargneray ny peine ny papier à fin de vous servir, selon que je sçay que vous desirez; et à tant feray fin à la presente, vous baisant humblement les mains et priant le Createur vous donner,

Monseigneur, en santé longue et heureuse vie.

De Rome, ce septiesme octobre 1587.

Vostre très humble et très affectionné serviteur.

P. N.

La prise du capitaine Carfour[1], un des insi-
gnes et signalé voleur qui soit en France,
arresté prisonnier ès environs de Fontaine-
Bleau, avec un abregé de sa vie, et quelques
tours qu'il a faict ès environs et dedans la
ville de Paris.

Paris, Jean Martin, 1622.

In-8.

e desespoir nous fait souvent embrasser
des actions que nous mespriserions si la
fortune respondoit à nos desirs ; l'homme
qui de soy a le courage haut, voyant
qu'il ne peut effectuer ce que ses pretentions luy

1. Carfour, sur lequel nous avons déjà publié une pièce,
t. VI, p. 321-328, est l'un des plus fameux chefs de bande
qu'il y eût en ce temps où les voleurs étoient si nombreux
dans les villes aussi bien que dans les campagnes. Par
plus d'un point il ressembloit à Guilleri, mais il étoit moins
gentilhomme, moins capitaine. C'étoit le tire-laine véritable, cherchant plutôt les expédients et les ruses que les
coups d'audace : « Ses compagnons, est-il dit dans un
passage déjà cité de l'*Inventaire général de l'histoire des*
larrons (liv. II, ch. 7), ne l'appeloient que le *Boémien*,

promettent, se porte souventefois à des entreprises
que d'autre part il rejetteroit pour pernicieuses
s'il n'estoit aveuglé de ses propres passions, qui luy
servent de conduitte en ce qu'il entreprend, et bou-
chent ses sens en toutes les considerations qui le
peuvent destourner de tels actes.

Carfour, soldat de fortune [1], et d'un grand courage s'il l'eut bien appliqué, se peut dire le vray
portrait et le prototipe de Guilleri, qui fut pris du
règne du feu roy, car il ne lui cède ny en grandeur
de courage ny en subtilité d'inventions, comme on
peut voir par les stratagèmes et industries qu'il a
exercé ès environs de Paris ; de sorte que, si Guilleri a esté tenu pour un des signalez voleurs de son
temps, Carrefour se peut dire à juste titre avoir été
le premier qui ait imité ses actions et suivy sa piste.

Les archers des prevots des mareschaux [2] ont
couru la campagne diverses fois pour le rencontrer,

car il savoit toutes les règles du *Picaro*, et il n'y avoit
jour où il n'inventât de nouvelles souplesses pour les
attraper. » Une de ses ruses, racontée dans ce même *Inventaire général*, a été reprise par Gouriet dans ses *Personnages célèbres des rues de Paris*, t. II, p. 43.

1. Il avoit fait comme tant d'autres ; de soudart il étoit
devenu voleur de grand chemin. La Fontaine, qui connoissoit ces fléaux de la paix, lui préféroit presque la
guerre : « Si elle produit des voleurs, écrivoit-il à sa
femme, elle les occupe, ce qui est un grand bien pour
tout le monde, et particulièrement pour moi, qui crains
naturellement de les rencontrer. » (*Œuvres complètes*,
1836, in-8, p. 609.)

2. Dans une pièce du t. I, p. 206, il est parlé de ces
prévôts des maréchaux et de leur lieutenant.

car depuis cinq ou six ans il a fait des vols et ex-
torsions estranges. Mais comme il ne tient pas une
même route, et qu'il est tantôt d'un costé, tantôt de
l'autre, ils ne l'ont peu jamais attraper, outre qu'il
est tousjours en action, et comme il se faict suivre
ordinairement d'une cinquantaine de desesperez
comme luy ; aussi a-t-il divers espions et correspondance, pour estre adverty de tout ce qui se faict
en divers endroicts du royaume. C'est la raison pour
laquelle jusques icy il s'est tousjours tenu si bien
sur ses gardes.

Il y a quelques mois que les archers des mareschaux, courant la campagne, le rencontrèrent à sept
ou huict lieuës de Paris, deguisé en habit d'her-
miste [1]. Ils luy demandèrent s'il n'avoit point ouy

1. C'étoit un déguisement que les voleurs des bois pre-
noient alors volontiers. Il est parlé, dans l'*Histoire du diocèse de Paris*, de l'abbé Lebeuf, t. XI, p. 20, de deux
gardes-chasses de Mme de Bassompierre, qui, ainsi couverts soit d'une robe d'ermite, soit d'une livrée de grande
maison, savoient attirer dans leurs embuscades les gens
qui leur sembloient devoir être une riche proie. Ils infes-
toient surtout la grand'route d'Orléans, aux environs d'Ar-
pajon, à l'endroit où le voisinage de la vallée Torfou ou de
Trefou la rendoit alors si dangereuse. Il a déjà été question de cette forêt dans notre t. I, p. 206, et nous avons
donné en note une mauvaise explication de son nom. Il
est probable que Carrefour, qui ravageoit de préférence les
environs de Paris, avoit devancé dans ce célèbre coupe-
gorge les deux bandits dont nous venons de parler. Il y
auroit au reste été précédé lui-même par le capitaine Mir-
loret, dont, suivant l'Estoille, la rencontre y étoit si dangereuse un peu avant 1610. (*Edit. du Panth. litér.*, t. II,

parler de Carrefour. Il leur respondit que tous les
jours il estoit traversé de ses courses, et qu'à peine
pouvoit-il avoir un morceau de pain dans son her-
mittage, et que le dict Carrefour lui ravissoit tout
ce qu'il avoit; que c'estoit un coup du ciel de prendre le dict voleur, et que pour son regard il y con-
tribueroit ce qu'il pourroit. Sur ce il leur promet de
les mener au lieu où il avoit coustume de venir assez souvent, qui estoit au milieu du dict bois. Ils le
suivirent; mais à peine furent entrez demi-lieuë
qu'il se void enclos de cinquante ou soixante voleurs
de sa suite, de facon qu'il fallut reculer au plus
viste.

Au pais Vexin, il a faict divers vols de marchands et executé plusieurs rapts et injures sur le
peuple. Il ne s'arrestoit jamais en un lieu; on la
recogneu desguisé assez souvent dans Paris, qui
s'enquestoit si on ne parloit pas de luy. Au reste,
il estoit tousjours bien monté et en bon ordre. Il
alla il y a quelque temps chez une damoyselle Des
Champs, à qui il demanda librement une certaine
somme d'argent, que la necessité l'avoit reduict à
ce poinct, et qu'au reste il ne se montreroit ingrat

p. 647.) La Fontaine, allant en Limousin, ne manqua pas
de maudire en passant ce lieu funeste. Ce qu'il en écrit à
sa femme (1re *Lettre*) prouve qu'il avoit raison de maudire et de trembler :

> C'est un passage dangereux,
> Un lieu pour les voleurs d'embuche et de retraite.
> A gauche un bois, une montagne à draite,
> Entre les deux
> Un chemin creux.

en son endroit. La damoyselle, qui au plus n'avoit
pour lors que trois ou quatre serviteurs, se trouva
bien estonnée, et luy respondit que pour de l'argent, elle ne l'en pouvoit pas accommoder, mais que
luy plaisoit de disner chez elle, elle luy en donne-
roit très volontiers, comme de faict il y disna et
s'en alla[1]. Je raconterois icy divers autres actes qu'il
a faict aux environs de Paris ; mais je reserve tout
pour histoire de sa vie à part. Je viens maintenant
à sa prise, et de la façon qu'il a été mené prisonnier.

Enfin, quand la mesure est pleine et que Dieu
nous a attendu longtemps pour nous remettre en
notre debvoir, sa justice est contraincte d'executer
ce que sa misericorde ne pouvoit faire auparavant ;
il y avoit trop longtemps que Carrefour bravoit le
ciel et la terre, l'heure estoit venue où il devoit
payer le tribut et rendre raison à la justice divine.

1. En 1605, les Barbets avoient aussi infesté en plein
jour les maisons de Paris en se servant de divers dégui-
sements : « Trouvant moyen, dit l'Estoille (t. II, p. 390),
d'entrer aux maisons sous couleur d'affaire qu'ils disoient
avoir aux maîtres d'icelles ; après les avoir accostés sous
prétexte de leur parler, demandoient de l'argent avec
le poignard sous la gorge. Entre ceux qui furent volés,
on compte le président Ripault, le trésorier de M. de
Mayenne, nommé Ribaud, lequel ils contraignirent de
leur donner deux cents écus en or ; et un avocat nommé
Dehors, auquel, après l'avoir lié, ils volèrent la valeur
de deux mille écus, ainsi qu'on disoit. Chose estrange de
dire que dans une ville de Paris se commettent avec impu-
nité des voleries et brigandages, ainsi que dans une pleine
forêt. »

Le dit Carrefour, comme j'ay dit du commencement, n'ayant aucun lieu asseuré, ains voltigeant
tousjours qui cà qui là, comme il estoit derniere-
ment ès environs de la forest de Fontaine-Bleau, il
luy prit envie, en passant, de se rafraichir en une
hostelrie fort peu eloignée de la dicte forest, où il
vint seul (car il avoit laissé ses compagnons dans
le bois). Comme il disnoit, il arriva un gentilhomme
de chez le roy, qui revenoit de l'armée avec son
homme de chambre et un laquais, qui demanda à
se rafraichir. On le met en la mesme chambre que
Carrefour. Comme ils estoient tous deux à table,
Carrefour va demander audit gentil-homme qui il
étoit et d'où il venoit; l'autre lui respondit simple-
ment qu'il estoit serviteur du roy et qu'il venoit de
Beziers, où Sa Majesté estoit, et même il lui raconta
tout plain de particularités de ce qui se passoit au
camp. Cecy fait, le gentilhomme luy demanda reci-
proquement à qui il estoit et quel exercice il faisoit
en ces cartiers. Carfour luy respondit d'un visage
effronté que pour son regard il estoit à soy-même,
et qu'il ne recoignoissoit autre superieur que soy-
même. Le gentilhomme repartit incontinent : « N'êtes-
vous pas serviteur du roy? — Je ne reconnois, dit
Carfour, autre maitre que moy-même. » Sur ceste
reponse se forma une querelle entre eux; de sorte
qu'ils en vindrent aux mains. L'hoste, qui entendit
le bruit, accourut, comme aussi firent les hommes
du gentil-homme, qui saisirent Carfour au collet.

En mesme temps, comme ils se debattoient par
ensemble, arrivast un honneste homme à cheval,
qui, estant entré dans l'hostellerie, commença à

s'ecrier que c'estoit Carfour, le capitaine des larrons, et qu'il l'avoit autrefois vollé. Sur cette asseurance on le prend et le meine on à Fontaine-Bleau,
où il a esté quelques jours. Depuis on tient qu'il a
esté ramené à Melun, où nous verrons en bref ce
qui en sera arrivé. Ses camarades ont esté bien estonnez de cette prise. Plusieurs, en ayant eu les
nouvelles, prirent la fuitte et se sauvèrent. Je vous
ai voulu faire esçavoir cecy, en attendant son execution [1], et un sommaire que je dresserai de sa vie
tragique et estrange, comme en ayant de beaux memoires et histoires particulières.

1. Elle eut lieu à Dijon quelque temps après, ainsi
que l'apprend la pièce publiée dans notre t. VI : *Recit
veritable de l'execution faite du capitaine Carrefour, general
des voleurs de France, rompu vif, à Dijon, le 12 decembre
1622.*

FIN.

Effroyables pactions faites entre le diable et les prétendus invisibles, avec leurs damnables instructions, perte déplorable de |leurs escoliers, et leur miserable fin.

M . DC . XXIII[1].

———

'est une chose etrange que l'Eglise, depuis son etablissement, a tousjours esté agitée, non seulement par la tempeste des payens incredules et par les vents du judaïsme, mais par les bourrasques de ses enfans propres, à qui elle a donné la vie et la cognoissance de la verité. Les escueils des ariens, lescume des lutheriens et les detroicts du caribde des calvinistes, qui se sont efforcez de faire perir le vaisseau de S. Pierre, ont servy d'esperon, de contr'escarpe et de donjon pour soustenir son etablissement contre la violence de tant de canailles qui voudroient

---

1. En publiant cette pièce, nous tenons une promesse que nous avons faite t. I, p. 116, dans la note 1 d'une pièce qui est aussi relative aux *frères de la Rose-Croix*, et à laquelle nous aurons souvent à renvoyer le lecteur.

faire brèche à l'Evangile, grande merveille de Dieu,
qui, pour sa plus grande gloire, a permis que l'on
aye contrecarré sa chère espouse et contrepointé la
foy catholique, apostolique et romaine, pour donner d'autant plus de lumière aux docteurs de son
Eglise de la verité de son sainct nom et de la puissance des evesques qu'il a establis dans son temple sacro-sainct, que les portes d'enfer ne pourront
maistriser ; mais plus grande merveille d'avoir veu
et de voir tous les jours les ennemis du christia-
nisme miserablement perir à la veuë d'un chacun
dans les feux et les flammes, et leur ame servir de
proye aux diables et aux demons.

Les afflictions que l'Eglise romaine a souffertes
jusques aujourd'huy n'ont point esté si violentes
que Dieu n'y aye mis la main et envoyé de ses serviteurs pour renverser toutes les nouvelles doctrines
qui sont survenuës de siècle en siècle ; et quoy
que la magie des sacrificateurs de Pharao sembloit
avoir autant de pouvoir que les miracles de Moyse,
si est-ce toutesfois que le serpent provenu de sa
baguette, qui devora tous les autres, debvoit assez
faire cognoistre que la puissance de l'un provenoit
d'une auctorité divine, et l'autre par charmes et
illusions? Simon Magus [1], aussi grand enchanteur
qu'aucun autre qui soit venu de son temps, se faisoit eslever en l'air par ses demons familiers, et ses

1. Simon *le magicien*, chef de la secte des *simoniaques*,
qui, dans les premiers temps de l'Eglise, continua contre
saint Pierre la querelle du pays de Samarie, où il étoit né,
avec Jérusalem. V. sur lui un curieux article de la *Revue
de bibliographie*, fév. 1845, p. 181.

charmes avoient un tel pouvoir que d'aveugler les
yeux des assistants, qui le tenoient pour un grand
prophète; mais la presence de S. Pierre, venuë
pour s'opposer à ses actions diaboliques, monstra,
par la mort de l'enchanteur, que ses prières avoient
plus de pouvoir que la magie de l'autre.

Arius, qui, par ses artifices, avoit rangé soubs
sa banderolle un nombre infini de pauvres ames
ignorantes, eust pour ennemy le docteur Angeli-
que[1], qui renversa tellement ses escrits et nouvelles
instructions, que la France, et notamment le Lan-
guedoc, luy est autant obligé qu'à sainct Domini-
que : ainsi tous les autres ennemis de la foy et de
la vertu ont eu pendant leur temps de grands personnages qui ont deffendu la cause de Dieu et plaidé
en plain barreau le droict de son Eglise militaire.
Du temps de Luther, parut pour le contreprojecter
ce flambeau navarrois nouvellement canonisé; pour
Calvin, le subtil Lescot ; et pour de Bèze, le docteur Duperon.

Puis donc que Dieu prend le soin de conserver
l'auctorité de son Eglise, par l'eloquence et l'ele-
gance de tant de braves hommes qui se sont op-
posez aux ennemis de la foy, qui estoient sous-
tenus et maintenus par des empereurs, des roys
et des potentats puissans ; craindrons-nous aujour-
d'huy qu'un tas de frippons ignorans, si jamais il
en fust, puissent, par une nouvelle doctrine, ou
par magie, ou par nigromencie, se rendre de visibles invisibles, charmer les ames sainctes, aveu-

1. C'est, comme on sait, saint Thomas d'Aquin.

gler les yeux de la foy, faire ensevelir nostre
croyance, et, par illusions et enchantemens, nous
faire renoncer le ciel pour espouser l'enfer? Est-il
possible que la curiosité des hommes se porte jusques là, que d'aller non seulement faire dire leurs
horoscopes, adjoustant foy aux parolles ambigues
du diable, mais encore d'aller rechercher des demons, qui, soubz des habits apparens, fantastiquent
une invisibilité, ou des nigromenciens, qui, pour
attirer de l'argent, font voir mille fanfares aux curieux?

On tient que les illuminez[1] d'Espagne et les invisibles de France n'ont rien de commun en leur
croyance, ains qu'elle est differente grandement de
l'un à l'autre. Les illuminez croyent l'immortalité
de l'ame, et nos invisibles n'en croyent point: toute
leur croyance n'est qu'epicurienne, enseignent la
mesme leçon et la mesme methode que ce philo-
sophe italien qui fut brulé à Thoulouze, en la place
du Salin, par arrest du parlement du dit lieu, en
l'année 1619[2]. Il ne se peut faire que ces sortes de

1. En cette même année 1623, les *illuminez* se disant
congregez illuminez, *bien heureux et parfaicts*, avoient été
bannis d'Espagne par l'inquisition. V. *Edict d'Espagne
contre la detestable secte des illuminez, eslevez es archevê-
ché de Seville et evesché de Cadix, traduict sur la coppie espagnole imprimée en Espagne*, 1623, in-8.

2. Vanini, qui fut en effet brûlé à Toulouse en 1619.
C'est comme athée qu'il fut envoyé au supplice. Il le
subit avec un fier courage que le P. Garasse lui-même
ne put qu'admirer: « Lucilio Vanini et ses compagnons,
dit-il en son *Apologie*, ont quelque froide excuse en leur

gens ne communiquent avec le diable, qui leur promet toutes sortes de biens et d'asseurance pour la conservation de leur personne ; mais la suitte de ces promesses, ce n'est que du vent, ce ne sont que des parolles de la cour, promettre et ne rien tenir, et, pour réfrain de la balade, le feu materiel ensevelit leur corps et les flammes eternelles leur ame.

Nos invisibles pretendus sont (à ce que l'on dit) au nombre de trente six, separez en six bandés : leur assemblée generale fut faicte à Lyon, le 23 juin dernier, sur les dix heures du soir, deux heures avant le grand sabath, où, par l'entremise d'un anthropophage nigromencien qui avoit esté leur precepteur, Astarot, l'un des princes des cohortes infernales, parust splendide et grandement lumi-

...impieté, sçavoir : une resolution philosophique qui les porte au mespris de la mort, et de là les jette furieusement jusques à celui de leur ame. » Peu d'années auparavant, Louis Gaufridi avoit subi le même sort pour cause de magie, par arrêt du parlement d'Aix. Entre autres pièces écrites à ce sujet, qui intéresse celui-ci, voir les suivantes : *Arrest de la Cour de Provence, portant condamnation contre messire Loys Gaufridi, originaire du lieu de Beauvezer les Colmaret, prestre beneficié en l'eglise des Accoules de la ville de Marseille, convaincu de magie et autres crimes abominables, du dernier avril mil six cent onze, à Aix, par Jean Tholozan, imprimeur du roi et de la dicte ville, 1611, in-8*; *Confession faicte par messire Loys Gaufridi, prestre en l'eglise des Accoules de Marseille, prince des magiciens depuis Constantinople jusqu'à Paris, à deux pères capucins du couvent d'Aix, la veille de Pâques, le 11e avril mille six cent onze, à Aix, 1611, in-8.*

neux, pour ne point donner d'espouvente à ses nouveaux enroolez ; et sur ce que le nigromencien leur
avoit donné à entendre que c'estoit un des messa-
gers du très haut (sans adjouster ny de Dieu ny du
diable), tous s'humilièrent et se prosternèrent devant la face de ce démon, qui leur demanda ce
qu'ils desiroient de luy. Le nigromencien, prenant
la parolle pour eux, dit ces mots : « Grand prince,
voicy une petite troupe d'hommes que j'ay assemblez au nom de ton maistre, pour le servir doresnavant aux conditions portées dans ce papier escript
qu'ils desirent estre paraphé de ta main, comme
ayant charge de ton roy. » Astarot prist le papier et
le paraphe, et le remet aux mains du nigromencien
pour leur en estre à chacun baillé coppie pour leur
servir de passé-port et sauve garde, et fait faire
lecture du contenu en iceluy, pour prendre en après
d'eux le serment de fidelité, et les faire signer au
bas de l'original, qui demeure pour minutte es
mains du nigromencien.

*Articles accordez entre le nigromencien Respuch
et les deputez pour l'establissement du college de
Rose-Croix*[1].

Nous soubz-signez, certifions devant le très haut,
en la presence de nos genyes, avoir fait les accords
et pactions qui en suivent. C'est assavoir : nous qu
prenons aujourd'huy le tiltre de deputez pour l'eta-

1. Sur les trois colléges que les Rose-Croix disoient
avoir dans le monde, V. t. I, p. 124.

blissement du collège de Rose~Croix, estans au
nombre de trente six [1], promettons de recevoir doresnavant le commandement et la loy du grand sa-
crificateur Respuch, renonceans au baptesme,
chresme et onction que chacun de nous ont peu re-
cepvoir sur les fonds du baptesme fait au nom du
Christ, detestons et abhorrons toutes prières, con-
fessions, sacremens et toute croyance de resurrection de la chair, professons d'annoncer les instructions qui nous seront donnez par nostre dit sacrifi-
cateur par tous les cantons de l'univers, et attirer
à nous les hommes, noz semblables d'erreur et de
mort; à quoy nous engageons nostre honneur et
nostre vie, sans esperance de pardon, grace ne
remission quelconque, et pour preuve de ce, nous
avons d'une lancette ouvert la veine du bras de
nostre cœur pour en tirer du sang [2] et signer d'ice-

1. G. Naudé dit qu'ils n'étoient que huit. *Id.*, p. 122.

2 Ce n'étoit pas seulement pour donner, comme ici,
leur signature, que les Rose-Croix recouroient au sang
humain; ils en faisoient la base de leur médecine. En
1750, un des frères prétendoit qu'il savoit en tirer le
principe de vie, communicable à tout malade qui vouloit
bien se remettre en ses mains. C'étoit, pour lui, la médecine universelle. Une petite comédie jouée cette année-
là, sous ce titre: *La double extravagance*, fit allusion à
cette nouvelle façon de médicamenter l'homme par l'homme:

>...Il est dans chaque corps
>Un principe de vie, âme de leurs ressorts,
>...Il faut que la chimie
>Aille le déterrer, l'extraire par son art:
>Or, ce principe extrait, je puis en faire part
>À ceux de qui la vie à nos soins est transmise.

luy noz noms et noz surnoms, que nous avons posez de noz mains en fin de chacun article. Voila
pour ce qui regarde noz volontares.

O mal heureuses gens! O Dieu! souverain createur du ciel et de l'univers, pouvez vous voir de
vostre throsne empiré un traité semblable, fait au
prejudice de vostre grandeur! Souffrez vous qu'un
enchanteur abuse de vostre nom, donnant l'epithète
au diableté de très hault, luy qui est englouty dans
le profond des enfers! Permettez vous, ô Dieu! que
la magie ait tant de pouvoir que de seduire des
hommes et leur faire renier leur Createur, leur foy
et leur baptesme! Mais, bien plus, Seigneur, pouvez vous voir de l'œil, sans decocher vostre foudre,
les detestations que ces renegats font, non seulement des sacrements, mais de la resurrection de
l'ame? Ha! Seigneur, vous le permettez pour quelque raison : vous endurcissez leur cœur, afin que
par l'establissement de ceste croyance frivole, voz
predicateurs paroissent plus que jamais zelez et af-
fectionnez à renverser et boulleverser ces esprits
hypocondriaques, plains de manie et remplis de
folie.

Puis-je passer soubz silence cette abjuration qu'ils
font de la resurrection de la chair, veu que les plus
infidelles, les plus payens et les plus incredules y
ont aucunement adjousté foy? Pithagoras, quoyque
payen, dit que l'ame raisonnable est capable de
parvenir, non seulement à la condition des heros,
mais encore de les surpasser de beaucoup, jusqu'à
s'unir à l'essence de Dieu; et dit plus, que si, de-
laissans la prison de ce corps, nous passons en la

pure liberté ætherée, nous serons faits dieux immortels. Si ce payen, né, nourry, instruit et eslevé dans le paganisme, a eu cette croyance de l'ame, quelle foy doit avoir celui qui a senty les effects du baptesme et l'utilité que nous apporte la vive foy !

Revenons à noz articles et voyons ce que le diable, par l'organe de ce nigromencien, promet à noz invisibles. Voicy les mots du magicien : Moyennant lesquelles promesses cy dessus, je promets aus dits deputez, tant en general qu'en particulier, les faire transporter d'un moment à l'autre du levant au couchant et du midy au septentrion, toutesfois et quantes que la pensée leur en prendra, et les faire parler naturellement le langage de toutes les nations de l'univers [1], couverts des habits du païs, en telle sorte qu'ils seront cogneus comme legitimes du païs et d'avoir tousjours leur bource pleine de la monnoye où ils se trouveront.

Item de les rendre invisibles [2], non seulement en particulier, ains en public, et entrer et sortir dans les palais et maisons, chambres et cabinets, quoy que tout soit clos et fermé à cent serrures.

Item de leur donner l'eloquence pour attirer les hommes à eux et les enseigner en la mesme croyance, et leur promettre de la part du Très Haut faire mesme merveille en faisant le serment et protestations cy-dessus.

Item de leur donner le pouvoir non seulement

1. Il est déjà parlé de cette faculté que s'attribuoient les Rose-Croix, dans l'*Examen de l'inconnue et nouvelle caballe des frères de la Rose-Croix.* V. notre t. I, p. 124 :
2. *Id., ibid.*

de dire les horoscopes des choses passées et presentes, ny des futures, mais de dire jusques aux
pensées du cœur le plus secret.

Item je leur donne parole qu'ils seront admirez
des doctes et recherchez des curieux, en telle sorte
que l'on les recognoistra pour estre plus que les
prophètes antiens, qui n'ont enseigné que des
fadaises; et pour les instruire parfaitement en la
cognoissance des merveilles que je leur promets,
incontinant qu'ils auront presté le serment de fidelité ès mains de celuy qui viendra de la part du
Très Haut, il leur sera delivré à chacun d'eux un
anneau d'or enchassé d'un saphir, soubs lequel sera
un démon qui leur servira de guide, en tesmoing
de quoy j'ay signé de ma main ces presentes articles, et sellé de l'anneau de mon maistre, par lequel je promets faire ratifier dans ce jourd'huy le
present accord pour ma decharge et contentement
d'un chacun. Faict ce 23 juin 1623. Voila les par-
ticularitez de la paction; reste maintenant de voir
le serment que l'on leur fait faire, afin de les engager davantage au combat.

Après lecture faicte de ce traicté particulier, Astarot se communique plus courtoisement à ceux
qu'il tient deja engagez, et, despouillant une partie
de sa lumière feinte, prend le visage d'un adoles-
cent dont le poil doré sembloit floter le long de ses
epaules, ce qui faisoit croire à nos aveuglez que
c'estoit quelque deité qui se manifestoit, et sur cette
simplicité de croire, Astarot les caresse, les embrasse et leur promet toute sorte de bien-vueillance,
et après ces espèces d'accolades, il leur dit à tous:

« Levez la main », ce qu'ils firent, et ; leur main levée, il leur fit faire ce serment :

Vous promettez tous en general et en particulier de ne jamais desroger aux articles que vous avez soubscripts, par vostre sang, de voz noms et sur noms, quoy qu'il arrive ou puisse arriver, et de fermer l'oreille aux predicateurs de l'Évangile du Christ, ains de vive voix publier, annoncer et prescher toutes les nations où vous serez enlevé selon vos pensées, la verité du règne très hault duquel je suis le messager, afin que par voz predications, leçons publiques ou particulières, vous attiriez à vous et à nous les erreurs des hommes de ce siècle, qui croyent l'immortalité de l'ame? A quoy chacun respondit oüy. Ceste parole dicte, Astarot reprend les articles, et, de la part de son maistre, les ratifie, les confirme et les approuve, et promet les entretenir de point en point selon leur forme et teneur à l'esgard de ce qui a esté promis par le nigromencien.

Cela fait, Astarot disparut pour assister au sabath general, qui se fait depuis les unze heures du soir jusques à une heure après minuict de la nuict de la vueille de la S. Jean Baptiste [1], es environ du labirinthe qui est ès monts Pyrenées, tellement qu'il ne restera plus que le nigromencien avec noz invi-

[1]. C'est, en effet, le jour du grand sabbat, ce qui n'empêchoit pas celui qui se tenoit régulièrement toutes les semaines, dans la nuit « du mercredi venant au jeudi, ou du vendredi venant au samedi. » (De Lancre, *De l'inconstance des démons*, p. 66.)

sibles, pour recevoir par le soufle la grace qui leur
estoit promise par les articles.

Ce soufle se fit en la manière : noz invisibles se
despouillèrent tout nuds, et, la face contre terre,
le nigromencien, qui avoit une bouëtte pleine d'on-
guents et de graisse, leur frotta à chacun le dessus du col[1]; les aisselles, le bout d'en bas de l'eschine du dos, les parties honteuses et le fondement,
puis souffla dans l'oreille droicte de chacun, leur
disant: Allez et jouissez maintenant de l'effect de
mes promesses. Et leur donnant à chacun l'agneau,
il leur dit : Il ne vous reste plus que d'aller recognoistre la cour de nostre maistre, qui se tient à
cent lieuës d'icy, et recevoir de luy le departement
de vos voyages; je vous serviray de conducteur pour
ceste nuict. Ces paroles achevées, une forme de

---

1. Cette façon de s'oindre pour se métamorphoser ou se
rendre invisible étoit de la vieille magie. La sorcière thes-
salienne chez qui logea Lucius ne procédoit pas autrement : « Elle ouvrit un gros coffret où étoit force petites
fioles; elle en prit une. Ce qu'il y avoit en cette fiole contenu, au vrai je ne le saurois dire. A voir, il me parut
comme une sorte d'huile, dont elle se frotta toute des pieds
jusqu'à la tête, commençant par le bout des ongles; et
lors, voilà de tout son corps plumes qui naissent à foison,
puis un bec au lieu de son nez, fort et crochu. Que vous
dirai-je? En moins de rien elle se fit oiseau de tout point,
le plus beau chat huant qui fut oncques. » (*La Luciade*,
dans les *OEuvres complètes* de P. L. Courier, 1839, in-8,
p. 124-125.) » Lorsque les sorcières s'oignent, dit de
Lancre, p. 392, elles disent et répètent ces mots : *Emen-
Hetan, emen-Hetan*, qui signifient ici et là, ici et là. »

vent les enlève au lieu de l'assemblée des sorciers
et magiciens.

Ce fut ce qui commença d'estonner nos invisibles,
voyant et considerant une si grande troupe de personnes sacrifier et faire hommage à Satan. Là, ils
furent regardez d'un chacun comme nouveaux venus, et receurent publiquement de la main de leur
maistre la marque des magiciens, avec leur despartement de six en six : six en Espagne, six en
Italie, six en France, six en Allemagne, quatre en
Suède, deux en Suisses, deux en Flandres, deux
en Lorraine, et les deux autres en Franche Comté,
tellement qu'ils ne vont que sur les terres catholiques pour y semer une nouvelle religion s'ils pouvoient, et non pas sur les terres heretiques et infidelles, qui, hors du giron de l'Eglise, sont dans
les griffes de l'enfer.

Voila donc le despartement qu'ils ont receu,
quoy que cela n'empesche pas qu'ils n'aillent par
tout en un tour de main, selon les promesses du
diable. Mais il est question de sçavoir maintenant
ce qui est de leur voyage, des fruicts qu'ils ont pro-
vignez, les escolliers qu'ils ont gaignez, et si le
diable ne les a point trompez.

S'il estoit question de verifier par cent mille ca-
hiers saincts que le diable n'est qu'un trompeur,
et que tout ce qu'il a promis, et promet, et promettra, ne sont que mensonges, je ferois plustost un
volume qu'un abregé que j'ay entrepris de faire
pour monstrer la supersticherie des demons ; mais
pour toutes les exemples le docteur Fauste nous

1. C'est le Faust de la légende, dont la plus ancienne

servira assez. Comme sa curiosité la precipité dans
les enfers, la magie, la nigromencie, les enchantemens et les horoscopes servent d'academie aux
enfans du diable; les ambiguitez qu'un nigromencien italien donna au roy François le grand mons-
trant assez la malice de l'enfer. Ils ne parlent jamais ouvertement et se confient plustost à la phi-
losomie de celuy qui leur parle qu'à la doctrine de
leurs mathematiques.

De dire que le diable n'ait pouvoir (entend que
Dieu le permet) de porter un homme d'une part à
l'autre, qui est une espèce d'invisibilité, la preuve
s'en voit tous les jours. Il se trouvera des Basques

histoire connue fut publiée à Francfort en 1588, *cum gra-
tia et privilegio*, chez Jean Spies. En 1599, Georges-Ro-
dolphe Widmann avoit publié à Hambourg une seconde
histoire de cette vie magique et livrée au diable. On
tira de l'une et de l'autre un petit livre écrit en françois :
l'*Histoire prodigieuse et lamentable de Jean Faust, grand et
horrible enchanteur, avec sa mort épouvantable;* Rouen, 1604,
in-12. L'œuvre de Goëthe est sortie de là, comme l'aigle
de son œuf; on y trouve tout le poëme, même Méphis-
tophélès, avec une toute petite différence de nom. C'est
Méphostopholis qu'il s'appelle. Avant ces petits livrets, on
ne connaissoit guère le docteur Faust que par ce qu'en a
dit l'abbé Trithême dans une de ses lettres, datée du 20
août 1507 (Haguenau, 1536, chez J. Spiegel) : « *Faustus
junior*, y est-il dit, *fons necromanticorum, astrologus, magus secundus, chiromanticus, agromanticus, pyromanticus,
in hydrâ aste secundus... venit Staurosum, et de se pollice-
batur, ingentia dicens se in alchemia, omnium quœ fuerunt
unquam esse perfectissimum, et scire atque posse quidquid
homines optaverint.* »

qui feront cent lieuës par jour [1], chose qui ne se
peut faire de pied ; il faut qu'il y aye de l'artifice
du diable. De dire aussi qu'il n'y aye des nigromenciens qui vendent des bagues [2] où sont des esprits
familiers, l'une pour le jeu, l'autre pour l'amour,
l'autre pour les armes, l'autre pour la dance et
l'autre pour la fortune, on ne le peut revoquer en
doute, car il s'en trouvera qui en usent encore, au
mespris du nom chrestien ; mais sçachez et voyez
la fin de ces gens-là, vous n'y trouverez et n'y
verrez que misères, abandonnez d'un chacun, leur
esprit familier changer de nom et d'effect. Si le
malheureux homme l'a pris au dessein d'estre for-
tuné, la fin de ses jours seront les plus infortunez
du monde ; s'il l'a pris pour les armes, son corps
sera ulceré en mille endroits ; si pour l'amour, la
verolle et les naudus luy pourriront les membres ;
si pour la dance, il sera sur un fumier sans pouvoir se remuer ; si pour le jeu, les larmes et les
soupirs luy couvriront la face ; enfin le diable recompense ces gens-là par un contraire.

Vous avez donc veu comme nos invisibles sont
my-partis les uns de-çà et les autres de-là. Il nous
faut voir le cours de leurs enseignemens et l'eta-
blissement de leur college. Les six destinez pour

1. Sur ces coureurs *basques*, parmi lesquels les grands
seigneurs choisissoient leurs laquais au 17e siècle, V. Fran-
cisque-Michel, *Le Pays basque*, p. 100-102. L'un des valets de Célimène, dans le *Misanthrope*, s'appelle Basque.
2. Sur les *anneaux constellés*, comme les appelle Molière
dans *L'Amour médecin*, et sur quelques autres bagues magi-
ques, V. Ch. Louandre, *La Sorcellerie*, 1853, in-18, p. 52-53.

la France, qui sont ceux dont nous parlerons, puisque les autres sont ès païs estrangers, et desquels
nous aurons (s'il plaist à Dieu) bien tost nouvelle
de leur mort ou de leur fuitte, arrivèrent à Paris
environ le 14 de juillet, chacun prenant son logis
à part pour oster toute sorte de soupçon, ne laissans de communiquer chaque jour ensemblement au
lieu où la première pensée les portoit, tantost sur
le mont Parnasse [1], près le diable de Vauvert [2],
tantost vers les colonnes de Montfaucon, tantost
dans les carrières de Montmartre [3] et tantost le long
des sources de Belleville [4]; là, proposoient les le-

1. C'étoit une butte, dont rien n'est resté que le nom. Il
lui étoit venu des exercices de poésie et de chant qu'y venoient faire, au 16e siècle, les écoliers des différents colléges de Paris. A l'époque de la Fronde, dans la crainte que
les troupes royales n'y prissent position, il fut décidé qu'on
l'aplaniroit : « Faut demander aux habitants du faubourg
Saint-Germain de desmolir le *Mont-de-Parnasse.* » (*Registre de l'hôtel de ville pendant la Fronde*, t. I, p. 154.

2. V. Coquillerd, édit. d'Héricault, t. I, p. 186; *Ancien Théâtre*, t. V, p. 372.

3. Ces carrières de Montmartre servoient d'abri à plus
d'un de ces conciliabules de sorciers. C'étoit un lieu propre à toutes sortes de réunions clandestines, et l'on sait
qu'Ignace de Loyola y rassembla ses premiers disciples
le jour où tous prononcèrent, dans la chapelle voisine,
le vœu solennel qui fut le point de départ de la société de
Jésus. (Orlandin. *Histor. societ. Jesu*, pars prima, lib. I,
p. 20.)

4. Sur ces sources, qui descendoient de Belleville et des
Prés-Saint-Gervais, pour remplir les fossés et entraîner
les immondices des égouts de Paris, V. un article du

çons qu'ils devoient faire en particulier avant de
les rendre publiques, et de la difficulté qu'il y avoit
d'enseigner une nouvelle religion à Paris, tant à
cause des livres theophiliques[1] que de tant de predicateurs qui ne demandent autre chose que d'entrer dans le combat de la verité pour confondre les
ennemis de la religion et les fleaux, ou plustost les
bourreaux, de la vertu.

Quelques jours se passent, pendant lesquels la
depense de leur hostellerie augmente. Point d'escolliers, point de profits pour avoir credit. Il n'est
que de bien payer au commencement; mais en
payant il se trouve que leur argent devient invisible et que leur bourse est accouchée; cela ne les
etonne pas, quoy que le diable manque desja en
sa promesse que leur bourse seroit toujours plaine.

Ils ont des chevaux, lesquels ils vendent pour
avoir des meubles et prendre des chambres à
loüages, afin d'estre plus libres à chercher des escolliers; l'argent reçu, les chevaux sont transportez par l'achepteur et renduz invisibles au vendeur.

Les chevaux vendus, et quoy qu'ils avoient auparavant resolu de se garnir de meubles, ils chan-

Mercure (août 1811, p. 225), et notre article _Une rivière
souterraine dans Paris_ (_Moniteur_, 8 août 1855).

1. On confondoit volontiers ces sectaires avec les _liber-
tins_ de la société de Théophile, afin de les englober dans
une même excommunication, et, si c'étoit possible, dans
le même supplice. Le P. Garassé, en son _Apologie_, rappro-
che perfidement le nom de Théophile de celui des frères
de la _Croix de Roses_ (_sic_). V. _OEuvres de Théophile_, édit.
Alleaume, t. I, p. LIX.

gent de volonté et louèrent deux chambres garnies
dans les marests du Temple[1], où ils logèrent ensemblement, resolus d'y faire leçon particulière et
publique : Le temps est venu (disent-ils) de prodi-
guer et fructifier, et par noz enseignemens attirer
à nous les hommes de ce siècle. Pour cet effect, ils

---

1. Robert Fludd, en un passage de l'*Apologie* qu'il fit de
ses confrères de la Rose-Croix, parle de l'un d'eux qui étoit
venu, comme il est dit ici, loger aux Marais du Temple,
et à qui la plus merveilleuse aventure seroit arrivée par
suite d'une experience sur du sang humain. Un samedi
matin, à l'heure où le prêtre dit la messe, il s'étoit mis
à en distiller dans une cornue; puis, les jours suivants,
il en avoit encore versé goutte à goutte, en suivant le
rite cabalistique. Le vendredi, comme il dormoit dans la
chambre voisine de son laboratoire, voilà que vers mi-
nuit un bruit affreux, semblable au beuglement d'un
bœuf, se fait tout à coup entendre. Le corps ruisselant
d'une sueur froide, il se lève sur son séant, et, à travers
la fenêtre éclairée par les rayons de la lune, il voit passer une sorte de nuée qui peu à peu revêt une forme humaine et disparoît en poussant un cri aigu. Le lendemain,
de très bonne heure, lorsqu'il eut ôté la cornue du feu et
qu'il l'eut brisée pour voir le résultat de son opération, il
y trouva une tête humaine tout ensanglantée. Alors il lui
revint à l'esprit ce qu'un vieil alchimiste son maître lui avoit
dit, à savoir que si pendant l'œuvre magique un de ceux
qui ont fourni le sang vient à mourir, son âme commence
d'errer toute plaintive autour du lieu où son sang a été répandu. Le seigneur de Bourdaloue, qui, en sa qualité de
secrétaire du duc de Guise, habitoit l'hôtel voisin du lieu
où ce prodige s'étoit passé, en avoit fait le récit à Fludd
lors du voyage que celui-ci fit à Paris, peu de temps après.

affichèrent de nuict, en plusieurs carefours, des billets et memoires dont la teneur en suit :

Nous, deputez du college de Rose-Croix, donnons avis à tous ceux qui desireront entrer en nostre societé et congregation, de les enseigner en la parfaite cognoissance du Très Hault, de la part duquel nous ferons aujourd'huy assemblée, et les rendrons de visibles invisibles et d'invisibles visibles, et seront transportez par tous les pays estrangers où leur desir les portera. Mais, pour parvenir à la cognoissance de ces merveilles, nous advertissons le lecteur que nous cognoissons ses pensées ; que si la volonté le prend de nous voir par curiosité seulement, il ne communiquera jamais avec nous ; mais si la volonté le porte reellement de fait de s'inscrire sur le registre de nostre confraternité, nous qui jugeons des premiers, nous luy ferons voir la verité de noz promesses, tellement que nous ne mettons point le lieu de nostre demeure, puisque les pensées jointes à la volonté reelle du lecteur seront capables de nous faire cognoistre à luy et luy à nous [1].

1. Cette affiche se trouve, mais incomplète, dans la pièce que nous avons publiée t. I, p. 123. Naudé, qui la donne aussi, mais non telle qu'elle est ici, dans son *Advertissement pieux et très utile*, dit que le besoin d'avoir des nouvelles promptes de la Cour, qui étoit à Fontainebleau, et de Mansfeld, qui menaçoit la frontière, avoit fait imaginer le moyen de communication annoncé par l'affiche, et qui, de fait, eût été fort commode. Nous avons, au reste, cité ce qu'il dit à ce sujet, t. I, p. 123, note.

Ces memoires , escripts à la main , estans affichez en plusieurs endroits , firent reveiller les esprits des plus curieux, tant des doctes que des ignorans. Chacun s'estonne de cette invisibilité et de la perfection de parler toutes sortes de langues. Les uns disent que ces gens-là viennent de la part du S. Esprit; les autres, qu'il faut que ce soit quelques saincts personnages; et les autres, que ce ne sont que magie et illusions. D'autres admirent davantage la cognoissance des pensées secrettes , veu que cela n'appartient qu'à Dieu seul, et sont incredules à cet esgard. D'autres disent que le diable a cognoissance des choses passées et des presentes ; que s'il a cognoissance des choses presentes, les pensées sont choses presentes, et , partant , le diable en peut cognoistre et en donner la cognoissance à ses suppots.

Sur ces contrarietez et anxietez d'esprit passe un advocat du parlement de Paris , qui s'arreste à la lecture de ces affiches, et d'autant que les sergens l'avoient long-temps gallopé et le gallopoient tous les jours pour le mettre dans le croton, la pensée et la volonté le prennent de s'enroller en cet ordre nouveau , rien qu'au subject de se rendre invisible , afin que quand messieurs les sergents le galloperont ou le tiendront, qu'il devienne invisible devant eux. Incontinant que la pensée fut jointe à la volonté , l'un de noz invisibles parut à cet advocat, luy disant : « Je suis un de ceux que vous cherchez, qui ont cogneu la volonté de vostre pensée ; trouvez-vous , à huict heures du soir, vis-à-vis des boucheries du Maretz, on vous apprendra ce que desirez. » Cela fait, l'autre disparut, ce qui donna plus de force à l'advocat de croire le contenu de l'affiche, et ne manqua pas, à l'heure dicte, de se trouver au rendez-vous, où le mesme personnage le vint trouver, luy bande les yeux et le fait toupier[2] par cinq ou six ruelles pour entrer au logis des invisibles.

L'advocat, arrivé à la chambre, les yeux debandez, voit devant luy cinq personnages en guise de senateurs, dont la façon estoit grave et le parler magistral : « Nous sçavons ce que vous desirez ; mais avant que donner contentement en voz desirs, il faut que vous prestiez le serment de fidelité et que vous escriviez dans un papier quatre mots seullement : « Je renonce à moy-mesme. » Car, pour parvenir à l'instruction d'une croyance nouvelle, il faut bander les yeux à toutes autres instructions precedentes. » L'advocat escrit ce qui est dit et preste le serment de fidelité, ensuite du quel on luy soufle à l'orcille, et croyoit que ce soufle fut le vent du Sainct Esprit au lieu de l'halleine du diable. On luy fait voir mille illusions par l'operation des demons : tantost Alexandre le grand monté sur un genez d'Espagne, armé de toutes pièces, et tantost un Neron qui fait estrangler sa mère pour voir le lieu où il avoit esté engendré, et une infinité d'autres choses particulières où sa curiosité le portoit.

1. Les *Boucheries-du-Temple*, établies au XIIe siècle par les Templiers, dans la rue de Braque.
2. Tourner comme une *toupie*.

On luy donne l'instruction des mots qu'il doit dire
pour se rendre invisible quand il voudra, et les im-
precations qu'il doit faire contre l'Eglise romaine,
avec les hommages qu'il est obligé de rendre soir
et matin au diable leur maistre, en recognoissance
de ses merveilles ainsi prodiguées pour l'utilité et
profit particulier des hommes de ce temps. Cela
fait, ils font despoüiller l'advocat dans un cabinet
pour le frotter de l'onguent de magie, puis luy en-
joignirent d'aller se laver à la pointe du jour dans
la rivière, pour nettoyer la crasse des ordures
passées.

Toutes ces ceremonies faictes, on commence à
boire et manger à l'epicurienne, aux despens de
l'advocat, qui n'epargnoit rien de ce qu'il possedoit
pour traicter ses compagnons; et après bon vin
bon cheval, on luy rebande les yeux et le conduict-
on, à quatre heures du matin, au lieu où l'on l'a-
voit pris le soir precedent, avec commandement
de s'aller baigner de ce pas, ce qu'il fist, quoy que
bridé de vin, pour ne point manquer à son debvoir; mais le pauvre miserable ne fut pas sitost
dans l'eau qu'il se voulut mettre en nage pour
mieux se laver, et se noya. Et par ainsi de visible
fut fait invisible; mais d'invisible visible non, car
son corps n'a sceu estre trouvé dans la rivière,
quoy que l'on aye fait toute diligence à le chercher.
Voila les premiers fruicts qui sont sortis de l'estude
des docteurs invisibles à la fin de juillet dernier.

Un soldat du regiment des gardes, aussi curieux
que l'advocat pour se rendre invisible et se transporter ès pays estrangers pour y faire une meilleure

fortune qu'il n'avoit pas faicte au siége de Monpel-
lier [1], fut porté d'une mesme volonté et traicté en
la sorte que le premier, fors qu'au lieu de s'aller
baigner on luy commanda que, pour prouver son
invisibilité, il se mist de la bande des assassins du
faux-bourg Sainct Germain [2], où le lendemain il fut
miserablement assassiné au mois d'aoust dernier.

Le bailly de Chaulne, en Picardie, ayant oüy
parler de ces invisibles, sa pensée fut tellement
ancrée à sa volonté que l'un des six se transporta
invisiblement à Peronne, dans le cabinet du bailly,
qui feuilletoit les papiers de son procès, et l'invisible parut visible et dit à l'autre l'effet de sa pensée, s'enroolle en la societé, et, deux jours après,
le pauvre miserable bailly se donna de luy-mesme
un coup de pistolet dans la teste et se tua.

Un Anglois francisé ayant receu la mesme in-

1. V., sur ce siége, *Caquets de l'Accouchée*, p. 158, 164,
169.

2. Il est souvent parlé de ces bandits dans les écrits du
temps, ainsi que de la peur qu'en avoient les gens de Paris.
(V. t. I, p. 198, V, 194, et surtout les *Caquets de l'Accouchée*,
p. 60-61, 71, 257). Le Pré-aux-Clercs, où l'on ne faisoit
que commencer à bâtir, et qui étoit encore fort désert,
servoit de quartier-général à ces voleurs du faubourg
Saint-Germain. J'ai même dit que le *quai Malaquest*, où
ils trouvoient de faciles cachettes derrière les piles de bois,
leur devoit sans doute son nom (t. III, p. 179). Les deux
vauriens qui tuèrent le père de Jean Rou, en 1647, avoient
dressé leurs premières embûches et faillirent même faire
leur coup dans le Pré-aux-Clercs, où, un jour qu'il s'y pro-
menoit, il les vit cachés « dans un endroit fort solitaire ».
(*Mémoires inédits de J. Rou*, 1857, in-8, t. I, p. 6-7.)

struction que les autres, voulant retourner en Angleterre, fut porté en un moment au pied de la
tour d'ordre de Boullongne sur la mer, et voyant
qu'il n'y avoit plus que la mer à passer, pria le demon qui l'avoit porté jusques là de le porter à Londres. Le demon le prend avec telle furie, qu'estant
entre Callais et Douvres, il le laissa choir dans le
profond de la mer, avec un bruict espouvantable,
fait en la presence de deux cens navires hollandois
qui flottoient en ces quartiers-là, et qui estoient
partis d'Amsterdam pour aller aux Indes au mois
de septembre dernier.

Un Gascon, dont les rodomontades sembloient
menacer terre et ciel, voulut entrer en ceste congregation nouvelle, afin d'aller trouver le comté
de Mansfeld[1] et luy offrir son service. Estant sur
les frontières de Bavière, porté dans l'air par son
demon, le tonnerre, qui s'estoit fait en l'air, se
fend en mille parts, dont le demon eust si grand
frayeur qu'il quitta le Gascon, qui tomba dans le
lac de Westong, en la presence de sept ou huict
pescheurs de poisson.

Un Normand du païs de Sapience au Constantin[2]
ayant sceu que l'on enseignoit à Paris la methode
de se rendre invisible, vint faire hommage comme

1. Il étoit, en effet, fort question de lui alors, comme
nous l'avons déjà dit dans une note précédente. (V. *Les
Caquets de l'Accouchée*, p. 191-192, 275.)

2. Lisez dans le Cotentin. Les Parisiens, qui savoient
combien les Normands sont gens rusés, appeloient leur
province *le bon pays de Sapience.*

les autres ; mais quatre jours après, passant par la
ville de Reims pour visiter son procureur. la peste
le prit, qui l'estrangla au mois d'octobre dernier.

Un Provençal, aussi tost que les autres, qui vouloit sçavoir le fondement de ces merveilles nouvelles,
après avoir fait le serment et receu les instructions,
fut estranglé la nuict en suivant, et son corps invisible pour avoir manqué à faire l'hommage qu'il
devoit soir et matin à son demon. Cela arriva au
village de l'Isan, au mesme mois d'octobre.

Un jeune homme de l'Isle de France, dont je
tays le nom comme des autres, pour ne point scan-
dalizer les maisons ny les familles, ayant fait l'a-
mour un fort long-temps à une fille de bon lieu,
laquelle, peu amoureuse des delices du monde,
habandonna l'amour passager à un eternel amour,
se retirant dans une religion devote où elle a fait
profession d'y vivre et mourir ; et ce jeune homme,
encore passionné de sa maitresse, laquelle il aimoit
uniquement, et de laquelle il portoit au cœur et
l'image et l'idée, fust si aveuglé que d'aller faire
comme les autres pour se rendre invisiblement dans
la chambre de la religieuse et contempler à loisir
l'original de son portraict. Mais tant s'en faut qu'il
peust aller voir secrettement son amante, que la
nuict en suivant qu'il eust fait paction et serment
à noz invisibles, un desespoir le prist de telle sorte
qu'il s'estrangla avec ses jarretières.

Il me semble que, pour eviter prolixité, c'est
assez d'avoir fait preuve de ceux cy dessus nommez
pour servir de preuve et tesmoignage que noz invisibles sont diables et non pas des hommes, de-

mons qui attirent par leurs enchantemens et discours empoisonnez une infinité de personnes volontaires qui n'ont aucune crainte de Dieu devant les
yeux. Parolles empoisonnées qui ne produisent autres fruicts que la mort deplorable du corps et la
perte irreparable de l'ame! Trompeurs manifestes
qui precipitent les trop curieux dans les enfers, et
leur font oublier le Createur pour suivre l'effroyable compagnie de Satan. Retournons encore à eux,
et voyons ce qu'ils deviendront.

Pendant le temps qu'ils font toutes ces choses,
leurs habits s'usent et les loyers de leurs chambres
loquentes eschent sans qu'ils puissent satisfaire à
leur hoste, que sur les esperances qu'ils avoient de
le payer bien tost. Deux mois sont des-ja escheux,
qui est beaucoup attendre pour un hoste qui n'a
aucuns gaiges ny asseurance, tellement qu'il les
presse fort d'estre payé, ce que les autres voyans,
et craignans d'estre arrestez, en vertu du privilege
aux bourgeois de Paris, furent d'advis de s'en aller
sans payer, ce qu'ils firent une belle nuict, sans
dire adieu, et vindrent loger au faux-bourg Sainct-
Germain[1]. L'hostesse, qui pensa le lendemain aller

1. Nous avons déjà dit (t. IV, p. 151) combien, depuis
longtemps déjà, il y avoit dans le fauhourg Saint-Germain
d'hôtels garnis, de chambres de louage, d'auberges de
toutes sortes. Tout le monde s'y faisoit logeur. Ainsi La
Planche nous dit que La Renaudie s'étoit retiré chez l'a-
vocat des Avenelles, « qui tenoit maison garnie à Saint-
Germain-des-Prez, à la mode communément usitée à Paris. » (Estat de la France, t. I, p. 110.) Il y avoit mieux
encore: lorsque les grands seigneurs étoient absents, les

faire les licts des chambres, ne s'estonna pas de ce
qu'ils n'y estoient pas pour lors, parce que souvent
ils se rendoient invisibles ; mais ce qui luy fist croire
que c'estoient des trompeurs qui s'en estoient allez
pour ne point revenir, fut qu'ils avoient emportez
tous les draps des licts.

Ceste femme, doublement affligée de la perte de
son linge et de ses loyers, ne peut se tenir de
crier. Le mary monte, qui ne sceust que dire, sinon
qu'il commanda à sa femme de se taire, de crainte
que l'on ne decouvrist qu'ils avoient logé et recelé
telles sortes de gens sans en advertir le commis-
saire du quartier[1]. Tout ce que les pauvres gens
peurent faire, ce fut de les maudire : O diable soit
donné les invisibles! La peste estrangle ces volleurs-
là! Malle mort saisisse tels affronteurs! Et d'autres

concierges avoient permission de louer garnis, au jour le
jour, les hôtels restés vacants. (*Relat. des ambassad. véni-
liens*, dans les *Docum. inéd.*, t. II, p. 609). Il est question
dans l'Estoille d'un loueur de chambres du faubourg Saint-
Germain nommé Robert, t. II, p. 388.

1. C'étoit un usage qui nous venoit de Rome. On sait,
par un passage du *Satyricon*, que chaque soir un licteur
de l'édile faisoit la visite des auberges, pour savoir
quels gens s'y trouvoient. Marco-Polo dit avoir vu une
mesure du même genre en vigueur dans les états du grand
Khan. (V. notre *Histoire des hôtelleries et cabarets*, t. I,
p. 130.) L'ordonnance de Henri III de 1579 avoit statué
que les aubergistes ne pourroient loger plus d'un jour les
gens sans aveu. En 1635, on alla plus loin : par règlement daté du 30 mars, défense fut faite de leur donner
asile, sous peine de confiscation. (De Lamare, *Traité de
la police*, t. I, tit. 5, ch. 9.)

parolles semblables, desquelles les autres s'engrais-
sent. Voila l'invisibilité de nos invisibles de Maretz
du Temple aux faux-bourgs S. Germain.

Essans aux faux-bourgs S. Germain des prez,
chez un Italien maquereau [1] signalé si jamais il en
fust, et se voyans privez de tout secours humain,
et mesme de l'execution des promesses du nigromencien, confirmées par Astarot, de ne les laisser
jamais la bourse vuide, et que leurs enseignemens
ne leur apportoient aucun profit, parce qu'il ne venoit
vers eux que des volontaires, des frippons et des
vagabonds qui n'ont rien que la cappe et l'espée,
ils resolurent que l'un d'eux s'iroit à Lyon pour se
plaindre au negromencien de leur necessité. L'un
doncques y fut, qui, au lieu d'estre le bien venu,
receut mille paroles injurieuses de leur maistre ;
et pour couronner leur fin finale, il luy dit : « Va,
et dit à tes compagnons que pour avoir manqué
en leur debvoir, ils ont encouru l'ire et l'indignation
du Très Hault, qui est le seul subject pour lequel
ils ont esté habandonnez, et que toy et eux se pre-
parent à la mort, car le temps est plus proche qu'ils
ne pensent.»

Voila nostre invisible bien estonné, qui raconte
à ses compagnons plustost la mort que la vie, plustost la misère d'une eternelle pauvreté que non pas
l'esperance de paroistre riches et puissans comme

---

1. Il y avoit beaucoup de gens de cette espèce au faubourg Saint-Germain, surtout dans la partie où se trouvoient les maisons bâties par la reine Marguerite. (V. t. 1,
p. 207.)

ils espéroient; la colère les transporte, le desespoir les prend, la rage les saisit, et n'ont devant les yeux que l'effroy et l'espouventement. Ils voudroient bien se recognoistre et former un appel contre ce qu'ils ont contracté et signé, mais le sang de leurs veynes paroist à leurs yeux, mille diables sont devant eux, la misericorde de Dieu, qu'ils ont-delaisée, leur eschappe, et les boute-feux des demons enragez sont prests d'executer le decret de l'enfer.

En ces perplexitez et premiers tintamarres, l'Italien monte en hault pour sçavoir l'origine de leur mal; mais l'excuse qu'ils prindrent fut qu'ils luy dirent qu'ils estoient fachez de ce qu"ils ne pouvoient luy donner de l'argent sitost qu'ils desiroient, parce qu'ils avoient une lettre d'eschange de mil escus à prendre à Lyon, chez Particelles et Sello [1], qui avoient fait banqueroutte, et que ceste banqueroutte estoit la cause de leur deüil. L'Italien leur dit qu'ils ne se faschassent point pour cela et qu'il auroit encore patience.

Mais ce n'estoit pas là où le mal les tenoit, car plus ils retardent l'execution de la volonté du diable leur maistre auquel ils se sont donnez, et avec lequel ils ont contracté par l'entremise de Respuch, negromencien, leur cœur est epoinçonné de fureur, il n'y a partie en leurs corps qui ne sente

1. C'étoient de ces banquiers italiens dont il y avoit un si grand nombre à Lyon dès le temps de François Ier, et qui, après avoir fait leur fortune, vinrent grands seigneurs à Paris. (V. sur la banque de Lyon, notre t. II, p. 159.) Le Particelle dont il est ici parlé est le père de Particelli d'Emery.

de la douleur, et la plus grande douleur qui les tal-
lonne est de la meffiance qu'ils ont de la misericorde
de Dieu. Ils cognoissent leur faute et ne peuvent
demander pardon, parce que la presence des demons les estonne de telle sorte qu'il semble que
s'ils ouvroyent la bouche pour interceder la clemence de Dieu, qu'incontinant ils auroient le col
tors. Enfin, privé de secours et divin et humain,
ils concluent de sortir le faux-bourgs S. Germain,
afin de ne point donner à cognoistre publiquement
la detestable fin de leurs jours. C'est ordinairement
ce que font ceux qui ont fait paction avec les diables, de sortir de leurs maisons lorsque le temps
contracté est finy, afin de ne point donner mauvais
augure à leurs parens et à leurs voisins de l'estat
malheureux où ils meurent.

Estans sortis de leur chambre, ils prennent le
chemin de Vaugirard, passent le Visage sur les six
heures du soir, et de là vont sur les côtes des montagnes qui sont entre Meudon et Seure. Là ils se pre-
parent de recevoir la mort ou quelque respit de vie;
mais de respit il n'en faut point parler, car le diable,
qui sçavoit des-ja qu'ils avoient ballancé pour im-
plorer la misericorde de Dieu, n'avoit garde de leur
donner du temps pour perdre sa proie. Astarot parust devant eux, non pas en ange de lumière,
comme il avoit fait lors de la ratification de l'accord, pour ne les point estonner, ains avec une
presence affreuse et du tout espouvantable, accom-
pagné d'un million de demons qui environnoient
ces pauvres gens de tous costez. Hé bien! dit Astarot, vous avez esté curieux de sçavoir la science

des langues estrangères et de vous rendre invisibles
par tout; il est temps de satisfaire et recompenser
la peine de vos precepteurs et conducteurs. » Ces
pauvres gens, effrayez non seullement de la parole, mais de la quantité des demons qui les environnoient, ne sceurent que respondre. Les articles
entr'eux accordez leur sont representez; ils cognoissent la signature de leur sang; leur ame,
qu'ils croyoient mourir avec le corps, ou que le
corps fust sans ame, commence à les convaincre
d'infidelité.

Pendant ces tristes discours, matines sonnent au
novicial des capucins de Meudon, et au son de ceste
cloche il se fait un tremblement de terre au lieu où
les demons estoient, qui font lever une bourrasque
de vent qui enlève en corps et en ame les six curieux, qui de visibles devinrent invisibles. Voila
la fin deplorable que la curiosité apporte bien souvent.

Il ne faut point que le lecteur s'estonne de ceste
histoire tragique; le diable en a joüé et en joüe
tous les jours de plus sanglantes. On ne sçait pas
tous ceux qui ont des grimoires, ny tous les enchanteurs, ny tous ceux qui font des horoscopes,
qui est une espèce de magie, ny la fin miserable
de telles sortes de gens, parce que, leur temps
venu, ils se retirent hors de leur maison, et vont
sans compagnie satisfaire à la justice du diable.

Il ne faut point aussi que le lecteur revoque en
doubte que non seullement dans Paris, mais par
toutes les villes capitales de France, il y a des personnes qui sont pires que les diables, personnes

qui se joüent à la plotte de l'immortalité de l'âme, et
qui croyent et enseignent que l'ame est mortelle
comme le corps ; mais, helas ! qui passent bien plus
outre, soustenans qu'il n'y a point de Dieu. Les
diables connaissent un Dieu et ne peuvent rien faire
sans son commandement, et cognoissent l'immortalité de l'ame, et partant ces hommes la sont pires
que les diables, pires que les anabaptistes, qui disent que le corps estant mort et mis dans le tombeau, l'ame de ce corps demeure vivante dans ce
mesme tombeau, à costé du corps, attendant la
resurrection d'iceluy pour se remettre dedans. Les
Grécs, antiens payens et infidelles, ont escrit que
les heroes sont les ames des hommes valeureux,
qui, par leurs vertus et merites, après leur trepas
montent à un degré plus auguste et une condition
plus approchante de la divinité que ne sont les com-
muns personages.

Je ne veux point m'estendre sur la justification
de la preuve de l'immortalité de l'ame, car elle est
plus clair que ce qui paroist à noz yeux. Les ca-
hiers saincts en sont remplis ; sainct Augustin le
chante assez, et l'Eglise, espouse de Dieu, en a la
parfaite cognoissance. Je concluray donc, en chrestien, par les regrets que je reçois en l'ame de voir
tant de pauvres esprits curieux se precipiter d'eux
mesmes dans le gouffre de l'enfer. D'aller chercher
l'essence de Dieu, c'est vouloir mettre l'eau de la
mer dans un demy septier ; et l'immortalité de
l'ame, c'est vouloir rendre un verre plus fort qu'un
rocher. Bien heureux sont ceux qui, despoüillez de
telles curiositez, se contentent seullement de croire

ce que l'Eglise croit, et s'efforcent d'executer les commandemens de Dieu et de l'Eglise ; bien heureux sont les pauvres d'esprit , puisque le plus souvent nous voyons abysmer dans les ondes infernales les doctes et les plus relevez en doctrines.

Mais afin que ce petit discours puisse destourner les curieux de telle curiosité, ou qu'il puisse profiter à ceux qui sont des-ja escripts dans la capitulation du diable, unissons nous tous d'un commun accord pour presenter nos prières à Dieu à ce qui luy plaise nous destourner de cet ambition de sçavoir tout, et de tout ne sçavoir rien, et que par sa grace il inspire à repentance ceux qui ont contracté et sont sur les poincts de contracter avec les demons pour perdre et leur corps et leur ame. Dieu commande au diable, et quoy que le diable ait la promesse d'une creature, signée et escripte de son sang, on le contrainct de la rapporter, et ce n'est pas la centiesme qu'il a rendue par les suffrages et les exorcismes de l'Eglise. Nous y sommes obligez puisqu'ils sont noz prochains, et s'ils sont indignes de noz prières, elles serviront à autre fin. Ainsi soit-il.

FIN.

La Journée des Dupes[1].

Il y a bien des choses importantes, curieuses et très particulières arrivées pendant le sejour de la Cour à Lyon, sur
lesquelles on pourroit s'etendre, et qui
preparèrent peu à peu l'evenement qui va être pre-

1. Cette relation est du duc de Saint-Simon, à qui son
père, l'un des principaux acteurs dans cette affaire, en
avoit raconté les détails. On ne la trouve jointe à aucune édition de ses *Mémoires*, pas même à la dernière,
dont la publication n'est terminée que depuis quelques
mois. Elle y eût cependant figuré avec avantage, je dirai
même qu'elle y étoit indispensable comme pièce justifica-
tive du premier volume. Elle explique en effet, et complète,
comme on le verra, ce passage du chapitre IV des *Mémoires* (édit. Hachette, in-18, t. I, p. 34) : « Je serois
trop long, dit Saint-Simon, si je me mettois à raconter
bien des choses que j'ai sues de mon père, qui me font
bien regretter mon âge et le sien qui ne m'ont pas permis
d'en apprendre davantage. » Il ne faut pas oublier ici que
lorsque Saint-Simon vint au monde, son père avoit soixante-
huit ans, et que par conséquent le temps dut manquer aux

senté, auquel il faut venir sans s'arrêter aux preli-
minaires. Il suffira de dire qu'il n'y fut rien oublié
pour perdre le cardinal de Richelieu, et que le roy
entretint la reyne d'esperances, sans aucune positive, la remettant à Paris pour prendre resolution
sur une demarche aussi importante.

Soit que la reyne, c'est toujours de Marie de Me-
dicis dont on parle, comprist qu'elle n'emporteroit
pas encore la disgrâce du cardinal, et qu'elle avoit

confidences paternelles : « Je ne m'arrêterai point, ajoute-
t-il, à la fameuse *Journée des Dupes*, où il eut le sort du
cardinal de Richelieu entre les mains, parce que je l'ai
trouvée dans..., toute telle que mon père me l'a racontée.
Ce n'est pas qu'il tînt en rien au cardinal de Richelieu,
mais il crut voir un précipice dans l'humeur de la reine-
mère et dans le nombre de gens qui par elle prétendoient
tous à gouverner. Il crut aussi, par les succès qu'avoit
eus le premier ministre, qu'il étoit bien dangereux de
changer de main dans la crise où l'État se trouvoit alors
au dehors, et ces vues seules le conduisirent. » Ce qu'on
va lire confirme tout ce qu'il dit ici. Mais à quelle relation
du même événement fait-il allusion dans cette phrase :
« Je ne m'arrêterai point à la *Journée des Dupes...*, parce
que je l'ai trouvée dans..., toute telle que mon père me
l'a racontée? » Tous les éditeurs se contentent de dire que
le nom qui se trouvoit après *dans* a été gratté sur le manuscrit. C'étoit une belle occasion de mettre leur sagacité
à l'épreuve; ils ne l'ont pas saisie. Aucun n'a pris la
peine de chercher quel est celui des historiens de ce
règne dont la relation de cette affaire avoit si bien l'assen-
timent de Saint-Simon, qu'il crût à cause d'elle pouvoir
se dispenser d'en écrire une nouvelle dans ses *Mémoires*.
Ma curiosité n'a pas été aussi indolente. La connaissance
que j'avois du récit dont Saint-Simon pouvoit bien ne pas

encore besoin de tems et de nouveaux artifices pour
y reussir ; soit que, desesperant, elle se fust enfin
resolue au raccommodement ; soit qu'elle ne l'eust
feint que pour faire un si grand eclat qu'il effrayast
et entraînast le roy ; ou que, sans tant de finesse,
son humeur etrange l'eust seule entraînée sans dessein precedent, elle declara au roy, en arrivant à
Paris, que, quelque mecontentement extrême
qu'elle eust de l'ingratitude et de la conduite du

vouloir grossir son chapitre IV, mais qu'il avoit écrit cependant, m'excitoit d'ailleurs à chercher, puisque dans
la coïncidence des deux relations je devois trouver une
preuve de plus de l'authenticité de celle du duc. Mes recherches n'ont pas été vaines. C'est à Leclerc que revient
l'honneur fort rare d'avoir fait un récit qui satisfaisoit
complétement Saint-Simon, et dans lequel il ne voyoit ni
rien à ajouter, ni rien à contredire. Ce qu'on lit dans son
ouvrage *La Vie d'Armand-Jean, cardinal-duc de Richelieu*,
1724, in-12, t. II, p. 100-103, est en effet, sauf la forme bien
entendu, et quelques détails, d'une identité parfaite avec ce
qu'on va lire. Si cette preuve n'étoit pas suffisante, j'en trou-
verois une plus décisive encore dans ce passage de l'*Histoire
de Louis XIII* par le P. Griffet (1758, in-4, II, 66). Après
avoir dit que plusieurs historiens de ce temps, et il veut parler de Montglat et de Fontenay-Mareuil, avoient prétendu
qu'à la *Journée des Dupes* ce fut le cardinal La Valette qui
persuada à Richelieu de se rendre à Versailles, il ajoute :
« D'autres disent que le roi lui fit dire de s'y rendre, et
le témoignage de Monsieur le duc de Saint-Simon, propre
fils du favori de Louis XIII, qui avoit entendu souvent
raconter à son père l'histoire de cette fameuse résolution,
ne permet pas d'en douter. Ce seigneur vivoit en 1754, et
c'est d'après ce qu'il nous a dit lui-même que nous allons
en poursuivre le récit. » Griffet ne s'en tint cependant pas

cardinal de Richelieu et des siens à son egard, elle
avoit enfin gagné sur elle de lui en faire un sacrifice, et de les recevoir en ses bonnes grâces, puisqu'elle luy voyoit tant de repugnance à le renvoyer, et tant de peine à voir sa mère s'exclure du
conseil à cause de la presence de ce ministre, avec
qui elle ne feroit plus de difficulté de s'y trouver
desormais, par amitié et par attachement pour luy,
roy.

à ce qu'il avoit appris de Saint-Simon. Il y a quelques
différences entre ce qui se trouve dans son *Histoire* et la
narration du duc. Cela seroit assez naturel si elle ne lui
avoit été faite que verbalement, mais nous savons par une
note qu'il en connut la rédaction manuscrite. La confiance
lui manqua sans doute ; il voulut s'appuyer d'autres té-
moignages, et je crois qu'il eut tort. Voici cette note, ana-
lyse complète du récit de Saint-Simon, et qui pourra nous
servir de sommaire : « Ce seigneur (Saint-Simon), dit
Griffet, avoit composé une relation particulière de cet
événement, dont nous avons vu une copie manuscrite, et
prise exactement sur l'original : il y contredit, en divers
points, les memoires et les histoires du temps ; et, se fon-
dant sur le témoignage de son père, il assure : 1º que la
reine-mère ayant promis au roi de rendre ses bonnes
grâces à la marquise de Combalet et au cardinal, le roi
leur fit dire de se trouver, le 11 au matin, à la toilette de
la reine ; que la marquise de Combalet s'y présenta la
première, et que la reine, en la voyant, oublia la parole
qu'elle avoit donnée, et se mit à l'accabler d'injures et de
reproches, en présence du roi, qui en fut indigné, et de
Saint-Simon, son favori, qui fut seul admis à cette entrevue ; que le cardinal, étant venu ensuite, ne fut pas mieux
traité que sa nièce, et que le roi, sans rien dire à son
ministre, qui se crut perdu, retourna promptement à

Cette declaration fut reçue du roy avec une
grande joie, et comme la chose qu'il desiroìt le
plus et qu'il esperoit le moins, et qui le delivroit
de l'odieuse necessité de choisir entre sa mère et
son ministre. La reyne poussa la chose jusqu'à
l'empressement, de sorte que le jour fut pris au
plus prochain (car on arrivoit encore de Lyon[1], les

l'hôtel des Ambassadeurs, où, étant entré dans son cabinet, seul avec Saint-Simon, il se jeta sur un lit de repos, et qu'un instant après tous les boutons de son pourpoint *sautèrent à terre*, *tant il étoit gonflé de colère* : circonstance qui ne paroît guère vraisemblable ; qu'ensuite
il consulta son favori, qui lui parla fortement en faveur
du cardinal ; et que le roi, étant résolu d'aller ce jour-là à
Versailles, chargea Saint-Simon d'envoyer dire au cardinal de s'y trouver. »

Tout cela se retrouve plus loin, y compris la phrase même
dont s'étonne Griffet. M. Monmerqué avoit lu ce que celui-
ci vient de dire, et lorsqu'il publia les *Mémoires* de Fontenay-
Mareuil, dans la 2e série de la collection Petitot, il eut
grand regret de ne pouvoir confronter le récit qui s'y trouve
des mêmes faits avec celui de Saint-Simon, d'autant plus
que ce dernier contredit l'autre continuellement. M. A.
Cochut, qui possédoit en orignal la relation de Saint-
Simon, voyant, par le regret de M. Monmerqué, combien
ce document faisoit défaut, en donna communication à la
Revue des Deux-Mondes, où il fut inséré dans le numéro
du 15 novembre 1834, p. 414-421. Ce recueil, étant plus
littéraire qu'historique, ne put faire parvenir, à ceux
qu'elle intéressoit surtout, la précieuse pièce. Elle y étoit
donc si bien cachée, et presque perdue, que M. Cheruel
ne l'y découvrit pas. Nous avons eu plus de bonheur, et
nos lecteurs nous sauront gré de leur en faire part.

1, Au retour de l'expédition de Savoie, dont le princi-

uns après les autres), auquel jour le cardinal de Richelieu et sa nièce de Combalet[1], dame d'atours de la reyne, viendroient, à sa toilette, recevoir le pardon et le retour de ses bonnes graces. La toilette alors, et longtems depuis, etoit une heure où il n'y avoit ny dames ny courtisans, mais des personnes en très petit nombre, favorisées de cette entrée, et ce fut par cette raison que ce tems fut choisi. La reyne logeoit à Luxembourg, qu'elle venoit d'achever[2], et le roy, qui alloit et venoit à Versailles[3], s'etoit etabli à l'hôtel des Ambassa-

pal fait d'armes se trouvera raconté par Saint-Simon, dans le fragment qui suivra celui-ci. Le roi, arrivé à Lyon le 7 septembre, y étoit resté deux mois, pour se reposer d'abord, puis retenu par la maladie qui le prit à la fin de septembre et mit sa vie en grand danger. C'est cette maladie du roi qui permit aux ennemis du cardinal toutes sortes de manœuvres en leur inspirant toutes sortes d'espérances, auxquelles ils ne voulurent pas renoncer, lorsque le retour du roi à la santé les auroit dû mettre à néant.

1. Nièce du cardinal de Richelieu. V. plus haut, p. 42, notes 1 et 2.

2. Il y avoit toutefois déjà dix ans, en 1630, que le Luxembourg étoit achevé. « Les fondemens, dit Piganiol (*Descript. de Paris*, 1765, in-8, t. VII, p. 162), en furent jetés en 1615, et, quoiqu'on y travaillât sans discontinuation, il ne fut achevé qu'en 1620. » Quatre ans après, il en paraissoit un très curieux et magnifique éloge dans la troisième des *Satyres* du sieur du Lorens (1624, in-8, p. 17.)

3. A cause de la chasse, dont c'étoit la saison, puisqu'on étoit alors au commencement de novembre. Il n'y avoit que quatre ans tout au plus que Louis XIII avoit

deurs [1] extraordinaires, rue de Tournon, pour être plus près d'elle.

Le jour venu de ce grand raccommodement, le roy alla à pied de chez luy chez la reyne. Il la trouva seule à sa toilette, où il avoit été resolu que les plus privilegiés n'entreroient pas ce jour-là : en sorte qu'il n'y eut que trois femmes de chambre de la reyne, un garçon de chambre ou deux,

achevé de construire, ou plutôt de remettre à neuf le petit château de Versailles, qu'il avoit acquis, moyennant cinquante mille écus, de Jean Soisy. Le Beuf. (*Hist. du diocèse de Paris*, t. VII, p. 307.) On n'eût pas dit que c'étoit un château royal, tant il étoit d'apparence modeste : « Nul gentilhomme, disoit Bassompierre en 1626, dans son discours aux notables, n'en voudroit tirer vanité. » Quatre pavillons, unis par trois corps de bâtiment; un péristyle à colonnes, surmonté d'une galerie et joignant ensemble les deux pavillons de l'est, le tout en briques; tout autour un large fossé, et derrière un parc, qui ne fut agrandi que lorsqu'en 1632 le roi eut acheté et fait démolir le vieux castel des Loménie et des Gondi : tel étoit alors le château de Versailles. Louis XIV le respecta : « Sa Majesté, dit Félibien, a eu cette piété pour la mémoire du feu roi son père de ne rien abattre de ce qu'il avoit fait bâtir. » Mansard, qui résistoit, dut se soumettre, et le vieux château de briques resta comme enchâssé dans le nouveau. On le voit encore avec sa rouge façade qui regarde de haut l'avenue de Paris. Au devant se trouve la *cour de marbre*, qu'on appela ainsi lorsque Louis XIV l'eut fait paver « d'un marbre blanc et noir, avec des bandes de marbre blanc et rouge ».

1. C'étoit l'hôtel qui avoit appartenu auparavant au maréchal d'Ancre, et dont il a été parlé déjà, t. IV, p. 30. On y logeoit les ambassadeurs extraordinaires.

et qui que ce soit d'hommes, que le roy et mon
père, qu'il fît entrer et rester[1]. Le capitaine des
gardes même fut exclu. Madame de Combalet,
depuis duchesse d'Aiguillon, arriva comme le roy
et la reyne parloient du raccommodement qui s'alloit faire en des termes qui ne laissoient rien à desirer, lorsque l'aspect de madame de Combalet
glaça tout à coup la reyne. Cette dame se jeta à ses
pieds avec tous les discours les plus respectueux,
les plus humbles et les plus soumis. J'ai ouï dire à
mon père, qui n'en perdit rien, qu'elle y mit tout
son bien-dire et tout son esprit, et elle en avoit
beaucoup. A la froideur de la reyne, l'aigreur suc-
ceda, puis incontinent la colère, l'emportement, les
plus amers reproches, enfin un torrent d'injures, et
peu à peu de ces injures qui ne sont connues
qu'aux halles. Aux premiers mouvements, le roy
voulut s'entremettre; aux reproches, sommer la
reyne de ce qu'elle luy avoit formellement promis,
et sans qu'il l'en eust priée; aux injures, la faire
souvenir qu'il etoit present, et qu'elle se manquoit
à elle-même. Rien ne peut arrêter ce torrent. De
fois à autre, le roy regardoit mon père et lui faisoit
quelque signe d'etonnement et de depit; et mon
père, immobile, les yeux bas, osoit à peine et ra-
rement les tourner vers le roy comme à la derobée.
Il ne contoit jamais cette enorme scène qu'il n'a-
joutast qu'en sa vie il ne s'etoit trouvé si mal à son
aise. A la fin, le roy, outré, s'avança, car il etoit
demeuré debout, prit madame de Combalet, tou-

1. Saint-Simon étoit alors grand-écuyer et le favori en
titre.

jours aux pieds de la reyne, la tira par l'epaule, et
luy dit en colère que c'etoit assez en avoir entendu,
et de se retirer. Sortant en pleurs, elle trouva le
cardinal, son oncle, qui entroit dans les premières
pièces de l'appartement. Il fut si effrayé de la voir
en cet etat, et tellement de ce qu'elle luy raconta,
qu'il balança quelque tems s'il s'en retourneroit.

Pendant cet intervalle, le roy, avec respect, mais
avec depit, reprocha à la reyne son manquement
de parole donnée de son gré, sans en avoir eté sollicitée, luy s'etant contenté qu'elle vist seulement
le cardinal de Richelieu au conseil, non ailleurs,
ny pas un des siens; que c'etoit elle qui avoit voulu
les voir chez elle, sans qu'il l'en eust priée, pour leur
rendre ses bonnes grâces; au lieu de quoi elle venoit de chanter les dernières pouilles à madame de
Combalet, et de luy faire, à luy, cet affront.

Il ajouta que ce n'etoit pas la peine d'en faire autant au cardinal, à qui il alloit mander de ne pas
entrer. A cela, la reyne s'ecria que ce n'etoit pas la
même chose; que madame de Combalet lui etoit
odieuse [1] et n'estoit utile à l'Estat en rien, mais que
le sacrifice qu'elle vouloit faire, de voir et pardon-
ner au cardinal de Richelieu, etoit uniquement

1. S'il falloit en croire l'histoire secrète des amours du
cardinal de Richelieu avec Marie de Médicis et Mme de Combalet publiée en 1805 dans les *Souvenirs* du comte de Cay-
lus, puis par Auguis dans les *Révélations indiscrètes du dix-
huitième siècle*, cette haine de Marie de Médicis auroit eu la
jalousie pour cause, Mme de Combalet, toujours d'après
ce récit scandaleux, ayant enlevé à la reine-mère l'amour
du cardinal, son oncle.

fondé sur le bien des affaires, pour la conduite
desquelles il croyoit ne pouvoir s'en passer, et qu'il
alloit voir qu'elle le recevroit bien. Là dessus, le
cardinal entra, assez interdit de la rencontre qu'il
venoit de faire. Il s'approcha de la reyne, mit un
genou à terre, commença un compliment fort soumis. La reyne l'interrompit et le fit lever assez
honnêtement. Mais, peu après, la marée commença
à monter : les secheresses, puis les aigreurs vinrent ; après les reproches et les injures très asse-
nées, d'ingrat, de fourbe, de perfide et autres gen-
tillesses, qu'il trompoit le roy et trahissoit l'Estat,
pour sa propre grandeur et des siens ; sans que le
roy, comblé de surprise et de colère, pust la faire
rentrer en elle-même et arrêter une si etrange
tempête ; tant qu'enfin elle le chassa et luy defen-
dit de se presenter jamais devant elle. Mon père,
que le roy regardoit de fois à autre comme à la
scène precedente, m'a dit souvent que le cardinal
souffroit tout cela comme un condamné, et que luy-
même croyoit à tous instants rentrer sous le par-
quet. A la fin le cardinal s'en alla. Le roy demeura
fort peu de temps après luy, à faire à la reyne de
vifs reproches, elle à se defendre fort mal ; puis il
sortit, outré de depit et de colère. Il s'en retourna
chez luy, à pied, comme il etoit venu, et demanda
en chemin à mon père ce qu'il luy sembloit de ce
qu'il venoit de voir et d'entendre. Il haussa les
epaules et ne repondit rien.

La Cour, et bien d'autres gens considerables de
Paris s'etoient cependant assemblés à Luxembourg
et à l'hôtel des Ambassadeurs pour faire leur cour,

et par la curiosité de cette grande journée de raccommodement sçue de bien des personnes, mais
dont, jusqu'alors, le succès etoit ignoré de tous
ceux qui n'avoient pas rencontré madame de Com--
balet, ou lu dans son visage. Le sombre de celuy
du roy aiguisa la curiosité de la foule qu'il trouva
chez luy. Il ne parla à personne, et brossa droit à
son cabinet, où il fit entrer mon père seul, et luy
commanda de fermer la porte en dedans et de n'ouvrir à personne.

Il se jeta sur un lit de repos, au fond de ce cabinet, et, un instant après, tous les boutons de son
pourpoint sautèrent à terre, tant il etoit gonflé
par la colère[1]. Après quelque temps de silence,
il se mit à parler de ce qui venoit de se passer.
Après les plaintes et les discours, pendant lesquels
mon père se tint fort sobre, vint la politique, les
embarras, les reflexions. Le roy comprit plus que
jamais qu'il falloit exclure du conseil et de toute
affaire la reyne, sa mère, ou le cardinal de Richelieu; et, tout irrité qu'il fust, se trouvoit combattu

---

1. C'est cette circonstance que le P. Griffet trouve peu
vraisemblable. Leclerc, dont encore une fois le récit est,
sauf quelques particularités, tout à fait conforme à celui-
ci, se contente de dire : « Ayant déboutonné son juste au
corps, il (le roi) se jeta sur le lit, et dit à Saint-Simon
qu'il se sentoit comme tout enflammé.» Ce débraillé, quelle
qu'en fût la cause, étoit nécessaire au roi. Le mal dont il
avoit failli mourir tout dernièrement à Lyon étoit, dit Leclerc, « une apostume dans le mesentère qui lui faisoit
enfler le ventre », et il est assez naturel qu'il ne pût encore supporter longtemps un vêtement serré.

entre la nature et l'utilité, entre les discours du
monde et l'experience qu'il avoit de la capacité de
son ministre. Dans cette perplexité, il voulut si absolument que mon père lui en dist son avis, que
toutes ses excuses furent inutiles. Outre la bonté et
la confiance dont il luy plaisoit de l'honorer, il savoit très bien qu'il n'avoit ny attachement, ny eloignement pour le cardinal, ny pour la reyne, et
qu'il ne tenoit uniquement et immediatement qu'à
un si bon maître, sans aucune sorte d'intrigue ny
de parti[1].

Mon père fut donc forcé d'obeir. Il m'a dit que,
prevoyant que le roy pourroit peut-être le faire
parler sur cette grande affaire, il n'avoit cessé d'y
penser depuis la sortie de Luxembourg jusqu'au
moment que le roy avoit rompu le silence dans son
cabinet.

Il dit donc au roy qu'il etoit extrêmement fâché
de se trouver dans le detroit forcé d'un tel choix;
que Sa Majesté sçavoit qu'il n'avoit d'attachement
de dependance que de luy seul; qu'ainsi, vuide de
tout autre passion que de sa gloire, du bien des
affaires, de son soulagement dans leur conduite, il

1. Saint-Simon, toutefois, avoit déjà prouvé qu'il étoit
dévoué au cardinal. Quand on avoit été sur le point de
désespérer des jours du roi, c'est à lui que Richelieu s'é-
toit confié pour se tirer du péril dans lequel cette mort pourroit le jeter. « Le cardinal, dit Leclerc, pria Saint-Simon,
grand-écuyer, qui ne bougeoit d'auprès de la personne du
roi, de porter Sa Majesté à avoir quelque soin de son
premier ministre. » (*Vie d'Armand-Jean, cardinal-duc de
Richelieu*, 1724, in-12, t. II, p. 98.)

luy diroit franchement, puisqu'il le luy commandoit
si absolument, le peu de reflexions qu'il avoit faites
depuis la sortie de la chambre de la reyne, confor-
mes à celles que luy avoient inspirées les prece-
dents progrès d'une brouillerie qu'il avoit craint
de voir conduire à la necessité du choix, où les
choses en etoient venues.

Qu'il falloit considerer la reyne comme prenant
aisement des amitiés et des haines, peu maîtresse
de ses humeurs, voulant, neanmoins, être maîtresse
des affaires, et quand elle l'etoit en tout ou en partie, se laissant manier par des gens de peu, sans
experience ny capacité, n'ayant que leur interêt;
dont elle revêtoit les volontés et les caprices, et les
fantaisies des grands qui courtisoient ces gens de
peu, lesquels, pour s'en appuyer, favorisoient leurs
interêts et souvent leurs vues les plus dangereuses
sans s'en apercevoir : que cela s'etoit vu sans cesse
depuis la mort de Henry IV; et sans cesse aussi,
un goût en elle de changement de serviteurs et de
confidents de tout genre ; n'ayant longuement conservé personne dans sa confiance, depuis le marechal et la marechale d'Ancre, et faisant souvent de
dangereux choix; que se livrer à elle pour la conduite de l'Estat seroit se livrer à ses humeurs, à ses
vicissitudes, à une succession de hazards de ceux
qui la gouverneroient, aussi peu experimentés ou
aussi dangereux les uns que les autres, et tous in-
satiables : qu'après tout ce que le roy avoit essuyé
d'elle et dans leur separation, et dans leur raccommodement, après tout ce qu'il venoit de tenter et
d'essayer dans l'affaire presente, il avoit rempli le

devoir d'un bon fils au delà de toute mesure, que sa
conscience en devoit être en repos, et sa reputation
sans tache devant les gens impartiaux, quoi qu'il
pust faire desormais ; enfin que sa conscience et sa
reputation, à l'abri sur les devoirs de fils, exigeoient
de luy avec le même empire qu'il se souvint de ses
devoirs de roy, dont il ne compteroit pas moins à
Dieu et aux hommes; qu'il devoit penser qu'il avoit
les plus grandes affaires sur les bras, que le parti
protestant fumoit encore, que l'affaire de Mantoue
n'etoit pas finie [1] ; enfin que le roi de Suède, attiré
en Allemagne par les habiles menées du cardinal, y
etoit triomphant, et commençoit le grand ouvrage
si necessaire à la France, de l'abaissement de la
maison d'Autriche (il faut remarquer que le roy de
Suède etoit entré en Allemagne au commencement
de cette même année 1630, et qu'il y fut tué à la
bataille de Lutzen, le 16 novembre 1632); que Sa
Majesté avoit besoin, pour une heureuse suite de
ces grandes affaires, et pour en recueillir les fruits,
de la même tête qui avoit su les embarquer et les
conduire; du même qui, par l'eclat de ses grandes

1. C'est cette affaire où le duc de Savoie, soutenu par
l'empereur et les Espagnols, vouloit se donner le gros lot,
le duché de Mantoue, qui avoit motivé la dernière expédition de Louis XIII et sa conquête de toute la Savoie. Un
traité étoit intervenu, par l'entremise de Mazarin, qui entre
en scène pour la première fois comme négociateur au nom
du duc de Savoie. La paix étoit faite, mais, ainsi que le dit
fort bien le grand-écuyer, l'affaire n'étoit pas finie pour cela,
puisque les ennemis n'avoient pas encore évacué le duché
de Mantoue. Ils n'en partirent que le 27 novembre.

entreprises, s'etoit acquis la confiance des alliés de
la France, qui ne la donneroient pas à aucun autre
au même degré; et que les ennemis de la France,
ravis de se voir aux mains avec une femme et ceux
qui la gouvernoient, au lieu d'avoir affaire au même
genie qui leur attiroit tant de travaux, de peines et
de maux, triompheroient de joie d'une conduite si
differente, tandis que nos alliés se trouveroient
etourdis et peut-être fort ebranlés d'un changement
si important; que, quelque puissant que fust le genie de Sa Majesté pour soutenir et gouverner une
machine si vaste dont les ressorts et les rapports
necessaires etoient si delicats, si multipliés, si peu
veritablement connus, il s'y trouvoit une infinité
de details auxquels il falloit journellement suffire
dans le plus grand secret, avec la plus infatigable
activité, que ne pourroient pas leur nature, leur
diversité, leur continuité, devenir le travail d'un
roy; encore moins de gens nouveaux qui, en igno-
rant toute la batisse, seroient arrêtés à chaque pas,
et peu desireux, peut-être, par haine et par envie,
de soutenir ce que le cardinal avoit si bien, si
grandement, si profondement commencé. A quoi il
falloit ajouter l'esperance des ennemis, qui remon-
teroient leur courage à la juste defiance des alliés,
qui les detacheroit et les pousseroit à des traités
particuliers, dans la pensée que les nouveaux ministres seroient bientôt reduits à faire place à d'autres encore plus nouveaux, et de la sorte à un
changement perpetuel de conduite.

Ces raisons, que le roy s'etoit sans doute dites
souvent à luy-même, luy firent impression. Le

raisonnement se poussa, s'allongea, et dura plus de deux heures. Enfin, le roy prit son parti. Mon père le supplia d'y bien penser. Puis, l'y voyant très affermi, luy representa que, puisqu'il avoit resolu de continuer sa confiance au cardinal de Richelieu, et de se servir de luy, il ne devoit pas negliger de l'en faire avertir, parce que, dans l'estat et dans la situation où il devoit être, après ce qui venoit de se passer à Luxembourg, et n'ayant pas de nouvelles du roy, il ne seroit pas etonnant qu'il prist quelque parti prompt de retraite [1].

Le roy approuva cette reflexion, et ordonna à mon père de luy mander, comme de luy-même, de venir ce soir trouver Sa Majesté à Versailles, laquelle s'y en retournoit. Je n'ay point sçu, et mon père ne m'a point dit, pourquoi le message de sa part, et non de celle du roy : peut-être pour moins d'eclat et plus de menagement pour la reyne.

Quoi qu'il en soit, mon père sortit du cabinet et trouva la chambre tellement remplie qu'on ne pouvoit s'y tourner. Il demanda s'il n'y avoit pas là un

1. Saint-Simon savoit qu'en telle occurrence Richelieu n'ajournoit guère le moment de se mettre en sûreté, et qu'il en cherchoit au plus tôt les moyens. A Lyon, il y avoit songé, et avoit fait en sorte que le roi, tout mourant qu'il fût, y songeât pour lui. Le duc de Montmorency, à la prière de Louis XIII, avoit promis de mener Son Eminence en toute sûreté à Brouage. Ce n'étoit pas encore assez pour Richelieu : il avoit voulu s'assurer de Bassompierre et des Suisses. Bassompierre avoit refusé, et il le paya bientôt chèrement. Peu de temps après la *Journée des Dupes*, il étoit à la Bastille.

gentilhomme à luy. Le père du marechal de Tourville, qui etoit à luy, et qu'il donna depuis à monsieur le prince, comme un gentilhomme de merite
et de confiance, lors du mariage de monsieur son
fils avec la fille du marechal de Brezé[1], fendit la
presse et vint à luy. Il le tira dans une fenestre et
luy dit à l'oreille d'aller sur le champ chez le cardinal de Richelieu, luy dire de sa part qu'il sortoit
actuellement du cabinet du roy, pour luy mander
qu'il vinst ce soir même trouver sur sa parole le roy
à Versailles, et qu'il rentroit sur le champ dans le
cabinet, d'où il n'etoit sorti que pour luy envoyer
ce message. Il y rentra, en effet, et fut encore une
heure seul avec le roy.

A la mention d'un gentilhomme de la part de
mon père, les portes du cardinal tombèrent, quelques barricadées qu'elles fussent. Le cardinal, assis
tête-à tête avec le cardinal de La Vallette[2], se leva
avec emotion dès qu'on le luy annonça, et alla quel-

1. V. *Mémoires*, édit. Hachette, in-18, t. I, p. 36.
2. Suivant Leclerc, le gentilhomme envoyé par Saint-
Simon trouva Richelieu emballant ses papiers et ses meubles, pour se retirer à Brouage, dont il étoit gouverneur.
La Valette étoit avec lui, comme le dit Saint-Simon; mais
Leclerc, dont en cela la relation diffère un peu, ajoute
que ce cardinal alla chez le roi, vit Saint-Simon, qui lui
confirma toute l'affaire, puis Sa Majesté, qui lui dit :
« Monsieur le cardinal a un bon maître; allez lui dire que
je me recommande à lui et que sans délai il vienne à Versailles. » C'est à cause de cette démarche de La Valette
et des paroles du roi que le rôle principal a sans doute
été donné à ce cardinal dans plusieurs relations.

ques pas au devant de luy. Il ecouta le compliment, et, transporté de joie, il embrassa Tourville des deux côtés. Il fut le même jour à Versailles, où il arriva des Marillacs [1] le soir même, comme chacun sait [2].

1. Sur les Marillac, V. plus haut, p. 8 et 9. Michel, frère du maréchal, avoit les sceaux. Mandé le soir même à Glatigny, près de Versailles, il crut à un redoublement de fortune; mais le lendemain La Ville-aux-Clercs vint le trouver, se fit remettre les sceaux et l'emmena à Châteaudun.

2. Richelieu, sauvé par Saint-Simon, fut-il reconnaissant? Ecoutons les *Mémoires* du fils (t. I, p. 34): « Il n'est pas difficile de croire que le cardinal lui en sut un bon gré extrême, et d'autant plus qu'il n'y avoit aucun lien entre eux. Ce qui est plus rare, c'est que, s'il conçut quelque peine secrète de s'être vu en ses mains, et de lui devoir l'affermissement de sa place et de sa puissance, et le triomphe sur ses ennemis, il eut la force de le cacher si bien qu'il n'en donna jamais la moindre marque, et mon père aussi ne lui en témoigna pas plus d'attachement. Il arriva seulement que ce premier ministre, soupçonneux au possible, et persuadé sur mon père, par une expérience si décisive et si gratuite, alloit depuis à lui sur les ombrages qu'il prenoit. Il est souvent arrivé à mon père d'être réveillé en sursaut, en pleine nuit, par un valet de chambre, qui tiroit son rideau, une bougie à la main, ayant derrière lui le cardinal de Richelieu, qui s'asseyoit sur le lit, et prenoit la bougie, s'écriant quelquefois qu'il étoit perdu, et venant au conseil, et au secours de mon père sur des avis qu'on lui avoit donnés, ou sur des prises qu'il avoit eues avec le roi. »

Louis XIII au Pas de Suze [1].

O n a derobé à Louis XIII la gloire d'un genre d'intrepidité que n'ont pas tous les heros. Les Alpes etoient pleines de peste. Le roy, en y arrivant [2], se trouva logé dans une maison où elle etoit [3]. Mon père l'en avertit et l'en fit sortir. Celle où on le mit se trouva pareillement infectée. Mon père voulut encore l'en faire sortir. Le roy, avec une tranquillité parfaite,

1. Ce fragment est de Saint-Simon, comme le précédent, et vient de la même source. Il complète ce qu'on trouve sur le même sujet, au chapitre V des *Mémoires* (édit. Hachette, in-18, t. I, p. 39).

2. Le roi et le cardinal, qui vouloient en finir avec le duc de Savoie et ses prétentions sur Mantoue, étoient partis de Grenoble le 2 février 1629 pour se rendre au pied des Alpes, alors toutes couvertes de neige. (V. Bassompierre, anc. édit., t. II, p. 524; Vittorio Siri, t. VI, p. 603.)

3. Quand, l'année suivante, Louis XIII retourna en Savoie, la peste y étoit encore. (Leclerc, *Vie de Richelieu* t. II, p. 83, 97.)

lui repondit qu'à ce qu'il eprouvoit, il falloit que la
peste fust partout dans ces montagnes, qu'il devoit
s'abandonner à la Providence, ne penser plus à la
peste, et seulement au but où il tendoit : se coucha
et dormit avec la même tranquillité. Cette grandeur
d'âme n'etoit pas à oublier dans ce heros, si simple-
ment, si modestement, si veritablement heros en
tout genre. Quel bruit n'eût pas fait un tel trait dans
ses successeurs? Mais sa vie à luy n'etoit qu'un
tissu continuel de pareilles actions, variées suivant
les circonstances, qui echappoient par leur foule,
et dont sa modestie le detournoit saintement d'en
sentir le merite.

Or, voici le *Pas de Suze* [1], tel que mon père me
l'a plusieurs fois raconté, qui, entre autres vertus,
etoit parfaitement veritable.

Les barricades [2] reconnues furent estimées très
difficiles, et, tôt après, impossibles à forcer : les
trois marechaux [3], et ce qu'il y avoit de plus distin-

1. C'est le passage des Alpes, dont la ville de Suze do-
mine l'entrée, à la réunion des deux routes du mont Cenis
et du mont Genèvre.

2. « Les diverses ruses, dit Saint-Simon dans ses *Mémoires* (t. I, p. 38), suivies de toutes les difficultés mili-
taires que le fameux Charles-Emmanuel avoit employées
au délai d'un traité et à l'occupation de son duché de Savoie, l'avoient mis en état de se bien fortifier à Suse, d'en
empêcher les approches par de prodigieux retranchements
bien gardés, connus sous le nom de barricades de Suse,
et d'y attendre les troupes impériales et espagnoles, dont
l'armée venoit à son secours. »

3. Bassompierre, Créqui et Schomberg.

gué après eux, ou en grade, ou en merite et connoissance, furent de cet avis; et pour le moins autant qu'eux le cardinal de Richelieu. Ils le declarè-
rent au roi, qui en fut très choqué, et plus encore
quand le cardinal lui representa la necessité d'une
prompte retraite, par les raisons des lieux, des lo-
gements, des vivres, de la saison, qui feroient perir l'armée. Ils redoublèrent, et comme le cardinal
vit qu'il ne gagnoit rien sur l'esprit du roy, qui faisoit plutôt des voyages que des promenades conti-
nuelles parmi les neiges et les rochers, pour s'in-
former et reconnoître par luy-même des endroits et
des moyens d'attaquer ces retranchements, le cardinal eut recours à un artifice par lequel il crut venir à bout de son dessein. Le roy, logé dans un
mechant hameau de quelques maisons, y etoit presque seul, faute de couvert pour son plus necessaire
service, mais gardé d'ailleurs pour sa sûreté. Le
cardinal, de concert avec les marechaux et les principaux de la Cour, fit en sorte que, sous pretexte
de la difficulté des chemins, le roy fut abandonné à
une entière solitude dès que le jour commenceroit
à tomber : ce qui en cette saison, et dans ces gorges
etroites, etoit de fort bonne heure, ne doutant pas
que l'ennui, joint à l'avis unanime, ne l'engageast à
se retirer.

L'ennui n'y put rien, mais il fut grand. Mon père,
qui etoit dans ce même hameau tout près du roy,
dont il avoit l'honneur d'être premier gentilhomme
et premier ecuyer, à qui le roy se plaignit de sa
solitude et de l'affront que luy feroit recevoir une
retraite, après s'être avancé jusque-là pour le se-

cours de M. de Mantoue, qui, malgré sa protection,
se trouveroit livré aux Espagnols et au duc de
Savoie ; mon père, dis-je, imagina un moyen de
l'amuser les soirs. Le roy aimoit fort la musique ;
M. de Mortemart avoit amené dans son equipage un
nommé Nyert[1], qui la savoit parfaitement, qui

1. Pierre de Nyert, ou plutôt de Niel, musicien de
Bayonne, qui, venu jeune à Paris, avoit d'abord appartenu à M. d'Epernon, puis à M. de Créqui, à la suite duquel il étoit allé à Rome. Il y avoit appris la manière de
chanter des Italiens, qu'il combina habilement avec celle
qui étoit à la mode en France, et se fit ainsi une méthode
d'une fort agréable originalité. Il passa pour avoir fait une
révolution dans la musique. (Tallemant, édit. P. Paris,
t. VI, p. 192.) M. de Mortemart, qui l'avoit amené dans
son équipage, étoit premier gentilhomme de la chambre et
fut duc et pair en 1633. Au retour de Suse, d'Assoucy vit
à Grenoble de Nyert chantant devant le roi. Dans l'*Epistre*
qu'il lui adressa, et qui se trouve parmi ses *Poésies et
Lettres* (1653, in-12), il lui dit :

> Gentilhomme de maison noble,
> Qu'en noble ville de Grenoble
> Je vis item, et que j'ouïs
> Chanter devant le roi Louïs,
> Qui vous trouva, chanson chantée,
> Digne d'être son Timothée.

Louis XIII le fit son premier valet de chambre, et c'est de
Nyert qui charma ses derniers instants : « Quelques jours
avant sa mort, dit Onroux dans son *Histoire de la Chapelle
des rois de France*, Louis XIII se trouva si bien qu'il commanda à de Nielle d'en rendre grâces à Dieu, en chantant
un cantique de Godeau, sur l'air composé par Sa Majesté.
Cambefort et Saint-Martin s'étant mis de la partie, ils
formèrent tous trois un concert vocal dans la ruelle du lit,

jouoit fort bien du luth, fort à la mode en ce temps-
là, et qu'il accompagnoit de sa voix, qui etoit très
agreable. Mon père demanda à M. de Mortemart s'il
vouloit bien qu'il proposât au roy de l'entendre.
M. de Mortemart, non-seulement y consentit, mais
il en pria mon père, et ajouta qu'il seroit ravi si
cela pouvoit contribuer à quelque fortune pour
Nyert. Cette musique devint donc l'amusement du
roy, les soirs, dans sa solitude, et ce fut la fortune
de Nyert et des siens[1].

Le roy, continuant ses penibles recherches et ses
infatigables cavalcades, trouva enfin un chevrier
qu'il questionna si bien qu'il en tira ce qu'il cher-

le malade mêlant, autant qu'il le pouvoit, sa voix aux
concertants. » Louis XIV continua de Nyert dans sa charge
de premier valet de chambre; il l'occupoit encore en février 1677, quand La Fontaine lui adressa son *Epistre* sur
l'Opéra (*Œuvres complètes*, édit. gr. in-8, p. 542), et, en
1689, quand il lui arriva le double accident dont Mme de
Sévigné parle ainsi dans sa lettre du 12 octobre : « L'abbé
Bigorre me mande que M. de Niel tomba, l'autre jour,
dans la chambre du roi; il se fit une contusion, Félix le
saigna et lui coupa l'artère: il fallut lui faire à l'instant la
grande opération. Monsieur de Grignan, qu'en dites-vous?
Je ne sais lequel je plains le plus, de celui qui l'a soufferte,
ou d'un premier chirurgien du roi qui coupe une artère. »

1. Son fils eut sa survivance; sa femme étoit femme de
chambre de la reine Anne d'Autriche. (V. *Mémoires* de Mme
de Motteville, sous la date du 15 janvier 1666.) Elle étoit
sœur de cette fameuse Manon Vangaguel, pour qui La Sa-
blière composa la plupart de ses madrigaux. (Walckenaër,
Histoire de la vie et des ouvrages de La Fontaine, 1re édit.,
p. 438.)

choit depuis si longtemps. Il se fit conduire par luy
sur le revers des montagnes par des sentiers affreux,
d'où il decouvrit les barricades à plein, qui, d'où il
se trouvoit, lui etoient inferieures et très proches.
Il examina bien tout ce qui etoit à remarquer, lon-
gea le plus qu'il put cette crête et ces precipices,
descendit et tourna de très près la première barri-
cade, forma son plan, l'expliqua à mon père, qui
se trouva presque le seul homme de marque à sa
suite, parce qu'on le vouloit laisser solitaire et s'en-
nuyer en ces penibles promenades; revint enfin à
son logis, resolu d'attaquer.

Le lendemain, ayant mandé de très bonne heure
les marechaux et quelques officiers de confiance, il
les mena partout où il avoit eté la veille, leur expliqua son plan, qu'il avoit redigé lui-même le soir
precedent. Les marechaux et les autres officiers ne
purent disconvenir que, quoique très difficile, l'attaque etoit praticable et savamment ordonnée. Le
cardinal ne put ensuite s'y opposer seul, et fut
même bien aise qu'elle se pût executer : ce qui fut
le lendemain[1], parce qu'il falloit un jour pour les
dispositions et les ordres. Le roy y combattit en
grand capitaine et en valeureux soldat; grimpant,
l'epée à la main, à la tête de tous, quelques gre-
nadiers seulement devant luy, et franchissant les
barricades à mesure qu'il y gagnoit du terrain; se
faisant pousser par derrière pour grimper sur les
tonneaux et les autres obstacles, donnant cependant ordre à tout avec la plus grande presence

1. 9 mars 1629.

d'esprit et la tranquillité d'un homme qui, dans
son cabinet, raisonne sur un plan de ce qu'il faut
faire. Mon père, qui eut l'honneur de ne quitter pas
ses côtés d'un instant, ne parloit jamais de cette
action de son maître qu'avec la plus grande admiration.

Après la bataille eut lieu l'entrevue du roy et du
duc de Savoie. Le roy demeura à cheval, ne fit pas
seulement mine d'en vouloir descendre, et ne fit
que porter la main au chapeau. Monsieur de Savoie
aborda à pied de plus de dix pas, mit un genou en
terre, embrassa la botte du roy, qui le laissa faire
sans le moindre semblant de l'en empêcher. Ce fut
en cette posture que ce fier Charles Emmanuel fit
son compliment. Le roy, sans se decouvrir, repondit majestueusement et courtement.

Lorsque, sous le règne suivant, le doge de
Gênes vint en France[1] faire ses soumissions au roy
(Louis XIV), après le bombardement, le bruit qu'on
en fit[2] m'impatienta par rapport à Louis XIII et

1. Au mois de mai 1685.

2. On peut voir la relation de cette réception dans le
Dangeau complet, sous la date des 15 et 18 mai 1685.
Comme on demandoit au doge ce qui l'avoit le plus étonné
à Versailles : « C'est de m'y voir », auroit-il répondu. Si
le mot étoit vrai, Dangeau ne l'eût pas oublié, car il en
cite d'autres du doge. Il se nommoit Francesco Maria Imperiali; il étoit venu avec quatre sénateurs qui l'accompa-
guèrent partout. La loi de Gênes, comme en prévision de
l'affront infligé à la république en cette circonstance,
vouloit que le doge perdît sa dignité et son titre sitôt qu'il

au fait que je viens d'expliquer : tellement que dès
lors je resolus d'en avoir un tableau, que j'ai executé depuis, ayant eu soin de me faire de tems en
tems raconter cette entrevue par mon père pour me
mieux assurer des faits. Monsieur Phelippeaux,
lors ambassadeur à Turin [1], m'envoya un portrait
de Charles Emmanuel. Le sieur Coypel me fit ce
tableau tel que je luy fis croquer pour la situation
du roy et du duc de Savoie, et il eut soin d'y rendre
parfaitement le paysage du lieu, et les barricades
forcées en eloignement. Ce tableau, qui est fort
grand, tient toute la cheminée de la salle de La
Ferté [2] avec les ornements assortissants. C'est un
fort beau morceau qui a une inscription convenable, avec la date de l'action, courte, mais pleine et
latine [3].

étoit sorti de la ville. Ce n'étoit pas le compte de Louis
XIV, dont l'orgueil ne se fût pas satisfait de la visite d'un
simple Génois. Il exigea donc que Francesco Imperiali
conservât titre et dignité, tout exprès pour qu'il pût venir
les abaisser devant lui.

1. Sur lui et sur son ambassade, V. Saint-Simon, t. 2,
p. 42.

2. Le château de la Ferté-Vidame, dans le département
d'Eure-et-Loir, près de Dreux. Il fut de notre temps la propriété du roi Louis-Philippe, qui y fit d'énormes dépenses
pour les jardins. C'est là que Saint-Simon se sauvoit de la
cour et de ses ennuis, et qu'il écrivit une partie de ses
mémoires.

3. Ce tableau, ainsi que la plupart de ceux que possédoit Saint-Simon, dut passer à sa petite-fille et unique
héritière, la comtesse de Valentinois. Saint-Simon dit en

effet, à l'article II de son testament : « Je lègue et substi-
tue à la comtesse de Valentinois tous les portraits que j'ay
à La Ferté et chés moy, à Paris, qui sont tous de famille,
de reconnaissance ou d'intime amitié. Je la prie de les
tendre et de ne les pas laisser dans un garde-meuble. »
(*Mém.*, édit. Hachette, in-18, t. XIII, p. 105.)

Passe-port pour l'autre monde , delivré par les jesuites pour la somme de deux cent mille florins, le 29 mars 1650 [1].

Nous soussignés, protestons et promettons, en foi de prestres et de vrais religieux, au nom de notre Compagnie, à cet effet dûment authorisés, qu'elle prend maistre Hippolyte Braem, licentié en droit, sous sa protection, et promet de le defendre contre toutes les puissances infernales qui pourroient attenter sur sa personne, son âme, ses biens et moyens, que nous conjurons et conjurerons pour cet effet, employant en ce cas l'authorité et credit du serenissime Prince, nostre fondateur, pour être ledit sieur Braem par lui presenté au bienheureux chef des apôtres avec autant de fidelité et d'exactitude comme notre dite Compagnie lui est extremement obligée;

---

1. L'original de cette pièce se trouve au *British Museum*, parmi les manuscrits de la bibliothèque Harleienne, n° 6845, § 143. Nous la donnons ici à cause de sa curiosité.

en foi de quoi nous avons signé ceci et apposé le cachet secret de la Compagnie.

Donné à Gand, ce 29 mai 1650.

> *Signé* : François de Seclin, recteur de la Compagnie de Jesus.
>
> François de Surhon, prêtre et religieux de la Compagnie de Jesus.
>
> Petit-de-Poye, prêtre et religieux de la Compagnie de Jesus.

*Lettre du sieur d'Aligre au chancelier Seguier,
au sujet d'une proposition scandaleuse touchant le pouvoir des Papes sur les Rois, sou-
tenue dans l'université de Caen le 29 octobre 1660* [1]*.*

MONSEIGNEUR,

omme je suis obligé de vous rendre
compte de tout ce qui se passe icy contre le service du roy, je dois vous donner advis d'une proposition scandaleuse
qui s'est faite depuis trois jours dans l'université
de cette ville. Ceux qui pretendent y estre receus
bacheliers ont accoustumé, avant que de faire leurs
actes, d'y expliquer une question de theologie, en
presence du recteur et de quelques docteurs, pour
juger s'ils seront admis à faire leurs actes.

1. Cette pièce, qui se trouve aussi dans les manuscrits
du *British Museum* (biblioth. Harleienne, n° 4442), a été
publiée, ainsi que celle qui précède et celle qu'on trouvera
à la suite, dans un recueil devenu rare, *La Revue trimes-
trielle*, juillet 1828, p. 366. Elle est d'un grand intérêt, en
ce qu'elle prouve une fois de plus combien Louis XIV étoit
jaloux de l'indépendance de son pouvoir, et combien ceux
qui le servoient étoient ardents à défendre ce pouvoir contre toute prétention.

Un prestre de cette ville, nommé Fossar, chapelain de l'Hostel-Dieu, qu'on dit estre d'ailleurs de
bonnes mœurs, satisfaisant à cette coustume, en
parlant de la puissance des papes, s'emporta à dire
qu'ils avoient pouvoir de deposer les rois, et l'ap-
puya par plusieurs fausses autorités. En mesme
temps, le recteur et les docteurs lui imposèrent silence. Il respondit qu'il entendoit les rois tyrans;
et comme ils lui dirent que cette explication ne
suffisoit pas, il se dedit absolument, et demeura
d'accord sur le champ de la fausseté de cette proposition, que les paroles lui estoient echappées
contre ses propres sentiments dans la chaleur du
discours, et non poinct par un dessein premedité,
et qu'il offroit de prouver la negative dans les premières thèses qu'il soutiendroit en public.

Ce prestre a été arrêté prisonnier il y a deux
jours, à la requeste du procureur du roi, qui lui fait
faire son procès au presidial de cette ville; je crois
qu'on lui fera bonne justice, car les officiers sont
ici fort zelés pour conserver l'autorité du roy.

Je viens d'apprendre que l'université de cette
ville a rendu un decret contre ce prestre, par lequel
elle l'a declaré incapable de recevoir aucun grade.

· M. le procureur du roy s'est chargé de vous envoyer une copie de ce decret et des informations
qui ont été faites contre lui.

Je suis,
Monseigneur,
Votre très humble et fort obeissant
serviteur.
D'Aligre.

Deposition sur la supposition de part de Marie,
reine d'Angleterre, femme de Jacques II,
le 21 janvier 1690-91[1].

L a deposition d'Antoine Trainier, sieur de
Lagarde, faite pardevant le chevalier
Jean Holt, chef de justice d'Angleterre,
ce jourd'hui 21 janvier 1690, qui, faisant serment sur les saints Evangiles, depose ce
qui s'en suit :

1. Cette pièce se trouve au *British Museum*, dans les
manuscrits de la bibliothèque Harleienne, n° 6345, *ad*
finem. Elle se rapporte à une question qui fut longtemps
en litige, et qui n'est même pas encore complétement
éclaircie, à savoir si le prince de Galles (le prétendant)
étoit ou non fils de Jacques II. La grossesse un peu
tardive de la reine Marie, seconde femme du roi Jacques,
donna lieu aux soupçons, surtout de la part de ceux
dont l'intérêt étoit d'en avoir : je veux parler des partisans de Guillaume d'Orange, qui, voyant en lui le suc-
cesseur de Jacques, comme époux de sa fille Marie, eussent été frustrés dans leurs espérances par la naissance
d'un prince. Ils mirent tout en œuvre pour faire ~~~~~~~
cette grossesse étoit supposée; leurs doutes à ce sujet

Qu'estant à Paris, prêtre et confesseur, dans l'année 1688, une dame nommée Longueil, qu'il confessoit ordinairement, lui declara qu'elle alloit

gagnèrent même les ministres de France près du roi d'Angleterre, MM. de Bonrepaux et Barillon, qui, jusqu'au dernier moment, ne semblent pas avoir considéré la grossesse comme très authentique. Chez le peuple et dans les provinces on la niait formellement, tant on craignoit, parmi ces populations tout anglicanes, que le dévôt Jacques II ne fît souche de princes catholiques. (V. Mazure, *Histoire de la Révolution d'Angleterre en* 1688, t. II, p. 366.) Quand le prince fut venu au monde, le 20 juin 1688, les soupçons furent loin de cesser. Guillaume, qui, plus que personne, demandoit à ne pas croire, et qui pouvoit mettre une armée et une flotte au service de son doute, se fit envoyer une *requête*, par laquelle on le sommait de venir vérifier la naissance du prince de Galles. Le comte Danby et le docteur Burnet y avoient travaillé : « C'étoit, dit Mazure (t. III, p. 26), un chef-d'œuvre de raisonnement et d'artifice. » On y insistoit sur le mystère dont la grossesse avoit été entourée, sur l'isolement dans lequel, tant qu'elle avoit duré, s'étoit tenue la reine. L'accouchement, disoit-on, s'étoit fait dans l'obscurité, et l'on n'avoit pas entendu crier l'enfant, etc., etc.; bref, le prince de Galles étoit un fils supposé. Pour arriver à en obtenir un viable, il n'avoit pas fallu moins de trois essais. Le premier enfant, introduit dans le lit de la reine à l'aide d'une bassinoire d'argent, seroit mort presque aussitôt; mais le lendemain on lui auroit substitué un nouveau-né robuste et gaillard, qui, malgré sa vigueur, seroit aussi mort, et auroit rendu nécessaire la substitution d'un troisième enfant. Celui-là, enfin, auroit survécu. (*Id.*, t. III, p. 30-41.) — Quand on sut que le prince d'Orange s'apprêtoit à venir faire sa vérification ar- ... —dire qu'il étoit sur le point de débarquer en Angleterre, avec ... troupes considérables, Jacques II

en Angleterre pour y accoucher, ce qui l'obligea à
lui demander quelle en estoit la raison, puisque
autrefois elle partoit d'Angleterre pour venir accou-

fit assembler les lords pour protester devant eux de la
fausseté des bruits qui couroient sur la naissance de son
fils. Dans cette séance, qui eut lieu le 1er novembre 1688,
comparurent quarante-deux témoins, la reine douairière
en tête : « Ils donnèrent, dit Mazure (t. III, p. 152), des
détails si positifs, si manifestes, que la crédulité la plus
malicieuse et la plus obstinée devoit se rendre à l'évidence
de la vérité. » On ne s'y rendit pas cependant, et le doute
dure encore. La princesse Palatine, mère du Régent,
ne le croyoit pas possible : « Je gagerois, écrivoit-elle au
sujet du prince de Galles le 11 avril 1706, je gagerois
ma tête qu'il est parfaitement légitime; d'abord, il res-
semble à la reine sa mère comme deux gouttes d'eau;
ensuite, je connois une dame qui a assisté à sa naissance
qui n'étoit pas du tout amie de la reine, et qui, pour dire
la vérité, m'a avoué qu'elle étoit venue là afin de tout
surveiller; elle m'a déclaré qu'elle avoit vu l'enfant retenu
par le cordon ombilical, et qu'il étoit très positivement le
fils de la reine. Comme les Anglois se conduisent parfois
assez singulièrement avec leurs rois, et qu'ils n'ont pas
encore vu d'étrangers sur le trône, on n'a pas beaucoup
d'empressement à devenir leur souverain. » Vous venez
de voir que le prince ressembloit à sa mère; aussi, pour
quelques-uns que ce fait eût confondus, n'y avoit-il pas eu
dans tout cela une substitution d'enfant, mais une infidélité
de la reine. Elle auroit fait, disoit-on, comme Anne d'Autriche avec Mazarin. Ce quatrain à deux tranchants le
donnoit à penser :

> A Jacques disoit Louis :
> De Galles est-il votre fils ?
> — Oui dà, par sainte Thérèze,
> ~~... ... ... de Louis treize !~~

cher à Paris ; elle lui respondit que c'estoit un mystère, et, en lui disant de prier Dieu pour que son
dessein reussit, lui dit qu'elle esperoit de faire sa
fortune, dont elle lui feroit ensuite quelque part. —
Pour lors, ladite dame Longueil donna de l'argent
audit deposant pour dire quinze messes à cette intention, lui promettant à l'instant de lui decouvrir à
son retour ce mystère. — Elle partit aussitôt sans

Mais l'idée de substitution dominoit. Dans une comédie
satirique de 1708, *L'Expédition d'Ecosse*, etc., on fait dire
à Jacques II :

> Je voulus, par l'avis d'un jésuite pervers,
> Faire la reine grosse ; aux yeux de l'univers
> La chose réussit : la reine, en apparence,
> Dans une obscurité de nocturne silence,
> Mit au monde un enfant, né depuis plus d'un mois,
> Car il étoit le fils d'un des moindres bourgeois.

Ici le prince de Galles seroit né d'un bourgeois ; ailleurs
on le dit fils d'un meunier. Au bas d'une caricature gravée
par Romain de Hooghe, et indiquée dans le catalogue Leber (t. IV, n° 569), on lit : *L'Europe allarmée pour le fils
d'un meunier*. Voici le titre de quelques autres pasquils et
pamphlets sur cette curieuse affaire : *La Couronne usurpée
et le Prince supposé*, 1689, in-12 ; *Consultation de l'oracle
par les puissances de la terre, pour savoir si le prince de
Galles est supposé ou légitime*, Whitehall, 1688, in-12 ;
*Lettre du P. de la Chaize au P. Peters, confesseur du roy
d'Angleterre, sur le bon succès qu'on a eu à faire et à inven-
ter le prince de Galles*, imprimé en 1688, qui est l'an de
tromperie ; *Le Roi prédestiné par l'esprit de Louis XIV,
avec plusieurs lettres concernant l'accouchement de la reine
d'Angleterre*, 1688, in-12 ; *L'Ancien bâtard* (c'est Louis
XIV) *protecteur du nouveau*, 1690, in-12 ; *Le Retour de
Jacques II à Paris*, comédie.

rien ajouter autre chose, et cela s'est passé sur la fin du mois d'avril en l'année ci-dessus.

Ledit deposant ajoute qu'environ le commencement du mois d'aoust, ladite dame Longueil, à son retour d'Angleterre, le vint voir avec empressement, lui expliqua le mystère dont elle lui avoit parlé ci-devant, lui disant qu'elle avoit bien reussi dans son dessein, et qu'apparemment Dieu avoit exaucé ses prières. Elle commença par lui dire que c'estoit la plus agreable aventure du monde ; et, lui ayant demandé quelle elle estoit, elle lui repondit que la reine d'Angleterre n'ayant point d'enfans, avoit toutefois formé le dessein, pour la gloire de Dieu et l'avancement de la religion catholique, de donner un heritier à la couronne d'Angleterre, et qu'elle s'estoit engagée, en ayant esté sollicitée par madame de Labadie, commissionnaire de ladite reine, de donner son enfant, en cas qu'il fût mâle, pour estre fait prince de Galles ; et ladite dame continua de dire audit deposant que la chose estoit en tel estat que son fils estoit effectivement et veritablement prince de Galles, quoyque cela ne se fust pas fait sans quelque difficulté, puisqu'on avoit choisi d'abord, entre quatre enfants qui estoient dans la mesme maison pour le mesme dessein, celui d'une demoiselle qui appartenoit à la duchesse de Portsmouth ; mais parce que cet enfant ayant été jugé estre d'une petite santé et de peu de vigueur, on changea de dessein, et on lui prefera le sien.

Ladite dame de Longueil a declaré audit deposant que c'estoit dans la maison de ladite dame de

couché, et que toutes lesdites femmes qu'on avoit
choisies pour ce pieux dessein avoient reçu ordre
de sortir incessamment du royaume, mais toutes
chargées de grands dons et de riches presents, et
que pour elle, en son particulier, elle avoit encore
une condition bien plus fortunée et plus avanta-
geuse, qui estoit que la reine d'Angleterre lui donnoit, non-seulement mille livres sterling de pension,
mais mesme lui promettoit de faire souvenir ledit
prince de Galles, à mesure que ses années croî-
troient, des grandes obligations qu'il lui avoit, ce
qui obligea ledit deposant à demander à ladite dame
de Longueil si elle avoit une assurance positive de
cette pension; sur quoy elle repondit à l'instant
qu'il n'y avoit convention au monde plus certaine
que celle qui assuroit sa pension, et en mesme
temps, elle fit voir audit deposant ladite convention
par escrit, qui contenoit sommairement que ladite
reine d'Angleterre accordoit à ladite dame de Longueil ladite somme de mille livres sterling de pension, avec promesse de faire souvenir ledit prince
de Galles du grand service qu'elle lui avoit rendu.

Ledit deposant declare de plus que dans le temps
que le roy d'aujourd'hui estoit sur le point d'arriver
en Angleterre, ladite dame de Longueil recevoit
souvent des lettres d'Angleterre, qu'elle lui faisoit
voir, qui l'alarmoient beaucoup, dans la crainte où
elle estoit qu'il arrivast quelque accident audit
prince de Galles; et pria le deposant de faire plusieurs prières à Dieu pour sa conservation; mais à
l'arrivée du roy Guillaume en Angleterre, immediatement après la reception d'une lettre, le deposant

dit que ladite dame de Longueil l'alla voir toute
eplorée et dans une extrême tristesse, en disant audit deposant qu'elle estoit au desespoir dans la
crainte qu'elle avoit que le prince de Galles tom-
bast entre les mains du prince d'Orange, priant
instamment ledit deposant de redoubler ses vœux
au ciel pour sa conservation, et ajouta plusieurs
autres paroles qui seroient difficiles et inutiles à
rapporter.

Ledit deposant declare, de plus, que ladite dame
de Longueil lui a dit qu'on avoit transporté ledit
prince de Galles de Londres à Portsmouth, et qu'on
cherchoit soigneusement les moyens de le conduire
à Paris; et, la larme à l'œil, dit qu'elle apprehendoit extrêmement qu'il n'arrivât quelque malheur
dans cette entreprise.

Quelque temps après, ladite dame de Longueil,
toute joyeuse, alla voir ledit deposant, et lui annonça l'arrivée du prince de Galles avec la reine à
Saint-Germain; et, peu de jours après, ayant invité
ledit deposant d'aller voir le prince de Galles, le fit
monter en carrosse avec elle et le conduisit dans la
chambre où estoit ledit prince de Galles, auprès
duquel estoient plusieurs dames qui estoient incon-
nues au deposant, à la reserve de ladite dame de
Labadie que ladite dame de Longueil lui fit connoître sur le champ, en lui disant à l'oreille que c'estoit chez elle que toute l'histoire s'estoit passée; et
ladite dame de Longueil demanda audit deposant
s'il n'estoit pas vrai que le petit Colin, son fils, avoit
beaucoup de l'air du petit prince; et en disant ces
paroles, elle sourioit avec madame de I·▪·· ··

ledit deposant respondit qu'ouy, d'autant plus qu'il connoissoit parfaitement les enfants de ladite dame de Longueil.

Ledit deposant dit de plus qu'il y a huit ou neuf ans qu'il a connu ladite dame de Longueil, et que depuis ce temps-là elle lui a fait voir des lettres escrites par les Pères Mansuet et Gallé, confesseurs du duc et de la duchesse de York, avec lesquels elle avoit un particulier commerce de lettres, et qu'elle passoit souvent d'Angleterre en France, et de France en Angleterre.

Ledit deposant declare aussi que les superstitions de l'Eglise romaine, et le cruel traitement des protestants en France, joint avec l'infame supposition du prince de Galles, l'ont fait prendre incessamment la resolution d'abjurer lesdites superstitions pour embrasser la pureté de l'Evangile; et, pour cet effet, s'est rendu à Dieppe au mois d'octobre 1688 pour passer en Angleterre, mais en ayant esté empesché par le lieutenant de l'amirauté et par le procureur du roy, il fut obligé de retourner à Paris, et il en partit le 25 du mois de mars suivant, se rendit à Calais, où ayant aussi esté empesché de passer, il se rendit à Nieuport, d'où il passa heureusement en Angleterre, et abjura aussitôt ladite religion romaine entre les mains de M. Allix, qui lui estoit connu pour un fameux ministre, comme il paroît par le certificat qu'il a donné au deposant, qui marque qu'il a fait son adjuration le 21 avril 1689.

Ledit deposant declare derechef que, sur le bruit ... de la supposition du prince de

Galles, est allé trouver M. Taaffe, ayant entendu dire qu'il estoit un de ceux qui avoient dejà travaillé à ladite decouverte, afin de lui donner la connoissance qu'il en avoit, lequel M. Taaffe, estant malade, l'a adressé deux jours après au comte de Bellomont, au château de Saint-James, le 19 de ce present mois de janvier, auquel il a laissé ecrit de sa propre main tout ce qui est ci-dessus.

Signé : ANTOINE TRAINIER [1].

1. Dans le même manuscrit se trouve une autre copie de la même déposition, écrite de la même main. On y lit à la fin : *Sworn before the lord-chief-justice Holt the 26 day of jan.* 1690 (juré avec serment devant le lord-chef-justice Holt le 26 janvier 1690).

Le Courtisan à la mode, selon l'usage de la cour de ce temps, adressé aux amateurs de la vertu.

1625. — In-8 [1].

————

es valeureux courtisans qui font estat d'avoir veu le monde, et comme les perroquets parlent divers langages : quant à moy, je n'estime pas dire avoir veu le monde, de regarder des bastimens de terre et des eaux, combien que cela serve.

Mais quand je dis avoir veu le monde, j'entends cognoistre la manière de vivre des nations, les proprietez et singularitez particulières qu'ont les unes et les autres; ce que l'on peut faire quelquefois sans aller loing et faire des courvées.

1. Pièce fort rare et fort curieuse, souvent citée par nous dans les notes du *Satyrique de la Cour*, t. III, p. 241. Elle n'a pas été connue du bibliophile Jacob, qui n'eût pas manqué de la réimprimer, comme il l'a fait de tant d'autres, dans son recueil, publié pour l'étranger et introuvable à Paris : *Costumes historiques de la France*, 1852, grand in-8.

Il faut seulement, se trouvant en quelque ville
celèbre, frequenter des personnes de nations diverses, faisant profit de leurs actions et discours,
et remarquer curieusement ce qui est digne de re-
commandation.

Ou, au contraire, plusieurs de ce siècle, qui passent une partie de leur vie ès païs estrangers, re-
tournent aussi grossiers et peu cognoissant le
monde qu'un simple paysan qui ne perdit jamais
le clocher de sa parroisse, hormis qu'ils font un
peu mieux la morgue, marchent plus delicatement
sur la poincte du pied, sçavent faire la reverence,
branslant la teste en cadence et en discours, disent
à tous propos *chouse*, *souleil*[1], machent fort bien
l'anix, rongent le cure-dent[2].

Et cela est tout ce qu'ils ont retenu et sçavent
faire.

1. Sur cette prononciation, toute parisienne et fort à la
mode alors, V. t. VI, p. 262, note 2. Balzac se moque de
l'usage où l'on étoit à la cour de prononcer *o* comme si
c'étoit la diphthongue *ou* : « Toute la France, dit-il dans sa
lettre à Chapelain, du 20 janvier 1640, prononce *Roume* et
lioune. » — Dans *La Mode qui court et les Singularitez d'icelle*,
etc., 1612, in—8, la mode figure sous le nom de *Chouse.*

2. On en avoit de bois de senteur ou de paille, à la façon espagnole. Le connétable de Montmorency avoit toujours un cure-dents aux lèvres, et il falloit se tenir en
défiance quand il se mettoit à le mordiller. Ce quatrain
courut vers 1565 :

> De quatre choses Dieu vous guard :
> Des patenostres du vieillard,
> De la grand main du cardinal,
> Du cure-dents du connestable,
> De la messe de L'Hospital.

La France, plus que province du monde incon-
stante, grossière d'inventions, en produict et enfante
tous les jours de nouvelles. L'un des plus illustres personnages de ce temps, parlant du *mignon François.*

. . . . Qui Guenon affecté
Des estrangères mœurs cherche la nouveauté,
Et ne müe inconstant si souvent de chemise,
Que de ces vains habits la façon il deguise.

C'est bien pis au temps où nous sommes, auquel
l'on porte la barbe poinctüe, les grandes freizes,
les chapeaux hors d'escalades, et d'autres en preneurs de taupes, l'espée la poincte haute, bravant
les astres, et crains encores à l'advenir un plus
grand debordement de mœurs et humeurs, chose
beaucoup plus dangereuse que la superfluité des
habits : ce qu'apprehendoit ce poëte liricque.

Damnosa quid non imminuit diës[1] ?
Ætas parentum, pejor avis, tulit
Nos nequiores mox daturos
Progeniem vitiosiorem.

Pourquoy nous mocquons-nous d'Hercule quand
nous lisons qu'il prit l'habit d'une servante, sinon
pour ce qu'il avoit laissé son cœur d'homme et avoit
prins celuy de femme, et tant qu'il fut vestu de cet
habit, il ne sceut que porter la quenoüille.
Ainsi plusieurs de nos fendeurs de nazeaux qui
ont commencé parmy les nations estrangères sans
avoir exercé l'art militaire, ne sçavent faire acte de
vaillance, quelque morgue qu'ils facent, et la res-

---

1. Horat. Lib. III, Od. 1, v. 37.

Var. IX. 23

ponse que fit la belle Heleine à ce mignon et da-
moiseau Paris leur est fort convenable, lequel per-
suadant de le suivre à Troye, et luy raconter les
braves exploits de guerre, elle le voyant sans
armes, ains poupin mignonnement frizé et coiffé de
son amour luy dit :

Quod bene te jactas, et fortia facta recenses,
   A verbis facies dissidet ista suis;
Apta magis Veneri, quam sint tua corpora Marti.
   Bella gerant fortes; tu, Pari, semper ama[1].

Et parce que ceste galante response est digne de
remarque, et que les dames de la Cour en facent
leur profit pour gausser en ces genereux cavalliers,
j'ay mis ces vers françois :

> Quant à vos preux et vaillans faicts
> Dont vous tenez si grand langage,
> Je le crois, mais vostre visage
> Ne mé semble point si mauvais :
> Vous estiez nay mieux pour les femmes
> Que pour les armes et debats.
> Laissez aux autres les combats,
> Mignons, faictes l'amour aux dames.

Je ne tance point par ces vers les braves guerriers
et genereux enfants de Mars, qui, pour estre amoureux de la belle Venus, ne laissoient de se trouver
aux lieux d'honneur, et faire leur devoir à la guerre.

Ce pacquet s'addresse à certains plumeurs, tellement effeminez qu'ils n'auroient le courage de voir
esventer une veine, et cependant ces braves capitaines, en temps de paix, veulent estre estimez des

---

1. Ovide, *Epist. Heroidum*, Helena Paridi, *ad fin.*

Achilles, des Hercules, et, assis auprès de leurs
dames, font à tout propos des rodomontades qu'on
diroit, à les ouyr parler, qu'ils avalleroient des char-
rettes ferrées, prendroient la lune avec les dents,
mettroient le soleil en capilotades; que si on demandoit à tels pipeurs preneurs de papillons,
vrays Prothées de Cour, pourquoy ils changent si
souvent de face et de grimace, ils vous respondront
que leur habit, leur demarche et leur barbe est à
l'espagnolle [1].

Il voudroit mieux les imiter en ce qui est de ver-
tueux et louable, non-seulement en eux, mais en
toutes les nations du monde : car nous devons, sans
distinction de personnes, sexes et qualitez, natura-
liser la vertu estrangère.

Et si pour lors l'on n'a assez pour se vestir à
l'espagnolle, italienne et toupinambourde [2], que les
courtisans à la mode s'habillent à la bragamasque.

Il ne faut pas s'etonner si dans Rome, dans la

1. Sur ces modes à l'espagnole, V. t. III, p. 244. On
chantoit alors ce couplet, qui a pris place dans la *Comédie
de chansons*, 1640, in-8, p. 41 :

> Bien que nous ayons changé nos pas
> En des démarches espagnolles,
> Des Castillans pourtant nous n'avons pas
> Les humeurs, ni les parolles,
> Et ceux qui comme nous sont vaillants et courtois
> Ne sçauroient être que François.

2. Depuis que Razilly avoit amené, au mois d'avril
1613, de l'île de Maragnan six sauvages topinamboux,
qui furent présentés à la reine et baptisés, tout s'étoit mis
à la topinamboue. (V. *Lettres de Malherbe à Peiresc*, p.
258, 264, 273-2 , 283, 297, 340, 442.)

gallerie du cardinal Fernèze, que l'on estime estre
l'une des plus admirables pour les peintures et autres singularitez qui s'en puissent trouver dans
l'Europe [1].

Où, entre autre chose, l'on voit toutes les nations
despeintes en leur naturel, avec leurs habits à la
mode des pays, hormis le François, qui est despeint
tout nud, ayant un rouleau d'etoffe soubs l'un de
ses bras, et en la main droicte des cizeaux, pour
demontrer que de toutes les diversitez de l'univers
il n'y a que le François qui est seul à changer journellement de mode et façon, pour se vestir et habiller, ce que les autres nations ne font jamais.

Maintenant, à cause de l'alliance de la France avec
l'Angleterre, incontinent vous verrez nos courtisans habillez à l'anglaise [2], et par ce moyen, pour
rendre leurs freizes et collets jaunes, ils seront
cause qu'il pourra advenir une cherté sur le saffran,
qui fera que les Bretons et les Poictevins seront
contraints de manger leurs beurres blanc et non
pas jaune, comme ils ont accoustumé.

Voilà, amy lecteur, ce que pour le present j'ay
tracé pour un petit racourcissement sur ma toille
le portrait de l'un des plus parfaits courtisans à la
mode, lequel pour un peu de temps s'est absenté de

1. V., sur ce tableau, t. III, p. 242.

2. C'est au contraire le courtisan unglois qui avoit subi
l'influence françoise : « Les Espagnols, écrit Malherbe à
Peiresc le 19 septembre 1610, sont habillez à leur mode,
et les Anglois à la nôtre, en sorte qu'on ne les sauroit dis-
cerner des François que du langage. » (V., sur l'histoire
des *modes angloises*, un excellent article de la *Revue bri-*
tannique, 1er août 1837.)

la Cour au subject que ses amours n'alloient selon sa volonté, et pour en faire paroistre les vifs ressentimens, je te feray part de ce qu'il a faict sur son depart.

La retraicte du courtisan à la mode.

Que j'ayme l'air des champs! j'y voy en mille endroicts,   [estre;
Et tout premier object, la nature en son
Je voy d'un franc desir ceste trouppe cham-
Reverer la justice et honorer les roys.   [pestre

Les petits bergerots, d'une contente voix
En chantant, le matin meinent leur troupeau paistre;
Leur père seul leur sert et d'escolle et de maistre,
Pour suivre mesme trace et vivre en mesme loix.

Heureuses bonnes gens, ainsi loing de nos villes,
Loing de l'ambition, loing des murs inutiles,
Loing des traicts de la Cour, pleins de fidelité.

C'est un theatre ouvert pour jouer les misères.
Chacun tourne le voille au cours des vents prospères,
Et jamais nul n'accorde à la felicité.

STANCES
Sur l'adieu d'un courtisan de ce temps à sa maistresse.

Je cherche le plus sombre au fond de ces fo-
rests   [regrets :
Pour pleurer mon absence, et contre mes
Car je ne puis chasser de ma triste pensée
La fortune, bon heur de mon aise passée.

Comme droict au soleil regarde le soucy,
Mon œil trop amoureux, qui se desplaist icÿ,
Jettant mille souspirs, à toute heure se tourne
Du costé de la France, où ma Blanche sejourne.

Je croy pour me tromper qu'ayant les yeux tournez
Sur le beau paradis des amants fortunez,
Que mon cœur se soulage, et qu'une douce flame,
Compagne de l'amour, vient contenter mon ame.

O jardins compassez de mille lauriers verts !
Beaux vergers fructueux, où je couche à l'envers !
J'ay moderé ma peine et ma douleur charmée
Au giron bien-aymé de ma deesse aymée.

Cabinets derobez, et vous petits destours,
Où nous prenions l'escart pour conter nos amours,
Lorsque sur le tapis de l'herbe la plus molle
Mille mignards baisers nous bouschoient la parolle,

Doux paradis d'amour si souvent frequentez,
Combien depuis six mois je vous ay regrettez !
Mille fois tous les jours dans mon cœur je vous conte
Le malheur qui me tue, et le mal qui me dompte.

Las ! vostre souvenir ne me sert seulement
Que d'augmenter ma peine et doubler mon tourment
Car ce fort sentiment, loing du bien qu'on desire,
Au lieu de l'appaiser, augmente le martyre.

FIN.

Lettres patentes du Roi, qui ordonnent que les arbres necessaires pour le Mai et la plantation d'icelui dans la cour du Palais, à Paris, seront annuellement délivrés dans le bois de Vincennes aux officiers de la bazoche dudit Palais, par les officiers de la maîtrise de ladite ville.

Données à Versailles le 19 juillet 1777.

Registrées en Parlement le 12 août 1777.

ouis, par la grâce de Dieu, roi de France et de Navarre : A nos amés et féaux conseillers, les gens tenant notre Cour de parlement à Paris, salut. Nous etant fait representer en notre conseil, nous y etant, le contrat passé devant Duclos Dufresnoy, notaire à Paris, et son confrère, le 9 octobre 1770, ratifié par lettres patentes du mois de novembre suivant, duement enregistrées, et par lequel le feu roi, notre très honoré seigneur et aïeul, auroit cedé à M. le duc d'Orléans la forêt de Bondy, en echange des principautés de la Roche-sur-Yon et du Luc, et du comté d'Argenton, à condition, entre autres choses, de fournir tous les ans aux officiers de la bazoche du Palais, à Paris, les arbres qui leur avoient été accordés par les rois predecesseurs pour le Mai dudit Palais[1], dont la delivrance continueroit de

1. On peut consulter, au sujet de ce droit, *Les Statuts, Ordonnances, Règlements, Antiquités, Prérogatives et Prééminences du royaume de la Bazoche*, petit volume publié à Paris en 1586, réimprimé en 1664, mais néanmoins très rare. Le droit de prendre *trois arbres* dans la forêt de Bondy, pour la fête du Mai, avoit été accordé par François Ier aux clercs de la bazoche, en récompense de la vaillante campagne qu'ils étoient allés faire, pour son service, en 1547, contre les paysans révoltés de la Guienne. Trois jours avant d'aller chercher les arbres du Mai, les dignitaires de la bazoche alloient, musique en tête, donner des aubades aux magistrats du Parlement. Henri III leur avoit interdit de donner le titre de roi à leur chef, qui ne dut plus s'appeler que chancelier; mais ils avoient conservé le droit qu'un arrêt de 1562 leur avoit accordé, de traverser la ville, soit de nuit, soit de jour, avec des flambeaux. Le premier dimanche de mai étant venu, tous les basochiens, en habits de fête, se réunissoient dans la cour du Palais; un beau discours sur l'excellence de la corporation étoit prononcé, puis l'on partoit pour la forêt de Bondy. On déjeunoit à l'entrée, en attendant que messieurs des eaux et forêts, avec leurs gards, eussent rejoint la bande. De nouvelles harangues étoient prononcées; on choisissoit les trois arbres, et on les marquoit; l'on dînoit ensuite sur l'herbe, et l'on reprenoit enfin le chemin de Paris. Les fêtes continuoient jusqu'au vendredi suivant, jour de la plantation solennelle du Mai, qu'on dressoit pavoisé de banderolles et orné de l'écusson aux trois écri-

leur être faite par les officiers de la maîtrise particulière des eaux et forêts de ladite ville, en la manière accoutumée, si mieux n'aimoit notredit aïeul
transferer ce droit sur telle autre de ses forêts qu'il
jugeroit convenable ; et ayant consideré, d'un côté,
que la forme prescrite pour cette delivrance ne pouvoit que difficilement se concilier avec la faculté
qui, par ledit contrat d'echange, avoit eté donnée à
M. le duc d'Orleans de nommer et instituer pour
ladite forêt de Bondy des juges gruyers, et que,
d'un autre coté, il etoit preferable que le droit dont
il s'agissoit fût exercé dans un bois qui fût dans nos
mains, afin qu'il fût conservé dans toute son inte-
grité, et qu'aucune circonstance ne pût y porter atteinte ; nous aurions jugé à propos de transporter
l'exercice du droit dont il etoit question dans le
bois de Vincennes, à quoi nous aurions pourvu par
arrêt rendu en notre conseil ce jourd'hui, et sur lequel nous aurions ordonné que toutes lettres necessaires seroient expediées. A ces causes, de l'avis
de notre conseil, qui a vu ledit arrêt, et dont extrait
est ci-attaché sous le contre-scel de notre chancel-
lerie, nous avons, conformément à icelui, ordonné,
et, par ces presentes signées de notre main, ordon-
nons qu'à commencer en l'année prochaine mil sept
cent soixante-dix-huit, les arbres necessaires pour

toires d'or, dans la cour du Palais. C'est encore à François Ier que la bazoche devoit ces armoiries. Les deux
autres arbres pris dans la forêt de Bondy étoient vendus,
et le prix qu'on en retiroit formoit, avec le produit de
certaines amendes et l'impôt prélevé sur les *becs jaunes*
ou bienvenues des nouveaux, le revenu du noble royaume.

le Mai et la plantation d'icelui dans la cour du Palais, à Paris, seront annuellement delivrés dans le bois de Vincennes aux officiers de la bazoche dudit Palais par les officiers de la maîtrise particulière des eaux et forêts de ladite ville, en la manière accoutumée. Si vous mandons que ces presentes vous ayez à faire lire et registrer, et le contenu en icelles garder, observer et executer de point en point selon leur forme et teneur, nonobstant toutes choses à ce contraires : car tel est notre plaisir. Donné à Versailles le dix-neuvième jour du mois de juillet, l'an de grâce mil sept cent soixante-dix-sept, et de notre règne le quatrième. *Signé* LOUIS. *Et plus bas :* Par le roi, AMELOT. Vu au conseil, PHELYPPEAUX. Et scellées du grand sceau de cire jaune.

Registrées, ouï et ce requerant le procureur general du roi, pour être executées selon leur forme et teneur, suivant l'arrêt de ce jour. A Paris, en parlement, les grand'chambre et Tournelle assemblées, le douze août mil sept cent soixante-dix-sept.

Signé YSABEAU.

Histoire admirable arrivée en la personne d'un chirurgien, qui fut condamné par justice, il y a environ quatre mois, comme homicide de soy-mesme.

A Paris. — M.DC.XLIX.

In-4[1].

Dieu, dit le prophète, est aussi admirable en ses saincts qu'il est sainct en ses actions et judicieux en sa conduite sur les hommes ; nous avons des preuves de cette verité infaillible dans toutes les histoires, où nous remarquons que ce n'est pas d'aujourd'huy que le ciel mesnage nos vies et nos fortunes d'une manière qui nous est inconnue, et mesme que nous ne devons pas penetrer par respect. Mais l'histoire suivante, que je vais raconter et qui s'est passée en cette ville de Paris il y a environ quatre mois, en

---

1. Pièce fort rare, à laquelle, comme à toutes celles du même temps et du même format, M. C. Moreau auroit certainement donné place dans son excellente *Bibliographie des mazarinades*, s'il l'eût connue.

fera foy. Un honneste homme, chirurgien de son
art, nommé Jacques de la Cressonnière, natif de
Boiscommun, avoit commencé sa fortune avec feu
monsieur de Bordeaux, au service duquel il avoit
amassé quelque chose; de là en après il s'engagea
à celuy du feu chevalier Garnier, qui est mort
gouverneur de Toulon, ville frontière de France et
de Savoye, et un port de mer d'importance; de
sorte qu'il fut avec luy en Catalogne à la prise de
Rose, et de là au siége d'Orbitello, à la prise de
Portolongone et de Piombino, où moy-mesme qui
escris avec larmes, et non sans estonnement, l'accident funeste de sa deplorable mort, l'ay veu mille
fois et conversé avec luy civillement et honnestement. Cet homme donc retourné de tous ces voyages, après avoir rendu les derniers devoirs à son
bon maistre, vint à Paris, où desjà dans quelques
autres rencontres il avoit contracté affection avec
quelque sage fille dans l'esperance d'un legitime
mariage; et comme ses amis le jugeoient sur le
point de s'engager dans les liens de l'hymenée, le
bruit couru que luy-mesme, par un desespoir estrange, s'estoit rendu esclave des demons et captif
de la mort, laquelle fut approuvée de la justice
comme violentée, et pour ce son cadavre condamné
d'estre privé de sepulture en terre saincte[1]. Or
beaucoup allèguent plusieurs raisons de s'estre
ainsi donné la mort : les uns disent qu'ayant
somme d'argent, il l'avoit donnée à garder à un pro-

1. Sur les procès faits aux suicidés et sur les peines in-
fligées à leurs cadavres, V. t. VI, p. 63.

cureur, qui, manquant de pratique durant cette
guerre, avoit gagné les champs et volé la Cressoñ-
nière; les autres asseurent qu'il s'est osté la vie
pour avoir esté mal recompensé de son maistre,
comme il arrive assez souvent que les meilleurs
services sont payez d'ingratitude ; les autres enfin
protestent que c'est l'amour qui a causé son aveu-
glement et sa perte, et que cette meurtrière l'a couvert de playes et d'infamie, au lieu qu'elle comble
les autres de joye, de gloire et de contentement.
Mais ce qui est de plus estrange en cette histoire,
c'est que les signes qui paroissent en sa personne
font aucunement douter si sa mort est venue de luy
ou d'autres. Je dis cecy sans offenser ny interesser
personne, et le plus asseuré c'est de laisser l'affaire
au jugement de Dieu. Neantmoins l'on juge par les
accidens qu'il y a en ce rencontre quelque chose
d'extraordinaire. En effet, quelle apparence qu'un
corps ensevely depuis quatre mois parmy les immondices, les puanteurs, les charongnes et les os-
semens des animaux, ait encore la main palpable,
la chair blanche, et les nerfs avec mouvement, si ce
n'est par permission de Dieu, qui fait connoistre
par ces signes qu'il veut que l'on espluche l'affaire
de plus près, et que l'on en examine les circonstances. S'il est vray ce que plusieurs disent avoir
veu de leurs yeux, que son bras soit elevé hors de
terre, et que sa main piquée d'une lancette ait
rendu du sang, sans doute ce sang demande ven-
geance, et ce bras s'estend pour chastier les coulpables de sa mort. Ce n'est pas d'aujourd'huy que la
justice se trompe, qu'elle rend des innocens crimi-

nels, et des criminels en fait des innocens. Sainct
Nicolas fit miracle en la personne de trois marchands qui avoient esté condamnez au gibet injus-
tement; et les annales rapportent qu'un prevost de
Paris fut obligé de faire dependre de la potence
trois jeunes hommes de Ponthoise qu'il avoit fait
mourir avec trop de precipitation, les conduire la
torche au poing jusques au lieu de leur naissance,
comme pour faire amende honorable à leur innocence, et les faire inhumer à ses despens. Enfin,
sans blamer les juges, ils ont devant les yeux un
bandeau qui souvent leur cache la verité d'une affaire, comme les medecins nous laissent mourir
pour ne pas connoistre nos maladies. Et pour con-
clusion, bien que ce malheureux se soit donné la
mort luy-mesme, non pas la justice, le grand con-
cours de peuple neantmoins qui va en foule et avec
empressement voir ce cadavre à demy vivant, nous
fait croire qu'il y a quelque chose de prodigieux,
puisque la voix du peuple est celle du ciel, et
qu'elle passe pour des inspirations d'en haut.

FIN DU TOME IX.

TABLE DES PIÈCES

CONTENUES DANS CE VOLUME.

www.ingramcontent.com/pod-product-compliance
Lightning Source LLC
Chambersburg PA
CBHW060931030726
47503CB00003B/549